Tod in der Markthalle

Die geborene Badenerin Martina Fiess lebt seit über 25 Jahren im »schwäbischen Exil« in Stuttgart, wo auch ihre Krimis spielen. Nach dem Studium der Kunstgeschichte, Philosophie und Politikwissenschaft suchte sie als Journalistin nach der Wahrheit, trennte als Sachbuchlektorin Fiktion von Fakten und manipulierte als Werbetexterin den schönen Schein. »Tod in der Markthalle« ist ihr vierter Roman im Emons Verlag.

MARTINA FIESS

Tod in der Markthalle

STUTTGART KRIMI

emons:

Bibliografische Information der Deutschen Nationalbibliothek
Die Deutsche Nationalbibliothek verzeichnet diese Publikation
in der Deutschen Nationalbibliografie; detaillierte bibliografische
Daten sind im Internet über http://dnb.d-nb.de abrufbar.

© Emons Verlag GmbH
Cäcilienstraße 48, 50667 Köln
info@emons-verlag.de
Alle Rechte vorbehalten
Umschlagmotiv: photocase.com/misterQM
Umschlaggestaltung: Nina Schäfer, nach einem Konzept
von Leonardo Magrelli und Nina Schäfer
Gestaltung Innenteil: César Satz & Grafik GmbH, Köln
Druck und Bindung: Books on Demand GmbH, Norderstedt
Printed in Germany
Erstausgabe 2014
ISBN 978-3-95451-255-3
Stuttgart Krimi
Aktualisierte Neuauflage
6. Auflage

Die Mütter geben unserem Geiste Wärme
und die Väter Licht.
Jean Paul

Für meinen Vater

Prolog

Sie weiß zu viel. Mir bleibt keine andere Wahl, als sie zum Schweigen zu bringen. Unauffällig trat er einen Schritt näher zu der jungen Frau im schwarzen Kleid. Sie stand dicht an der Bahnsteigkante und blickte hinunter auf die Schienen der Stadtbahn. Laut der elektronischen Anzeige dauerte es noch drei Minuten, bis die U6 nach Gerlingen an der Haltestelle Bopser einfuhr. Drei Minuten bis zu ihrem Tod.

Einen Moment lang war er versucht, die Hand auszustrecken und ihr Haar zu berühren. Es fiel offen über ihre Schultern und glänzte rotgolden im Licht der Abendsonne. Bestimmt fühlte es sich weich und glatt an wie Seide. Er hatte die attraktive Frau schon immer anziehend gefunden. Sie ihn leider nicht. Das war sein Schicksal. Die meisten Frauen mochten ihn nicht. Er wirkte zu kühl, zu rational auf sie.

Alle würden an einen Selbstmord glauben. Gründe dafür hatte sie genug. Schwanger von einem Mann, der sie wegen einer anderen sitzen gelassen hatte. Und jetzt war ihr früherer Geliebter ermordet worden. Natürlich dachten alle, sie hätte es getan, um sich an ihm zu rächen. Sein Plan war perfekt.

Noch zwei Minuten. Aus dem Tunnel drang ein kühler Luftzug, der einen modrigen Geruch mit sich brachte. Der Geruch erinnerte ihn an eine halb verfallene Grabkapelle aus Marmor, die er auf einem sizilianischen Friedhof besichtigt hatte. Fast musste er lächeln bei diesem Gedanken. Grabkapelle. Erstaunlich, welche Assoziationen sein Gehirn formte, selbst in einer Situation voller Anspannung wie dieser.

Als die Frau aufsah, strafften sich seine Schultern. Er zog den Hut tiefer ins Gesicht und senkte den Kopf, damit sie seine wahre Identität nicht erkannte. Den Filzhut und den blauen Trenchcoat hatte er aus der Garderobe mitgenommen. Sobald die Kleidungsstücke ihren Zweck erfüllt hatten, würde er sie zurückbringen. Eigentlich waren sie zu warm für die frühsommerlichen Temperaturen. Aber niemand schenkte ihm Beachtung. Kein

Wunder, schließlich gab es in Stuttgart eine Menge komischer Gestalten.

Erstaunlich, wie viele Menschen hier auf die U-Bahn warteten. Er fuhr sonst immer mit dem Auto, weil er sich durch die unfreiwillige körperliche Nähe anderer in öffentlichen Verkehrsmitteln belästigt fühlte. Man roch ihren Schweiß, hörte sie atmen und bekam ihre privaten Telefonate mit. Doch heute war er froh über die vielen Zeugen. Früher oder später würde sich jemand an den Mann mit dem auffälligen Hut und dem Trenchcoat erinnern und die Polizei informieren. Die Bänder der Überwachungskameras würden zeigen, dass der Tod der jungen Frau kein Selbstmord war, sondern sie vor den Zug gestoßen worden war. Seine Verkleidung würde den Verdacht auf jemand lenken, der ein starkes Motiv für diesen Mord hatte.

Erneut sah er zu den orangefarbenen Ziffern der elektronischen Anzeige am anderen Ende des Bahnsteigs. Noch eine Minute. Die Frau stand in der Nähe des Tunnels, durch den die U-Bahn aus Degerloch in wenigen Sekunden in die Haltestelle einfahren würde. Das war gut. Hier hatte der Zug noch genügend Tempo. Das würde sie nicht überleben.

Ihre Aufmerksamkeit galt noch immer den Schienen, als bereite sie sich innerlich auf das nahende Ende vor. Zwischen Zigarettenkippen und Papierfetzen huschte eine Ratte über den Schotter. Die Frau schien sie nicht zu bemerken.

Aus dem Tunnel kam ein lautes Dröhnen. Unter seinen Sohlen vibrierte der Bahnsteig. Er trat noch näher an die Frau heran. Gleich war es so weit. Der kühle, modrige Luftzug wurde stärker. Um ihn herum erhoben sich Wartende von den Sitzbänken, nahmen ihre Taschen auf, drückten Zigaretten aus. Die blonde Frau sah auf und wandte den Kopf Richtung Tunnel.

Seine Handflächen wurden feucht. Jeden Augenblick würde die gelbe Front der Bahn erscheinen. Das Rattern wurde lauter. Dann sah er etwas Gelbes im Tunnel aufblitzen.

Entschlossen hob er die Hände und gab der Frau einen kräftigen Stoß. Sie verlor das Gleichgewicht und stürzte vom Bahnsteig. Im Fallen warf sie einen Blick über die Schulter. Ihre Augen weiteten sich, als sie ihn unter der Verkleidung erkannte.

Lautlos fiel sie vor die einfahrende Bahn. Ein ohrenbetäubendes Kreischen ertönte, als der Fahrer bremste. Aber es war zu spät. Der schwarze Stoff ihres Kleides bauschte sich auf und gab den Blick auf schlanke Beine frei. Blonde Haare wirbelten hoch. Ein schwarzer Damenschuh wurde durch die Luft geschleudert.

»O Gott!«, schrie eine Frau hinter ihm. Jemand rief nach der Polizei. Neben ihm tippte ein Mann eine Ziffernfolge in sein Handy. Vermutlich rief er den Notarzt. Doch die Sanitäter würden zu spät kommen.

Er nutzte den Tumult, um zu verschwinden. Die Treppe hinauf nahm er immer zwei Stufen auf einmal. Als er gegen jemand stieß, der die Treppe herabkam, sah er automatisch auf. Sofort bemerkte er den Fehler. Es war eine Frau mit schulterlangen braunen Locken. Rasch senkte er den Blick und hoffte, dass sie ihn nicht erkannt hatte. Er lief die letzten Stufen hinauf, überquerte die Hohenheimer Straße und rannte in die Etzelstraße. Von fern hörte er das durchdringender werdende Signal eines Notarztwagens.

Mittwoch

Zwischen den Mauern des Alten Schlosses und den Bauten rund um den Schillerplatz dampfte die Frühsommerhitze aus mittelalterlichen Steinen. Die Luftfeuchtigkeit war so hoch, als hätten alle Stuttgarter gleichzeitig ein Schaumbad genommen und die Badezimmerfenster offen gelassen. Schon nach einer halben Stunde in der Mittagssonne klebte das langärmelige Samtkleid wie nasses Fell auf meiner Haut.

Zum wiederholten Mal an diesem Tag verfluchte ich meinen Chef Jens Hohlberg. Im Auftrag seiner Werbeagentur führte ich zahlungskräftige Kunden zu den architektonischen Highlights Stuttgarts – und zwar in historischer Kostümierung aus dem Fundus der Staatsoper. Das mag lustig klingen. Aber bei dreißig Grad unter einer eng anliegenden Kopfhaube aus dem 15. Jahrhundert eingeschnürt zu sein und ein pelzumsäumtes Samtkleid mit langem Umhang herumzuschleppen, war fast schon Extremsport.

Heute verkörperte ich Anna Maria von Ansbach. Sie hatte ihrem Gemahl Herzog Christoph von Württemberg innerhalb von siebzehn Jahren zwölf Kinder geboren und war bestimmt auch deswegen geistig umnachtet im Nürtinger Schloss geendet. Herzog Christoph hatte die Reformation hierzulande durchgesetzt und das Alte Schloss zu einer prächtigen Renaissanceresidenz umgebaut. Die Wappen des berühmten Paares zierten das Portal am Schillerplatz. Vermutlich hatte mein Chef mich deshalb für meine Führung rund ums Alte Schloss in diese mehrschichtige und garantiert nicht atmungsaktive Verkleidung gesteckt.

Meine auffallende Kostümierung sorgte für reichlich Publicity. Zwanzig hochrangige Manager eines weltbekannten Automobilkonzerns folgten aufmerksam den Gesten meiner cremeweißen Spitzenhandschuhe, mit denen ich unterhaltsame Storys aus der Schlossgeschichte untermalte. Schüler, Shoppende und Touristen ließen ihre Handys und Smartphones klicken. Spätestens heute Mittag würde ich der neue Star auf YouTube sein.

In einer abenteuerlichen Zeitreise bugsierte ich die führenden Köpfe der deutschen Luxuskarossenindustrie zu einem der führenden Köpfe literarischer Bestseller: Friedrich Schiller. Sein Denkmal auf dem ihm zu Ehren benannten Platz war die nächste Station. Beeindruckt musterte ich die ausgeprägt männliche Figur aus Bronze. Auf dem Cover von Men's Health würde dieser durchtrainierte Body für Rekordverkaufszahlen sorgen. Obwohl der Dichter einst aus Stuttgart hatte fliehen müssen, wurde er hier in der Region im großen Stil vermarktet. Eigentlich ein Wunder, dass noch niemand Schillerbrezeln oder Schillerschupfnudeln erfunden hatte. Auch ich musste den Dichter auf Wunsch meines Chefs bei jeder Führung einbauen, ohne Rücksicht, ob das zeitlich passte oder nicht. Das lag an Hohlbergs neu entdeckter Liebe zum Ländle, und die wiederum war vor allem umsatzorientiert. Als Chef war Hohlberg ein gnadenloser Ausbeuter, aber er hatte ein sicheres Händchen, wenn es darum ging, Trends in Euros umzusetzen. Mit seinen exklusiven Genießerführungen war er im Zeitalter von Facebook und Twitter auf eine eher altmodische Goldgrube gestoßen. Denn während unsere Welt dank Internet immer größer wurde, wuchs parallel dazu die Liebe zum Regionalen. Egal, ob Kriminalroman, Kleidung oder Kartoffeln – je mehr Heimat darin vorkam, umso besser ließ es sich verkaufen.

Meine Automanager im Gefolge, umkreiste ich Schillers Denkmal und zitierte dabei Feinsinniges aus »Wilhelm Tell«. »Das Alte stürzt, es ändert sich die Zeit, und neues Leben blüht aus den Ruinen.« Das konnte man durchaus als Abgesang auf die glorreichen Zeiten der Autoindustrie verstehen. Wenn man wollte. Die Manager wollten nicht. Dafür belohnte heftiges Kopfnicken meinen Hinweis, dieses sei das erste Denkmal für den großen Dichter in Deutschland gewesen. Was einmal mehr zeige, wie sehr Stuttgart unterschätzt wurde. Auch meine Lieblingspointe über Schiller kam gut an. Der spätere Autor des blutrünstigen Thrillers »Die Räuber« war mit fünfzehn noch Bettnässer gewesen, weil der militärische Drill in der Karlsschule sein sensibles Gemüt verstörte.

Mein Zeigefinger lenkte die Blicke zum Fruchtkasten, einem spätgotischen Bau an der Westseite des Schillerplatzes. Oben auf dem Giebel saß Weingott Bacchus auf einem Fass. Eine Erinnerung an die frühere Nutzung des Gebäudes als Kelter. Nach diesem eleganten Übergang geleitete ich mein Grüppchen über die Dorotheenstraße zur historischen Markthalle. Hier wollte Hohlberg die Autoelite mit einer Verkostung edler Tropfen aus dem Neckartal verwöhnen. Und damit den nächsten fetten Auftrag des Konzerns für seine Agentur sichern.

Mit ihren Arkadengängen, malerischen Türmchen und verschnörkelten Erkern erweckte die Markthalle inmitten funktionaler Gebäude den Eindruck, als wäre sie aus der Zeit gefallen. Tatsächlich täuschte dieser Eindruck nicht, erklärte ich den Teilnehmern meiner Führung. Architekt Martin Elsaesser hatte die Fassaden vor hundert Jahren bewusst traditionell angelegt, um den Bau harmonisch in die damals noch intakte Stuttgarter Innenstadt einzupassen.

Mit gerafften Röcken führte ich die Herren durch die schweren Türen ins Reich der Sinne. Der Duft reifer Pfirsiche, exotischer Gewürze und das Aroma feiner Kaffeespezialitäten vermischten sich unter dem Glasdach zu einem unwiderstehlichen Appetitanreger. Galt anderswo das Motto »Unser Dorf soll schöner werden«, übertrafen sich hier in der Markthalle rund vierzig Feinkosthändler im phantasievollen Arrangieren ihrer Auslagen, die wie kleine Eat-Art-Kunstwerke wirkten. Natürlich hatte diese Schönheit ihren Preis. Wer Discounter gewöhnt war, dem konnte es beim Anblick der Preistafeln schwindelig werden. In diesem Eldorado der Gourmets, Hobbyköche und all jener, die sich dafür hielten, sang man das Hohelied des Genusses. Dieses Hohelied passte auch zur Architektur. Drei Schiffe und gotisch anmutende Stahlträger ließen die Markthalle wie die moderne Version einer mittelalterlichen Basilika wirken. Nichtsdestotrotz hätte die berühmt-berüchtigte Abrisswut unserer Stadtväter auch diesem Schmuckstück in den Siebzigern fast den Garaus gemacht. Nur eine einzige Stimme Vorsprung im Gemeinderat rettete die Markthalle vor dem Schicksal, durch ein multifunktionales Zentrum ersetzt zu werden. Wie ernüchternd dieser Neubau ausgefallen wäre, konnte man sich gut vorstellen. Schossen doch überall wie giftige Pilze charakterlose Protzbauten aus dem städtischen Boden, die sich in ihrer kapitalistischen Einheitsarchitektur am zweifelhaften Geschmack von Investoren orientierten.

Unter lauten Ahs und Ohs flanierten die Autospezialisten an den Ständen entlang. Ackerfrisches Gemüse, bunte Schnittblumen, Frischfisch aus aller Herren Meere, Fleischstücke, die das Tier im Mann weckten, erlesene Südfrüchte und Gewürze, die Nasenflügel schon beim Anblick beben ließen. Mein Gefolge konnte nicht widerstehen und begann bereits hier mit der Verkostung. Von der pflückfrischen Dattel bis zum Serranoschinken futterten sich die Manager munter von Stand zu Stand.

Erschöpft schleppte ich mein kiloschweres Samtkostüm die steile Treppe zur Galerie hoch. Hier oben sollte der krönende Abschluss meiner Genießerführung stattfinden.

»Bea, wo bleibst du nur?«, zischte meine Agenturkollegin Anita aus schmalen Lippen, die der Location angemessen kirschrot geschminkt waren. »Jens ist ganz schön wütend. Seine Weine leiden unter der Wärme und haben nicht mehr die korrekte Serviertemperatur.«

Anitas Blick glitt hinüber zum Agenturchef. Jens Hohlberg trug einen schwarzen Designeranzug mit extrabreiten Schulterpolstern, die seine optische Mickerigkeit überspielen sollten. An seinen Füßen glänzten lackierte Edeltreter wie Insektenpanzer. Mit sorgenvollem Ausdruck strich Hohlberg in einer zärtlichen Geste über die Bäuche der Weinflaschen. Seine Auswahl präsentierte er auf Silbertellern und edlem Damast, als handelte es sich um die württembergischen Kronjuwelen.

»Tut mir leid«, erwiderte ich. »Aber die Automanager waren begeistert, mal was anderes zu sehen als die Ödnis Untertürkheims. Kann durchaus sein, dass Zetsche den Firmensitz demnächst ins Alte Schloss verlegt. Leisten können wird er sich das bei diesen Rekordumsätzen allemal.«

Inzwischen waren die Manager auf der Galerie angekommen. Einige schoben letzte Häppchen zwischen sich ausbeulenden Backen hin und her. Andere bestaunten die filigranen Stahlträgerbogen über uns und entdeckten erstaunliche Parallelen zur Konstruktion von Autohimmeln, die mir bisher entgangen waren.

»So, meine Herren«, wandte ich mich ihnen zu. »Danke für Ihre Aufmerksamkeit. Nun wünsche ich Ihnen viel Vergnügen bei der Weinprobe mit Herrn Hohlberg.«

Freundliches Nicken, hier und da ein dezentes Händeklatschen, ein paar höflich unterdrückte Gähner. Kostümgerecht neigte ich das Haupt, warf mir den Rucksack mit meinen Agenturkleidern über und verließ die Markthalle.

Eine Viertelstunde später stand ich im Parkhaus unter der Landesbibliothek ratlos vor meinem Corsa. Wie sollte ich mit geschätzten dreißig Quadratmetern voluminösem Samt und Pelz am Leib da nur reinkommen? Vor meinem inneren Auge sah ich mich ladylike wie eine Figur aus einem Jane-Austen-Roman in eine herrschaftliche Kutsche steigen. Ein Diener in Livree und weißer Lockenperücke hielt mir die Tür auf. Zum ersten Mal in meinem Leben entdeckte ich etwas Positives am Feudalismus. Ich zupfte mir die Handschuhe von den Fingern und löste die Haube aus den verschwitzten Haaren. Dann rollte ich den Stoff um mich herum in kleine Würste auf und schraubte mich yogigleich in den Corsa. Die Samtwülste drapierte ich als eine Art Airbags um mich herum, bis ich mich fühlte wie eine Kleidermotte im Paradies.

Normalerweise zog ich mich nach einer Führung in der erstbesten öffentlichen Toilette um und brachte mein Kostüm in die Oper zurück. Aber als ich heute Morgen in das Renaissancekleid schlüpfte, war eine Seitennaht gerissen. Um die hoch dotierten Automanager nicht warten zu lassen und keine Beschwerde bei meinem Chef zu riskieren, nähte mich die Schneiderin kurzerhand ins Kleid ein. So musste sich Maria Carey bei ihren Auftritten fühlen. Laut Boulevardpresse ließ sich die Sängerin nackt in ihr Bühnenoutfit einnähen, damit sich keine Reißverschlüsse abzeichneten und sie so schlank wie möglich aussah.

Ohne fremde Hilfe würde ich die Samtschichten kaum loswerden. Und da die Halbtags-Schneiderin nun schon Feierabend hatte, blieb mir keine andere Wahl, als in vollem Ornat in die Agentur zu fahren. Hoffentlich geriet ich in keine Verkehrskontrolle. Vor lauter Samt konnte ich kein Fußpedal sehen, und beim Schalten musste ich unter den Stoffschichten auf mein Fingerspitzengefühl vertrauen.

Als ich aus dem angenehm kühlen Parkhaus auf die Konrad-Adenauer-Straße einbog, begann ich sofort wieder zu schwitzen. Schweißtropfen lösten sich aus meinen Achseln und versickerten im Samt. Wenn es Hohlberg darauf anlegte, musste ich das Kostüm auf meine Kosten reinigen lassen, bevor ich es zurückgab. Als alter Schwabe würde er keinen Cent lockermachen, schließlich war es nicht sein Schweiß.

In der Neuen Weinsteige bog ich zur Agentur ab und parkte auf dem letzten freien Platz vor der Villa. Bevor ich die Werbeagentur »Hohlbergs Reich« betrat, prüfte ich, ob die Luft rein war. Abfällige Bemerkungen über meine ungewöhnliche Aufmachung hatte ich für diesen Tag schon genug einstecken müssen. Leise zog ich die Pumps von den Füßen und schlich durch Rauchschwaden, Espressoduft und aus dem Grafikatelier herüberwummernde Bässe zu meinem Büro. Das hatte ich zumindest vor, als eine Männerstimme mich stoppte.

»Willkommen, Majestät«, schnurrte es hinter mir. »Wie edel von Euch, sich aus Euren herzoglichen Gemächern in die Niederungen des arbeitenden Volkes zu begeben.«

Die Stimme gehörte Teddy. Er war Grafiker und eigentlich mein Exfreund. Eigentlich, weil ich mich in einem Anflug von Sentimentalität vor Kurzem wieder mit ihm eingelassen hatte.

Teddy betrachtete mich amüsiert. »Heute schon jemand auf die Guillotine geschickt?«

Wie so oft geriet mein Herz aus dem Takt, als seine dunkelblauen Augen sich in meine graublauen versenkten. Neben Teddys Mundwinkeln erschienen die kommaförmigen Grübchen, die ich so liebte.

»Du hast gute Chancen, mein erstes Opfer zu werden«, gab ich trocken zurück.

Teddy schlang die Arme um mich und presste seine Lippen auf meine feuchte Wange. »Du fühlst dich genauso erhitzt an wie heute Nacht auf meinem Sofa.«

Sein warmer Atem ließ Bilder in meinem Kopf aufsteigen, die eine Jane-Austen-Figur ziemlich aus der Fassung gebracht hätten.

»Gerade nimmt dein Gesicht denselben verführerischen Erd-
beerton an wie neulich, als ich dich ans Bettgestell gefesselt habe«,
sagte Teddy. »Apropos fesseln. Du willst doch sicher aus dieser
altmodischen Verpackung raus? Komm, wir verdrücken uns auf
den Küchenbalkon!« Seine Hand glitt meinen samtbedeckten
Arm hoch und schob sich unter dem züchtigen Kragen in meinen
Ausschnitt.

Wir waren noch immer unbeobachtet. Diese seltene Gelegenheit nutzte ich für einen leidenschaftlichen Kuss. Als ich das
Kratzen seines Dreitagebartes spürte, fühlte ich mich endlich
wieder wie ich selbst.

»Das klingt verlockend, aber ich möchte vermeiden …«

Teddy hob die Hand und nickte. »Ja, ich weiß. Keiner soll
wissen, dass wir wieder zusammen sind. Die Dame vögelt in-
kognito.« Er warf mir eine Kusshand zu, verbeugte sich wie ein
Minnesänger vor dem Burgfräulein und verschwand in der Küche.

In meinem winzigen Büro stand die Schiebetür mit Bleiglas-
einsätzen zum deutlich großzügigeren Raum nebenan wie meist
offen. Dort saß meine Agenturkollegin Jeannette vor ihrem
Computer. Sie war meine beste Freundin, und abgesehen von
meiner aktuellen Affäre mit Teddy hatte ich vor ihr fast keine
Geheimnisse.

Jeannette sah von ihrem Bildschirm hoch. Bei meinem Anblick
heiterten sich ihre feingliedrigen Züge auf.

»Bea, wie siehst du denn aus? Eigentlich bin ich doch hier
der bunte Vogel.« Wie zur Bestätigung sah sie an sich hinunter.
Apfelgrünes T-Shirt, rosa Röhrenjeans, orange Ballerinas. So
ziemlich der größte denkbare Kontrast zum Agentureinheitslook,
der zwischen Schwarz und Dunkelanthrazit pendelte.

»Wo wir gerade von Akzentfarben sprechen, Bea. Dein Gesicht
passt zur Farbe deines Samtungetüms. Tiefrot. Teddy hat dir wohl
unter die Röcke gefasst?«

»Ich hab keine Ahnung, wovon du sprichst.« Um Jeannette
vom Thema Teddy abzulenken, fügte ich hinzu: »Draußen brüten
fast dreißig Grad im Kessel, und ich stecke in mehreren Samt-

schichten. Eben habe ich einigen Automanagern Schillers Leben und Werk erläutert. So was strengt an.«

Jeannette lachte. »Ziemlich viele Worte für eine so simple Sache wie Sex. Du kannst es meinetwegen leugnen, aber du hast dich wieder auf deinen Ex eingelassen. Alle Anzeichen sprechen dafür. Teddy braucht nur mit den Fingern zu schnipsen, und schon stehst du Unterwäsche bei Fuß. Na ja, das ist deine Sache.« Sie griff nach einem Papierausdruck neben ihrer Tastatur und reichte ihn mir. »Das hier ist auch deine Sache. Hohlberg hat für fünfzehn Uhr überraschend ein Meeting angesetzt. Den ganzen Morgen über hat er geheimnisvoll getan und sich mit einem neuen Kunden in seinem Hochglanzbüro eingeschlossen. Bin gespannt, was unser Häuptling ausbrütet. Vielleicht zur Abwechslung was Vernünftiges. Bis zur Besprechung erwartet er von dir ein paar Ideen für die Kampagne von Frau Fischerling.«

»Hm, mach ich.« Ohne einen Blick darauf zu werfen, legte ich den Ausdruck weg, zog den Umhang aus und nahm eine Schere zur Hand. »Kannst du mir aus diesem Kostüm helfen, bevor ich Pfützen auf dem Parkett hinterlasse? Die Schneiderin musste mich heute Morgen einnähen, weil eine Naht geplatzt ist.«

»Du hast wohl zu viel Schmandkuchen verputzt.«

Jeannette wollte mir die Schere abnehmen. Als das Telefon klingelte, sah sie auf die Nummer im Display. Ihre zu feinen Strichen gezupften Augenbrauen rutschten aufeinander zu.

»Kenn ich nicht«, murmelte sie. »Werbeagentur Hohlbergs Reich, Sie sprechen mit Jeannette Wagenbach. Was kann ich für Sie tun?«

Sie lauschte und flötete mit Parfümerieverkäuferinnenstimme: »Guten Tag, Frau Pelzer. Ja, Ihre Tochter ist am Platz. Einen Augenblick bitte.«

Meine Mutter Marlene! Die hatte mir gerade noch gefehlt. Sofort brach mir wieder der Schweiß aus, dabei hatte ich noch kein Wort mit ihr gewechselt.

Ich nahm den Hörer. »Mutter, was gibt's?«

»Kind, du musst mir unbedingt mit den Geranienkästen helfen. Du weißt doch, ich darf höchstens fünf Kilo heben. Ich habe die Kästen bepflanzt und will sie gleich aufhängen.«

Schweigend zählte ich auf fünf und atmete tief in den Bauch. »Mutter, ich bin bei der Arbeit. So einfach kann ich hier nicht weg.« Ich schob die Schere zu Jeannette, deutete auf die Seitennaht meines Kleides und flüsterte meiner Freundin zu: »Kannst du die provisorische Naht hier vorsichtig aufschneiden?«

»Bea, wieso aufschneiden?«, echote meine Mutter irritiert. »Ich rede von Aufhängen. Balkonkästen muss man aufhängen. Kind, stell dich nicht so an! Du weißt, ich bin völlig allein im Haus und auf deine Hilfe angewiesen. Dein Vater hat mich früher nie unterstützt, aber du hilfst mir doch, oder? Wann kommst du?«

Eine solche Salve aus Vorwürfen und Appellen war typisch für meine Mutter. Anders als in dieser emotional verseuchten Art konnte sie nicht kommunizieren. Und sie musste auch nach über zwanzig Jahren Dasein als Ex-Ehefrau noch an meinem Vater herummäkeln. Damals hatte er sie und mich für eine Jüngere verlassen, was sie ihm nicht verzeihen konnte. Ich auch nicht. Aber noch mehr als mein Scheidungskindschicksal trug ich ihm nach, dass er mich mit Mutter alleingelassen hatte.

Jeannette wusste, wie sehr Mutter und ich auf Kriegsfuß standen. In einer theatralischen Geste umfasste sie die Schere und zielte mit der Spitze auf ihre Brust. Sie tat so, als würde sie zustechen, und sank röchelnd über ihren Schreibtisch.

Ich unterdrückte ein Kichern und meinte in den Hörer: »Okay, Mutter. Ich komme heute Abend vorbei. Aber es kann spät werden, bis ich hier fertig bin. Vor acht klappt das auf keinen Fall.«

Pünktlich zum Meeting fanden Jeannette und ich uns im Besprechungszimmer ein. Inzwischen trug ich wieder meine Agenturuniform: schwarze Hose, schwarze Bluse, schwarze Schuhe. Weniger konform waren meine abenteuerlichen Locken, die ich nach drei Stunden unter der Kopfhaube auch mit Wetgel kaum hatte bändigen können. Natürlich bot ich Anita damit eine willkommene Angriffsfläche.

»Wie wär's mit einem Friseurtermin, Bea?«, begrüßte sie mich gewohnt feindselig und deutete auf mein mausbraunes Haar-Desaster. »Wie peinlich, wenn unsere Kunden dich so sehen. Jens könnte dich wegen Rufschädigung seiner Agentur verklagen.«

Bevor mir eine passende Antwort einfiel, hielt Jeannette einen Computerausdruck vor Anitas hübsches Näschen.

»Für eine Rufschädigung gibt's genug andere Gründe«, wies Jeannette die Kundenberaterin zurecht. »Zum Beispiel deine Rundmail von heute Morgen. Meeting schreibt sich immer noch mit zweimal ›e‹, nicht mit ›ie‹, meine Liebe.«

Anita schürzte die kirschroten Lippen und ignorierte Jeannettes Zurechtweisung. Ihre Rechtschreibschwäche schien ihr nicht einmal peinlich zu sein.

Der allseits unbeliebte Controller Nikolas Birkner betrat den Raum. Er war weniger für Ideen zuständig als für Zahlen. Damit ging er aber mindestens so kreativ um wie wir Agentursklaven mit Broschürenlayouts und Internetseiten. Nikolas war von Kopf bis Fuß in Schwarz gekleidet und trug eine passend finstere Miene zur Schau. Ohne uns zu begrüßen, sank er in einen Designerschwingstuhl und öffnete eine Wasserflasche.

Mit Nikolas hatte ich meist nur zu tun, wenn es um mein Honorar ging, was an sich schon eine unerfreuliche Angelegenheit war. Er verstand sich meisterhaft darauf, vereinbarte Honorare rückwirkend zu drücken, wenn meine Texte bereits fertig waren. Ich konnte mich kaum erinnern, mit ihm mehr als ein paar private Worte gewechselt zu haben. Und wenn, dann ging es um sein Loft in Degerloch, seinen Porsche Boxster und sonstige Edelmarken. Ob Nikolas ein Privatleben, eine Frau oder eine Freundin hatte, wusste ich nicht. Angesichts seiner ausgedehnten Arbeitszeiten schätzungsweise eher nein.

Britta Hansen war die Nächste. Die schöne Blondine mit der hanseatisch kühlen Ausstrahlung war Fotomodell und Hohlbergs Lebensgefährtin. Jahrelang hatte sie vergeblich versucht, auf den Laufstegen dieser Welt Fuß zu fassen. Jetzt arbeitete sie als optische Projektionsfläche für Werbung. Wenn Hohlberg ein hübsches Gesicht oder eine sexy Figur für ein Shooting brauchte, wurde meist Britta gebucht. Ansonsten kümmerte sie sich wenig um das Alltagsgeschäft in der Agentur. Das war Anitas Job. Britta war dafür bei Branchentreffen, Preisverleihungen und hochkarätigen

Kundenevents stets an Hohlbergs Seite. Sie schmückte sich mit seinem Geld und Einfluss, er sich mit ihren rehgleich gewachsenen fünfzig Kilo.

Als Agenturchef Jens Hohlberg mit Teddy und den beiden anderen Grafikern erschien, reihten wir uns um den Tisch. Stühle wurden zurechtgerückt, Mineralwasser gluckerte in Gläser, Kaffeelöffel kreisten geräuschvoll in schwarzen Tassen. Nach ein paar Minuten ebbte die Geräuschkulisse ab. Hohlberg räusperte sich und schob den Hinterkopf nach oben. Das ließ ihn größer wirken und unterstrich seine Position als Silberrücken. Ein sicheres Zeichen. Gleich würde er etwas Wichtiges verkünden.

»Wie ihr alle wisst«, eröffnete Hohlberg das Meeting, »feiert die Markthalle dieses Jahr ihr hundertjähriges Bestehen. Ein großes Jubiläum. Und eine ideale Gelegenheit, um meine Agentur noch bekannter zu machen. Wir nutzen die Markthalle bereits für unsere erfolgreichen Genießerevents. Erst heute habe ich wichtige Automotivkunden mit einer Verkostung feinster Gewächse aus Untertürkheim begeistert.« Er nahm einen Schluck Wasser, um seine Worte in der rhetorischen Pause wirken zu lassen. Den Text hatte er vorher ausformuliert und geübt, da war ich mir sicher. Live waren sowohl sein Satzbau als auch sein Wortschatz höflich gesagt noch ausbaufähig.

»Die Veranstaltung war superb«, fuhr Hohlberg fort. »Aber wichtiger für die Ziele meiner Agentur ist unser neuer Etat.« Wieder schwieg er einen bedeutungsvollen Moment. Die Stille füllte er, indem er mit seinem silbernen Kugelschreiber auf die Glasplatte des Tisches trommelte. »Es ist mir gelungen, den kompletten Etat des hundertjährigen Jubiläums an Land zu ziehen. Eine andere Agentur war bereits damit beauftragt. Aber einige Entscheider haben ihr Vertrauen in diese Agentur verloren. Es scheint, als wären die Kollegen überfordert gewesen. Für uns ist das *die* Chance, uns in Szene zu setzen. Wir werden allen zeigen, was wir innerhalb kürzester Zeit für die Markthalle auf die Beine stellen können.«

Beifallheischend musterte er unsere Runde. Anita schien von der Ankündigung überrascht, was mich wunderte. Als Hohlbergs persönliche Assistentin gehörte sie zum inneren Kreis der Macht und wusste in der Regel sogar mehr als der Chef selbst. Nikolas war der Einzige, der wohlwollend nickte. Alle anderen dachten dasselbe wie ich: Achtung, Kunde droht mit Auftrag. Das war meist gleichbedeutend mit einer Menge Stress und reichlich Überstunden. Unbezahlten Überstunden, wie in unserer Branche üblich.

»Nun«, sagte der Agenturchef, »Hohlbergs Reich organisiert sämtliche Veranstaltungen. Das besondere Highlight wird ein Genießerevent mit Stuttgarter VIPs. Ein spektakuläres Live-Cooking in der Markthalle. Die gesamte Presse wird vor Ort sein und berichten. Ihr wisst, was das bedeutet.«

Wir tauschten dezente Blicke aus. Die Botschaft war deutlich in Hohlbergs Augäpfeln zu lesen. Dort blinkte ein Dreiviertelkreis mit zwei Querstrichen. Das Eurozeichen.

Inzwischen war unser Chef bei den Details angekommen. »Wir werden für das Event Print- und Onlinemedien entwickeln. Einladungen, Flyer, Pressemeldungen. Und ihr werdet den Jubiläumsabend perfekt organisieren. Britta wird als Model überall zu sehen sein, auch auf großflächigen Plakaten und Citylights.« Er nickte seiner Freundin zu, die nun übers ganze Gesicht strahlte.

»Den richtigen Partner dafür habe ich auch schon ins Boot geholt. Ein erfahrener Eventspezialist wird uns unterstützen. Ab sofort steigt er als zweiter Geschäftsführer in meine Agentur ein.«

Meine Kollegen und ich ließen diese Neuigkeit auf uns wirken. Hohlberg tippte eine Nummer in sein Smartphone. »Peter, es ist so weit. Komm bitte rüber ins Besprechungszimmer.«

Wenige Sekunden später trat ein circa sechzigjähriger Mann herein. Obwohl wir alle ihn verblüfft anstarrten, wirkte er selbstsicher und souverän. Ein geborener Machtmensch. Stilvoll verpackt in einen schwarzen Anzug, weißes Hemd, keine Krawatte. Dafür eine edle graue Designerbrille, die zum Ton seiner Haare passte.

Als ich den Mann sah, stockte mir der Atem. Wie hypnotisiert konnte ich den Blick nicht von ihm wenden.

Hohlberg schob den Stuhl zurück und erhob sich. Die beiden reichten sich die Hand. »Großartiger Moment, Peter«, murmelte Hohlberg und sah stolz in die Runde.

»Das ist Peter Herzog, mein neuer Partner«, erklärte er. »Peter führt eine erfolgreiche Eventagentur in München und suchte nach einer schlagkräftigen Geschäftsverbindung in Stuttgart.« Hohlberg legte seinem Kompagnon vertrauensvoll die Hand auf den Arm. »Peter, am besten stelle ich dir nun meine Mitarbeiter vor.« Der Reihe nach nannte er unsere Namen. Einer nach dem anderen stand auf und reichte dem Neuen die Hand.

Jeannette beugte sich zu mir und flüsterte: »Das ist der Typ, mit dem sich Jens eingeschlossen hatte. Ich dachte, er wäre ein neuer Agenturkunde.«

Als sie meinen Gesichtsausdruck sah, weiteten sich ihre Augen. »Bea, was ist los? Du siehst aus, als hättest du ein Gespenst gesehen.«

Das war auch so. Ich hatte ein Gespenst aus meiner Vergangenheit gesehen und wäre gern im nächstbesten Mauseloch verschwunden. Aber bevor ich mich versah, deutete Hohlberg auf mich. Meine Knie waren weich wie zu lang gekochte Spaghetti. Ich schaffte es kaum, vom Stuhl hochzukommen.

Auch dem neuen Geschäftsführer gingen bei meinem Anblick die Augen über. Unter der Frühlingsbräune wurde er bleich und trat einen Schritt zurück, wie um die Flucht zu ergreifen. Als gewiefter Geschäftsmann gewann er schneller die Fassung zurück als ich.

Hohlberg stellte mich vor. »Peter, das ist unsere Werbetexterin. Ihr Name ist Bea …«

Der Neue fiel ihm ins Wort. »Danke, Jens. Wir kennen uns bereits.« Erneut wandte er sich mir zu. Lachfältchen bildeten sich um seine blauen Augen, die mich das letzte Mal vor sehr langer Zeit angesehen hatten.

»Bea, was für eine Überraschung! Ich freue mich, dich wiederzusehen.« Er schüttelte mir die Hand. Ohne Hohlberg anzublicken, erklärte er seinem Geschäftspartner: »Bea ist meine Tochter.«

Nach dem Meeting saßen Jeannette und ich in unserem Büro. Obwohl wir beide einen straffen Terminplan hatten, lagen unsere Hände untätig vor der Tastatur. Bei mir, weil ich so geschockt war. Bei Jeannette, weil sie mit mir fühlte und meine unselige Familiengeschichte kannte.

»Wie lang hast du deinen Vater nicht gesehen?«, fragte sie leise.

»Das muss über zehn Jahre her sein.« Meine Bauchdecke fühlte sich hart an, als hätte mir der Schreck die Eingeweide verknotet. »Als der Bruder meiner Mutter starb, kam Vater auch zur Beerdigung.« Nur ungern erinnerte ich mich an unser Gespräch beim Leichenschmaus. »Er hat mich damals gefragt, warum ich mich nicht bei ihm melde. Am liebsten wäre ich aufgestanden und gegangen. Ich meine, schließlich hat Vater *uns* verlassen. Da wäre es doch an ihm gewesen, den Kontakt zu halten.«

Jeannette schien zu spüren, wie sehr mich die Begegnung belastete. Sie wechselte das Thema. »Nikolas muss ziemlich gefrustet sein. Immerhin hat er die letzten Jahre über fast hier in der Agentur gelebt. Und nun greift Hohlberg sich einfach einen anderen als Partner.«

»Vielleicht wollte er frischen Wind in die Agentur bringen«, warf ich ein, dankbar über die Ablenkung. »Außerdem braucht er jemand, der sich mit Events auskennt. Seine Erlebnisführungen laufen gut. Aber so ein wichtiges Event mit VIP-Alarm zu stemmen, dazu gehört viel mehr Know-how.«

»Ich wette, Nikolas räubert aus Rache gerade Hohlbergs Luxusgüterschrank aus«, mutmaßte Jeannette.

Damit meinte sie das große Lebensmittelfach im Hochschrank der Agenturküche, das ausdrücklich für den Chef und seine Lieblingskunden reserviert war. Darin bewahrte Hohlberg Leckerbissen wie Premiumkaffeebohnen, Kaviar und Champagner für besondere Gelegenheiten auf. Etwa wenn ein großer Werbeetat freigegeben wurde oder die Agentur einen Pitch gewann. Einen jener arbeitsintensiven Wettbewerbe, bei denen mehrere Agenturen um einen Auftrag kämpfen. Dem gemeinen Fußvolk – also uns normalsterblichen Mitarbeitern – war es streng verboten, sich Hohlbergs Fach auch nur auf Blickdistanz zu nähern, geschweige denn die Luxusgüter anzutasten.

Meistens hielten wir uns daran. Außer wenn Hohlberg aus dem Haus war und die Grafiker Lust auf Aufstand hatten. Dann gönnten sie sich ein Tässchen von der Luxusbohnenmischung und füllten die Packung mit biederen Mitarbeiterkaffeebohnen auf. Manchmal bastelten sie mit ihren Grafikprogrammen die Frischluftsiegel nach und klebten die Packung damit wieder zu.

Jeannette schien ihr Mitgefühl für mich nun auf Nikolas zu projizieren. »Muss sich echt blöd anfühlen, ausgerechnet einen Münchner Eventspezialisten vor die Nase gesetzt zu bekommen. Anita wirkte ziemlich geschockt. Kam es dir auch so vor, als hätte sie keine Ahnung von Hohlbergs neuem Partner gehabt?« Sie seufzte ausgiebig. »Wir werden eine Menge zu tun haben in den nächsten Wochen. Vielleicht sollte ich noch rasch den Beruf wechseln und eine Katzenpension eröffnen. Oder eine eigene Modekollektion entwerfen. Mit gewagten Kombinationen aus Rot, Grün, Blau, Orange und anderen zu Unrecht vernachlässigten Farben.«

»Zur Existenzsicherung könntest du parallel eine Augenarztpraxis aufmachen. Sobald deine Kollektion auf dem Markt ist, werden sich mysteriöse Krankheiten häufen. Augenkrebs und Primärfarbenblindheit zum Beispiel.«

Mein Blick fiel auf die Liste, die ich vor dem Meeting für Hohlberg vorbereitet hatte. »Vor lauter Überraschung haben wir meine Ideensammlung für die Fischerling-Kampagne vergessen. Soll ich sie Jens bringen?«

Jeannette winkte ab. »Lass die beiden Jungs lieber in Ruhe Champagner schlürfen. Der Stress geht noch früh genug los.«

Wir vertieften uns in die aktuellen Jobs. Zumindest versuchte ich es, konnte mich aber nicht auf etwas so vergleichbar Unwichtiges wie das bevorstehende Jubiläum der Markthalle konzentrieren. Die plötzliche Begegnung mit meinem Vater ließ mir keine Ruhe. Würden wir miteinander arbeiten können, ohne uns ständig in die Haare zu geraten? Wusste meine Mutter, dass er wieder in der Stadt war? Wenn nicht, war es dann meine Aufgabe, diese unerfreuliche Nachricht zu überbringen?

Ein energisches Klopfen an der Bürotür schreckte uns auf. Meist stürmten die Kollegen ohne Ankündigung einfach herein.

»Wir kaufen nichts!«, rief Jeannette.

Die Tür ging trotzdem auf. Es war mein Vater, diesmal ohne Jackett.

»Hallo, die Damen«, sagte er in Jeannettes Richtung und kam

zu mir herüber. Mit ernstem Gesicht nickte er mir zu und strich sich die Haare zurück. Dann rückte er seine Brille zurecht und räusperte sich. Es schien, als wüsste auch er nicht, wie er mit unserem Aufeinandertreffen umgehen sollte.

»Bea, hast du einen Moment Zeit? Ich möchte mit dir reden.«

Hilfesuchend warf ich einen Blick zu Jeannette. Meine Freundin griff nach der erstbesten Jobmappe in ihrer Ablage. »Entschuldigt mich. Ich muss, äh … ich muss noch was besprechen … mit Anita. Bis gleich.«

Vater rollte Jeannettes Stuhl neben meinen und setzte sich. Nun waren wir fast auf Augenhöhe.

Eine Weile schwiegen wir. Bis ich die dadurch entstandene Intimität nicht mehr aushielt. »Weiß Mutter, dass du wieder in Stuttgart bist?«

Seufzend meinte Vater: »Marlene und ich haben seit Jahren keinen Kontakt mehr. Genau wie wir beide. Auch ein Grund, warum ich mich entschieden habe, das Angebot von Jens Hohlberg anzunehmen.« Er rollte den Stuhl noch näher zu mir heran. Hoffentlich griff er nicht nach meiner Hand. Ich würde sicher aufspringen und weglaufen.

»Bea, es wäre schön, wenn wir Zeit miteinander verbringen könnten. Was hältst du von einem Abendessen? Vielleicht bei mir zu Hause? Ich würde gern für dich kochen. Und dir meine Frau vorstellen.« Den letzten Halbsatz schob er zu schnell nach, als wäre ihm das Thema unangenehm.

Bei den Worten »meine Frau« zuckte ich zusammen.

Vater tat, als hätte er es nicht bemerkt. »Ich habe ein Haus …« Er stockte und setzte erneut an. »Wir, also meine Frau Gerit und ich, haben ein Haus auf dem Killesberg gemietet. Gerit schreibt auch, so wie du. Sie ist Journalistin. Ihr versteht euch sicher gut.«

Wieder war es eine Weile still.

Schließlich meinte er sanft: »Bea, was hältst du davon? Ein Abendessen bei mir zu Hause. Völlig entspannt. Wir sehen einfach, wie wir miteinander zurechtkommen. Was meinst du?«

»Gut. Ein Abendessen«, willigte ich ein.

»Ein Anliegen habe ich noch.« Vater wich meinem Blick aus. »Marlene weigert sich, mit mir zu sprechen. Ich möchte auch mit ihr einen Neubeginn versuchen. Könntest du deine Mutter bitten, bei diesem Abendessen mit dabei zu sein? So hätte ich die wichtigsten Frauen in meinem Leben um mich.«

Daran wirst du keine Freude haben, dachte ich bei mir. »Okay, ich versuche es. Aber versprechen kann ich nichts. Du weißt ja, wie Mutter manchmal ist.«

»Und ob. Wie könnte ich das vergessen? Nach allem, was zwischen uns vorgefallen ist.«

Als ich den Corsa vor Mutters Bungalow in Leinfelden parkte, schob sich ein Flugzeug dröhnend in den müllsackblauen Himmel. Sehnsüchtig sah ich dem Flieger hinterher. Die Fluggäste waren unterwegs auf eine malerische kleine Mittelmeerinsel, stellte ich mir vor. Dort würden sie in einem Fischerdorf ohne Bausünden leckere Meeresfrüchte verspeisen und mit einer Menge Cocktails auf den Sonnenuntergang anstoßen. Ich hätte sofort mit ihnen getauscht.

Im Mittelalter wurde der Überbringer schlechter Nachrichten geköpft. So schlimm würde es mir wohl nicht ergehen. Aber Mutter würde mir ordentlich den Kopf waschen, weil ich es wagte, eine Einladung vom Staatsfeind Nummer eins zu überbringen.

Das Innere des Sechziger-Jahre-Bungalows, in dem ich aufgewachsen war, wirkte düster. Die Rollläden waren unten und boten der Sonne keinen Einlass. Die einzige Stelle, von der aus Tageslicht auf den Perserteppich im Wohnzimmer fiel, war die Tür zur Terrasse. Draußen stand meine Mutter vor der Hollywoodschaukel inmitten von frisch bepflanzten Balkonkästen. Zu ihren Gartenhandschuhen trug sie ein Kleid, das mit roten Blumen bedruckt war. Genau dieselbe Farbe hatten einige der Geranien in den Balkonkästen. Das war kein Zufall.

Als ich die Glastür aufschob, kündigten mich die quietschenden Scharniere an.

Mutter drehte sich um und stemmte statt einer Begrüßung die Hände in die Taille. »Kind, warum kommst du so spät? Ich habe dich schon vor Stunden um Hilfe gebeten.«

»Mam, ich musste arbeiten. Das habe ich dir doch erklärt.«

Ich war gerade erst angekommen, trotzdem hatte meine Stimme bereits diesen gereizten Tonfall, den nur meine Mutter auslösen konnte.

Mutters Zeigefinger deutete zu den Halterungen am Geländer. Übergangslos bekam ich Kommandos. »Die hängenden roten Geranien müssen dort drüben hin. Die stehenden rot-weißen hier auf die Gartenseite. Die weißen hängenden kommen hinter die Sitzgruppe.«

Aus einer Holztruhe mit Gartenutensilien nahm ich ein Paar Handschuhe und hob den ersten Kasten an.

»Wie war's in der Praxis?«, versuchte ich mich in Konversation. Meine Mutter war Allgemeinärztin und hatte eine eigene Praxis in Echterdingen. Geduldig hörte ich mir ihre Klagen über unverschämte Patienten und unfähige Arzthelferinnen an. Als der erste Redeschwall vorüber war und die meisten Blumenkästen hingen, entschied ich, es hinter mich zu bringen.

»Ich habe Neuigkeiten für dich«, sagte ich und versuchte, gut gelaunt zu klingen. »Rate mal, wer mir heute begegnet ist.«

Mutter fächelte sich mit der Hand Luft zu, als wäre es unglaublich anstrengend, mich von der Hollywoodschaukel aus zu beobachten. Ihr Gesicht hellte sich auf. »Georg! Sag bloß, du bist wieder mit Georg zusammen. Das ist eine Freude, Kind! Ich habe immer gesagt, dieser gut aussehende, solide Bankier ist genau der Richtige für dich.«

Bei der Erwähnung von Georgs Namen rutschte mir der Blumenkasten aus der Hand und erwischte meinen großen Zeh. Fluchend versuchte ich, den Zeh zu bewegen. Es klappte. Also war nichts gebrochen. Außer meinem Herz. Daran war ich selbst schuld. Schließlich war ich vergangenes Jahr nach Georgs Heiratsantrag Hals über Kopf aus Venedig abgehauen. Ohne Erklärung und ohne mein Gepäck. Seit dieser Panikattacke herrschte Schweigen zwischen uns. Georgs Kontaktversuche hatte ich ignoriert.

»Mutter, Georg ist kein Bankier, das weißt du genau. Er arbeitet nur in einer Bank.«

»Das ist doch fast dasselbe, Bea. Auf jeden Fall ist er ein netter junger Mann, der dir eine sichere Zukunft bieten kann. Das ist das Einzige, was für eine Frau zählt. Glaub mir, Kind. Ich weiß, wovon ich rede.« Sie stand auf und schaute in den Himmel, als hätte sie eine Vision von mir in weißer Kutsche, mit ordentlicher Frisur, spitzenbesetztem Kleid und Schleier. »Wann bringst du Georg zum Essen mit? Am Sonntag könnte ich meinen Rinderbraten machen, den mag er doch so.«

»Bitte hör auf. Mit Georg ist es aus. Akzeptier das endlich.«

Sie reckte die Nase und sah mich von oben herab an. »Du bist einfach zu feige für eine feste Bindung.«

Das saß. Ich brauchte mehrere Anläufe, bis ich den dicken Kloß in meinem Hals hinuntergeschluckt hatte. Um Mutter von ihrer üblichen Georg-Litanei abzulenken, beschloss ich, ihr von der Begegnung mit ihrem Exmann zu erzählen.

»Heute habe ich mit Vater gesprochen.«

»So?« Mutter zeigte bis auf ein leichtes Spitzen der Lippen äußerlich keine Regung. Ihr Blick ging in die Ferne, die an Nachbars Ligusterhecke endete.

»Er ist zurzeit in Stuttgart und arbeitet mit meinem Chef an ein paar Aufträgen«, formulierte ich vage. »Vater hat mich zum Essen eingeladen. Auf den Killesberg. Wo er jetzt wohnt. Mit seiner Frau. Seiner neuen Frau, meine ich.«

Scheinbar teilnahmslos betrachtete Mutter ihre gepflegten Fingernägel, die farblich zu den Geranien passten. »Was will *der* denn in Stuttgart?«, sagte sie mit überzeugend gelangweilter Stimme. »Wo er doch in München *so* erfolgreich ist. In Bayern.« Missbilligend zuckte ihre linke Augenbraue. »Pff, wer will da schon hin?«

»Er möchte dich auch dabeihaben.«

»Mich? Wo? In München?« Sie sah mich perplex an.

»Nein. Bei unserem Abendessen auf dem Killesberg.«

»Killesberg? Typisch. Für ihn ist nur das Beste gut genug. Während ich hier im alten Haus wohnen muss. Alles sanierungsbedürftig und durchs Dach tropft es auch rein. Nicht mal Unterhalt wollte er mir bezahlen, dieser Schuft, nachdem er uns sitzen gelassen hat. Aber jetzt einen auf schnieke machen.«

Ruhig bleiben, durchatmen, sagte ich mir, um den aufsteigenden Groll zu vertreiben. »Er möchte sich versöhnen. Deshalb hat er uns zu sich eingeladen.«

»Zu sich und seiner jungen *Frau*«, korrigierte Mutter.

»Ja. Seine Frau wird auch dabei sein.« Mittlerweile kam mir Vaters Vorschlag selbst merkwürdig vor. Die Exfrau und die neue Frau an einem Tisch, das konnte doch auf keinen Fall gut gehen. »Kommst du mit?«

»Niemals. Lieber würde ich verhungern.« Mutter stand auf, trat sich die Schuhe gründlicher als nötig an der Schmutzmatte ab und verschwand im Bungalow.

Inzwischen dämmerte es. Während ich die letzten beiden Blumenkästen aufhängte, versorgte sich ein ganzes Rudel Schnakenweibchen mit meinem Blut. Aber diese kleinen Kriegsverletzungen ertrug ich tapfer. Immerhin hatte ich die Hiobsbotschaft überbracht, ohne geköpft zu werden. In meiner Familie war das fast schon eine Heldentat.

Hohlberg hatte den Auftrag für das hundertjährige Jubiläum der Markthalle einer anderen Agentur in letzter Minute abgejagt. Daher standen wir unter extremem Zeitdruck. So bald wie möglich sollten hochwertige Einladungen an Stuttgarter Honoratioren und VIPs verschickt werden. Nur dann würden genügend publicitywirksame Gäste dabei sein. Parallel dazu entwarfen wir Werbemaßnahmen für das Event. Zum Beispiel einen speziellen Internetauftritt für das Jubiläum, Flyer und Plakate. Dafür brauchten wir passendes Bildmaterial. Als verantwortlicher Artdirector war Teddy mit unserem Fotografen seit Tagen in der Markthalle unterwegs. Morgen stand das Shooting mit Britta an. Hohlberg wollte seine Freundin inmitten der malerischen Feinkoststände inszenieren.

Der permanente Stress machte alle gereizt. Die üblichen Animositäten fielen noch feindseliger aus als sonst. Einen Vorteil hatte der Hochbetrieb allerdings. Vater und ich hatten zwar fast täglich miteinander zu tun, aber vor lauter Arbeit war kein Raum für persönliche Worte. Und so fand sich auch keine Gelegenheit für das Versöhnungsessen. Das war mir recht. Auch ohne Mutter blieben noch genug emotionale Tretminen übrig, die plötzlich hochgehen konnten.

Zu meiner Überraschung entpuppte sich Vater als Naturtalent im Umgang mit Agenturkunden. Mit seiner freundlichen, offenen Art und seinen Anekdoten über das angespannte Verhältnis zwischen Stuttgartern und Münchnern schaffte er es, sofort Sympathie zu wecken und einen Kontakt herzustellen. Geschäftlich konnte er gut mit Menschen. Privat hatte ich ihn anders in Erinnerung. Soweit ich überhaupt Erinnerungen an ein Familienleben hatte. In meiner Kindheit war Vater tagsüber so gut wie nicht präsent gewesen. Verheiratet war er mit seiner Arbeit. Sein eigentliches Baby war die Unternehmensberatung. Wenn er nach Hause kam, verzog er sich in sein Büro und grub sich zwischen Aktenordnern, Quartalszahlen und Effizienzanalysen ein. Mutter blieb nichts anderes übrig, als sich um alles zu kümmern und mich allein zu erziehen. Streit war nahezu die einzige Form der Kommunikation zwischen meinen Eltern.

Als Mutter mir schließlich erzählte, Vater habe sich für eine andere Frau und für eine neue Familie entschieden, war ich nicht einmal besonders traurig. Nach seinem Auszug vermisste ich ihn selten. Unsere Familie hatte schon vorher meist nur aus zwei Menschen bestanden.

Deshalb staunte ich nun, wie gut er mit meinen Kollegen und unseren Kunden zurechtkam. Auch Controller Nikolas hatte sich offenbar mit Hohlbergs neuem Partner arrangiert. Wie sich herausstellte, ergänzten Vater und er sich bestens. Vater übernahm die Betreuung der Kunden, die bisher Nikolas am Hals gehabt hatte. Nun konnte sich Nikolas auf das konzentrieren, was er liebte: Gewinnmaximierung und Kostenreduktion.

Meine Aufgabe war es, die Texte zu schreiben. Hohlberg war von früh bis spät damit beschäftigt, sein spektakuläres Live-Cooking in der Markthalle zu planen. Dennoch fand er genügend Zeit, um sich an meinen Texten auszutoben. Besonders lag ihm die Einladung zu seinem Kochabend am Herzen. Selbstverständlich war es mir streng untersagt, so etwas Banales wie Kochabend zu schreiben. Stattdessen brach eine Sturzflut an blumigen Adjektiven über mich herein. Kultiviert, traumhaft, phantasievoll, faszinierend, prächtig, apart, distinguiert. Keine Übertreibung war vor Hohlberg sicher.

Am Nachmittag kam Anita in unser Büro gestöckelt. Sie führte sich in diesen Tagen noch zickiger auf als sonst und lieferte sich leidenschaftliche Kleinkriege mit Jeannette und mir. An ihrer sonst makellosen Fassade hinterließ der Dauerstress erste Schäden. Rund um die Augen gruben sich dunkle Ringe ein, und trotz der Bräune vom Oster-Après-Ski wirkte sie bleich wie Ziegenkäse. Als Hohlbergs Assistentin litt sie besonders unter seinen Launen, das war mir klar. Aber inzwischen machte mich schon ihr bloßer Anblick aggressiv.

Die Kundenberaterin warf die gefühlte zehnte Überarbeitung von Hohlbergs Einladung auf meinen Tisch. Der Chef hatte sich mit roter Tinte ausgetobt. Das Blatt sah aus, als hätte er damit eine Blutlache aufgewischt.

»Da muss mehr Liebe und Erotik rein, meint Jens«, erklärte mir Anita. »Schließlich haben wir es mit Genuss zu tun.«

»Liebe und Erotik?« Ich glaubte, mich verhört zu haben.

Anita verzog keine Miene. »So hat Jens sich ausgedrückt.«

»Und wie soll ich das anstellen?«

»Woher soll ich das wissen? Du bist die Texterin.« Hinter Anita fiel die Tür ins Schloss.

»Der sind wohl die Amicelli ausgegangen, so schlecht, wie ihre Laune in letzter Zeit ist«, meinte Jeannette. »Manchmal komme ich mir hier vor wie in einer Comedyshow. Nur die Lacher fehlen.«

»Dafür kann ich sorgen. Was hältst du zum Beispiel von Aphrodi-sak-um?«, las ich ihr einen von Jens' Kommentaren an meinem Text vor.

Jeannette lachte tatsächlich. »Was für ein Sack soll das denn sein?«

»Er meint Aphrodi-si-a-kum. Mit dieser Assoziation soll ich die Wirkung seines Gourmetmenüs beschreiben. Ein Blick ins Fremdwörterbuch würde ihm nicht schaden«, maulte ich und versuchte, die anderen Kritzeleien zu entziffern. Dazu gehörte das Wort Erotick. Geschrieben mit »ck«, was psychologisch tief blicken ließ.

»Ich habe gehört, der Trend zum Zweitbuch nimmt zu«, kommentierte Jeannette. »In Hohlbergs Designerregal hätte neben dem Jahrbuch der Werbung durchaus noch ein anderes Buch Platz.«

»Wir könnten ihm ein Fremdwörterbuch zum Geburtstag schenken.«

»Gute Idee. So ein Buch wird das Niveau unserer Agentur deutlich aufwerten. Nur musst du dir einen anderen Job suchen, wenn Jens rausfindet, vom wem der Vorschlag kam.«

Eine Stunde später war ich mit der Einladung fertig und eilte zu Hohlbergs Büro.

Unwichtige Mitarbeiterinnen wie mich steckte der Chef in hasenstallähnliche Verschläge. Er selbst residierte in einem Altbau-Traum. Ausgestattet mit Edelparkett aus politisch unkorrektem

Tropenholz, einem filmreifen Panoramablick über die Stadt und einer stylishen Einrichtung in Schwarz-Weiß von seinem Haus-und-Hof-Designer.

Selbstverständlich konnten einfache Arbeitsbienen nicht direkt ins Allerheiligste gelangen. Erst mussten wir in Anitas Vorzimmer um Einlass bitten. Leider war die Concierge nicht an ihrem Platz. Ob ich es ausnahmsweise wagen konnte, selbst an Hohlbergs Zimmertür zu klopfen? Unschlüssig trat ich näher und bemerkte, dass die Tür nur angelehnt war. Hohlbergs Stimme drang durch den Spalt.

»Glaub mir, ich wünschte, alles könnte so bleiben wie bisher«, hörte ich ihn sagen. »Du weißt, wie wichtig du für mich bist.«

Jemand schluchzte. Eine Frau. »Warum ... verlässt du sie nicht?«, sagte sie in einem weinerlichen Tonfall. »Du hast es mir versprochen.« Ich erkannte die Stimme sofort, obwohl der unterwürfige Ausdruck für Anita untypisch war.

»Britta hat unsere Hotelrechnung gefunden und mir die Pistole auf die Brust gesetzt«, sagte Hohlberg. »Sie weiß alles über uns. Ich habe keine andere Wahl.«

Was sollte ich tun? Das war eindeutig ein privates Gespräch und ging mich nichts an. Andererseits wartete Hohlberg auf die Einladung, die er noch heute an die Druckerei schicken wollte.

»Sie ist dir wichtiger als ich. Gib es doch endlich zu, Jens«, sagte Anita nun lauter und mit hörbar verletzter Stimme. »Dabei hast du mir geschworen, sie bedeute dir nichts mehr.«

»Süße, versteh doch«, erwiderte Hohlberg. »Ich muss an die Agentur denken.«

»Die Agentur, die Agentur. Das ist alles, was für dich zählt.«

Ich entschied mich für den geordneten Rückzug. Den überarbeiteten Einladungstext legte ich auf Anitas Platz.

Anitas Worte klangen noch eine Weile in meinem Kopf nach. Wir hatten keinen privaten Kontakt und würden niemals Freundinnen sein. Trotzdem fühlte ich mit ihr. Ich wusste aus eigener Erfahrung, wie weh es tat, belogen und verletzt zu werden. Während meiner langjährigen Beziehung mit Teddy hatte er mich gleich mehrmals hintergangen. Jedes Mal hatte ich ihm verziehen und ihn zurück in mein Herz gelassen. Bis ich eines Abends früher als geplant nach Hause gekommen war und ihn im Knäuel mit einer langbeinigen rothaarigen Kellnerin auf unserem Sofa erwischt hatte. Das war eine zu viel. Noch am selben Abend verließ ich die Wohnung mit zwei Koffern und fand emotionales Asyl in Jeannettes Wohngemeinschaft in der Reinsburgstraße.

Auch der zweite wichtige Mann in meinem Leben hatte mich betrogen. Letztes Jahr hatte ich versucht, Georg zu verzeihen und ihm wieder zu vertrauen. Um mir zu zeigen, wie viel ich ihm bedeutete, hatte er mir während eines Urlaubs in Venedig einen Antrag gemacht. Aber es war mir nicht gelungen, mich wieder für ihn zu öffnen.

Und nun lag ein Jahr mit deutlich mehr Tiefen als Höhen hinter mir. Endlich hatte ich den Mut gefunden, Teddy eine allerletzte Chance zu geben. Diesmal würde es gut gehen, hoffte ich. Wir waren beide älter und klüger. Und wir wussten inzwischen, was wir aneinander hatten.

In der Küche brühte ich mir einen Kaffee auf und versüßte ihn mit einer doppelten Portion Sprühsahne. Meine Gedanken kehrten zu Anita zurück. Wie lang ging ihre Affäre mit Hohlberg schon? Die beiden hatten sich sehr diskret verhalten. Mir fiel keine Situation ein, die auf eine intime Beziehung hätte schließen lassen. Abgesehen von den gelegentlichen Klapsen auf den Po. Die verteilte Hohlberg aber gewohnheitsmäßig an alle Frauen, von denen er keinen Protest erwartete. Andererseits war ich keine Festangestellte. Als freie Mitarbeiterin wurde ich nur tage- oder wochenweise gegen Honorar gebucht, wenn Jeannette Unterstützung brauchte. Auch sie schien von dieser Liaison nichts zu wissen. Sonst hätte sie mich eingeweiht.

Als ich auf den Flur trat, prallte ich gegen ein weiches Hindernis, das sich als mein Vater entpuppte. Der Kaffee schwappte aus dem Becher und verteilte sich auf meiner Bluse. Die heiße Flüssigkeit brannte auf meiner Haut.

»Hoppla! Bea, entschuldige bitte.« Vater nestelte ein weißes Stofftaschentuch aus seiner Anzughose und tupfte mir übers Dekolleté. Sein Gesicht war nah an meinem. Der Duft eines würzigen

Aftershaves stieg mir in die Nase. Sofort rief dieser Geruch eine Erinnerung wach. Ich sah mich als kleines Mädchen in meinem rosa Himmelbett liegen und in einem Bilderbuch blättern. Die Zimmertür ging auf, und Vater trat herein. Im Anzug, als käme er direkt von einem Termin. Er lockerte seine Krawatte, setzte sich auf den Bettrand und streichelte mir die Wange.

Eine andere Berührung – Vater tupfte mir gerade über den Brustansatz – holte mich wieder in die Gegenwart. Instinktiv wich ich zurück.

Er stoppte mitten in der Bewegung und lächelte verlegen, als ihm die Intimität seiner Berührung aufging. »Entschuldige bitte. Mach das lieber selbst, ja?« Er reichte mir das Taschentuch.

Ich drückte es auf die feuchten Stellen an meiner Bluse. Braune Flecken fraßen sich in den hellen Stoff.

»Bea, hast du über meine Einladung nachgedacht? Du weißt schon, das Abendessen bei mir zu Hause. Was hältst du davon, wenn wir gleich einen Tag vereinbaren?« Seine blauen Augen ruhten mit einem seltsamen Ausdruck auf mir, den ich nicht recht deuten konnte. Freude? Zuneigung? Oder Unsicherheit, weil er nicht wusste, wie ich reagieren würde?

»Ich habe mit Mutter gesprochen. Sie wird nicht dabei sein«, kürzte ich meine Unterhaltung mit ihr diplomatisch ab. Den Rest würde sich Vater sowieso denken können.

»Okay.« Er nickte. »Dann machen wir uns zu zweit einen entspannten Abend. Beziehungsweise zu dritt. Gerit wird auch dabei sein, wenn du nichts dagegen hast. Ich koche was Leckeres für uns.«

Wir entschieden uns für den kommenden Donnerstag. Vater gab mir seine Adresse am Killesberg, und unsere Wege trennten sich wieder. Es war ganz einfach gewesen. Fast als würden wir einen geschäftlichen Termin vereinbaren.

Wie kaum anders zu erwarten, mäkelte Hohlberg erneut an der Einladung herum. Erst gegen neun Uhr abends war ich damit fertig. Als ich mir Hohlbergs Segen holen wollte, hörte ich ein fremdartiges Geräusch aus der Damentoilette. Es klang, als würde darin ein kleiner Hund jaulen.

Ich trat in den Vorraum. Schwarze Kacheln, anthrazitfarbene Waschbecken und schummriges Licht aus winzigen Punktstrahlern an der Decke ließen an den Darkroom eines angesagten Clubs denken. Heute setzte Orangerot einen ungewohnten Akzent. Genauer gesagt waren es hochhackige orangerote Pumps. Ihre Sohlen ragten mir aus einer Kabine entgegen, deren Tür angelehnt war.

Auch wenn es kein Welpe war, rührte mich das Schluchzen. Ich steckte die Einladung in meine Hosentasche und ging auf die Knie. Unter der Tür durch sah ich in die Toilettenkabine. Schlanke Beine und die zerknitterte Rückseite eines schwarzen Rocks kamen in mein Blickfeld.

»Anita, was ist los? Kann ich dir helfen?«

»Mir kann nie-hi-mand helfen«, kam es von Schluchzern unterbrochen zurück. Etwas entschlossener folgte: »Lass mich in Ruhe, Bea.«

Ich stand auf und lauschte. Zuerst war es eine Weile still. Dann hörte ich Anita mehrmals würgen. Schließlich übergab sie sich. Die Abfuhr von Jens hatte sie offenbar mehr mitgenommen, als sie sich den Tag über hatte anmerken lassen. Behutsam schob ich die angelehnte Tür auf.

Die Kundenberaterin hing über der Toilettenschüssel. Ein säuerlicher Geruch durchzog die Luft. Ich hielt den Atem an und fasste ihre blonden Haare im Nacken zusammen, um sie aus der Gefahrenzone fernzuhalten.

Als es zu Ende war, rang Anita nach Luft. Ihre Hand tastete nach der Spülung. Ich zog ein paar Blatt Toilettenpapier aus der Halterung und hielt sie ihr vors Gesicht. Sie griff danach und wischte sich den Mund ab.

Nachdem sie zweimal die Spültaste betätigt hatte, richtete sie sich auf und strich ihren Rock glatt.

»Mir war plötzlich übel«, sagte sie, ohne mich anzusehen. »Es ging so schnell. Ich hatte keine Zeit, die Tür zu schließen.«

In ihrer Stimme war keine Spur von Überheblichkeit mehr. Sie klang resigniert und rau nach der überstandenen Tortur.

»Geht es dir besser?«, fragte ich und betrachtete ihr Gesicht. Wimperntusche hatte sich in dunkelgrauen Schatten um die

Augen verteilt. Durch diesen Kontrast fiel ihre ungewohnte Blässe noch mehr auf.

Anita atmete durch. »Geht schon.«

»Männer können so verletzend sein. Manchmal tun sie einem so weh, dass man gar nicht mehr weiß, wohin mit dem vielen Schmerz.«

Ihr fragender Blick traf mich unerwartet direkt. »Bea, ich hab keine Ahnung, wovon du sprichst.«

»Vorhin, als du ... als du mit Jens geredet hast, da war ich in deinem Büro«, versuchte ich die Situation zu beschreiben, ohne zuzugeben, dass ich gelauscht hatte.

»Hast du gehört, was wir ...?« Anita beendete den Satz nicht.

Ich nickte und beeilte mich zu sagen: »Niemand wird auch nur ein Wort davon erfahren.«

Mit wackeligen Schritten trat Anita zum Waschbecken, spülte ihren Mund aus und wusch sich die Hände. Im Spiegel betrachtete sie ihre strähnigen Haare und die vom Weinen geröteten Augen. »Ich hätte es wissen müssen«, sagte sie zu ihrem Spiegelbild. »Die Agentur kommt für ihn an erster Stelle. Das Einzige, was in seinem Leben zählt.«

Weil ich nicht wusste, was ich sagen sollte, hielt ich den Mund.

»Und natürlich seine Freundin«, fügte Anita hinzu und spuckte ins Waschbecken.

»Und dieses verfluchte Event in der Markthalle«, kam es, ohne dass ich nachdachte, aus meinem Mund. Vor Schreck zuckte ich zusammen. So etwas konnte ich zu Teddy oder Jeannette sagen, aber niemals zu Anita. Sie würde eine solche Bemerkung bei der ersten Gelegenheit gegen mich verwenden.

Anita schnaubte verächtlich. Doch zu meiner Überraschung galt das abfällige Geräusch nicht mir.

»Genau«, stimmte sie zu. »Was soll dieses dämliche Getue um die Kocherei überhaupt? Ist mir ein Rätsel, was Männer daran finden.«

»Für die ist das was Neues, anders als für uns. Wir Frauen haben schließlich grob geschätzt die letzten zehntausend Jahre am Herd verbracht.«

Ein paar Sekunden schwiegen wir andächtig. Noch nie waren wir einer Meinung gewesen.

»Ich habe ihm geglaubt und gehofft, jetzt würde sich alles ändern. Jetzt, wo ich …« Anita riss ein Papierhandtuch aus der Box und schnäuzte sich die Nase. »Ist auch egal. Es ist alles aus.« Sie knäulte das Papier zusammen und warf es in den Abfalleimer.

Als wir auf den Flur traten, zog ich die Einladung heraus und sah hinüber zu Hohlbergs Tür. »Ist er noch da?«

Anita schüttelte den Kopf. »Der ist vor meiner Heulerei geflohen. Wundert mich nicht, ich seh aus wie ein Zombie. So was passt nicht in seine Designerwelt.« Sie nahm mir den Ausdruck aus der Hand und musterte ihn verärgert. »Diese blöde Einladung! Jens hat gesagt, ich soll sie ihm nach Hause mailen. Aber weißt du was? Ich schick das Ding jetzt so, wie es ist, an die Druckerei. Basta.«

Noch ziemlich wackelig auf den hohen Hacken, aber zielstrebig ging sie zu ihrem Büro.

Noch eine Premiere. Das erste Mal Solidarität zwischen Anita und mir.

»Dieses Foto kommt auf das Cover der Jubiläumsbroschüre.«
Teddy deutete zu seinem Bildschirm. Dort war unser Model
Britta in einem figurbetonten roten Kleid zu sehen, das gerade
mal bis zur Hälfte ihrer Oberschenkel reichte. Auch ihre Brüste
bekamen im großzügigen Ausschnitt eine Menge frische Luft.
Hohlbergs Freundin poste vor einer farbenfrohen Auslage mit
Pfirsichen, Mangos, Nüssen, Kirschen und Bananen in geflochte-
nen hellbraunen Bastkörben. Im Hintergrund waren die markante
Deckenkonstruktion und das Glasdach der Markthalle zu sehen.

Britta lächelte verführerisch und hielt einen rotbackigen Apfel
so dicht vor die sinnlich geöffneten Lippen, als wolle sie gleich
zubeißen.

Teddy grinste. »Ich lese es dir an der Nasenspitze ab, Bea. Du
findest das Cover scheußlich.«

»Na ja.« Unmotiviert zuckte ich mit den Schultern. »Sagen
wir so: Das Foto macht Appetit. Entweder auf das Obst oder auf
Britta. Hängt vom Betrachter ab. Aber ihre Ohrringe finde ich
übertrieben. Als wäre sie zur Obstkönigin gewählt geworden.«

Vor Brittas rotblonder Löwenmähne zierten eine Erdbeere ihr
linkes und eine Banane ihr rechtes Ohrläppchen. Ein hübscher
Hingucker, aber für meinen Geschmack zu viel Plastik.

Teddy nickte. »Jens hat die Dinger extra fürs Shooting besorgt.
Er hat so viel Aufhebens darum gemacht, als wären es Edelklunker
vom Juwelier.«

Am Bildschirm blätterten wir die Broschüre durch. Teddy
zeigte mir, wo er meine Texte eingebaut hatte. Gemeinsam kürz-
ten wir sie ein, bis sie ins Layout passten.

Ich beugte mich vor und griff nach Teddys Kaffeetasse. Dabei
streifte mein Handrücken die nackte Haut seines Arms. Die Gelegenheit dafür war günstig. Wir waren allein im Grafikatelier.

Richtigerweise verstand Teddy meine Berührung als Auffor-
derung. Er schob mir im Rücken die Hand unter die Bluse. Die
Wärme tat gut. Ich entspannte mich und sank an seine Schulter.

»Sind deine Kollegen krank?« Ich deutete hinüber zu den verwaisten Apples.

»Noch nicht«, gab Teddy vieldeutig zurück. »Die beiden sind zum Testessen verdammt. Hohlberg probt mal wieder sein Menü für Samstag.«

»Bin ich froh, wenn wir das überstanden haben. Ich bekomme schon beim Schreiben von Wörtern wie Saltimbocca oder Crème brulée eine Lebensmittelunverträglichkeit.«

»Ja, das stimmt. Hier zum Beispiel hast du eine leuchtend rote Stelle.« Teddy saugte sich an meinem Hals fest und wollte mir einen Knutschfleck verpassen.

Lächelnd schob ich ihn weg. »Lass das bitte. Heute Abend muss ich einen guten Eindruck machen und die wohlgeratene Tochter spielen.«

»Stimmt. Heute findet ja euer Versöhnungsessen statt.« Teddy nahm mir die Tasse aus der Hand und trank sie leer. »Hoffentlich kocht dein Vater besser als der Chef. Gestern musste ich als Testesser herhalten. Der Spinat schmeckte so fade wie Gras und der Weißwein korkig. Hohlberg hat getobt, als hätte es ihm die Petersilie verhagelt.«

Beim Gedanken an das Abendessen biss ich mir nervös auf der Unterlippe herum. »Es wird ein unvergesslicher Abend, so viel ist sicher. Auf diese Gerit bin ich gespannt. Ist sie nun eigentlich meine Stiefmutter?«

Teddy zog den Arm unter meiner Bluse hervor und legte ihn mir um die Schulter. »Ach, Pelzchen. Vor mir musst du nicht die Starke spielen. Ich kann mir denken, wie dir zumute ist.«

Dankbar schmiegte ich mich an ihn. »Drückst du mir die Daumen?«

»Du, ich kann gern mitkommen. Du könntest mich als zukünftigen Schwiegersohn vorstellen.« Teddys Lachen bewahrte mich davor, seine Worte ernst zu nehmen. Trotzdem freute ich mich über sein Angebot, mich in die Höhle des Löwen zu begleiten.

»War nur ein Scherz, Bea«, stellte er klar. »Sehen wir uns danach?«

»Du meinst, falls ich bei Vater keinen Nachtisch bekomme?« Teddy drückte mir einen Kuss auf den Mund. »Zum Beispiel.

Dann kannst du zu mir ins Bett kommen und stattdessen mich vernaschen.«

Als ich mein Auto in der Nähe der Killesberghöhe abstellte, gelang es mir nicht länger, das mulmige Gefühl in meinem Bauch zu ignorieren. Seit vergangenem Jahr mied ich den Killesberg. Denn hier oben, in einer der gesuchtesten Wohngegenden Stuttgarts, lebte Georg. In seiner Maisonette hatte ich wunderbare Tage und Nächte verbracht, die ich lieber vergessen wollte. Heute hatte ich einen Umweg über den Kräherwald in Kauf genommen, um auf keinen Fall an seiner Wohnung vorbeizufahren.

Im neuen Stadtquartier auf dem ehemaligen Messegelände stapelten sich eng gedrängt überdimensionale Schuhkartons. Die schneeweißen Neubauten rochen schon von Weitem nach hochpreisigem Wohnen.

Durch eigenartige Rasenkissen, deren Sinn mir verborgen blieb, ging ich zum gegenüberliegenden Neubaugebiet. Hier hatte mein Vater ein gerade fertiggestelltes Haus gemietet. Von einer Buchenhecke abgesehen, bestand der Vorgarten noch größtenteils aus Lehm.

Bevor ich es mir anders überlegte, klingelte ich.

Vater empfing mich mit einem zufriedenen Lächeln an der Haustür. »Wie schön, Bea. Du bist tatsächlich gekommen. Bis zu dieser Sekunde hätte ich darauf nicht gewettet.«

Er hatte den Anzug, den er tagsüber in der Agentur getragen hatte, gegen eine beige Cordhose und ein legeres Hemd getauscht. Nun führte er mich in ein geschmackvoll eingerichtetes Wohnzimmer mit Bücherwand, weißen Ledersesseln um einen Glastisch und einem abgebeizten Bauernschrank, der als einziger Einrichtungsgegenstand bayerisch volkstümlich wirkte. Eine Hälfte des großen Raumes diente als Esszimmer. Dort stand ein lang gestreckter heller Holztisch unter einem Kronleuchter. Drei Gedecke waren vorbereitet. Vaters neue Frau konnte ich nirgends entdecken. Als ich die weißen Osterglocken in einer Glasvase sah, reute es mich, keine Blumen mitgebracht zu haben.

»Darf ich dir einen Aperitif anbieten?« Vater schenkte Prosecco in zwei Gläser ein. »Zum Wohl, Bea. Auf unseren gemeinsamen Abend.«

Wir stießen an. Ich fragte mich schon, ob Vater das Thema Ehefrau absichtlich mied, als er erklärte, Gerit sei noch bei einem Interviewtermin, müsse aber jede Minute zurück sein.

Er bat mich, ihn für die letzten Handgriffe in die Küche zu begleiten. Vermutlich wollte er mir ein paar jener Kochkunststückchen zeigen, mit denen sich viele Männer heutzutage gern schmückten. Die Küche wirkte ziemlich professionell. Wobei ich das kaum beurteilen konnte, auch wenn ich vergangenen Monat eine Imagebroschüre für einen angesagten Küchendesigner geschrieben hatte. Mein Standard bewegte sich auch zehn Jahre nach dem abgebrochenen Studium noch immer auf WG-Niveau. Zusammengestückelte Möbel, miese Putzmoral, Spaghetti mit Fertigtomatensoße aus dem Supermarkt.

Vater reichte mir eine Schale mit papierdünnen Parmesanscheibchen. Alle waren circa einen Quadratzentimeter groß. Als ich den Parmesan auf dem angerichteten Rucola mit Pinienkernen verteilte, hörte ich Schuhe auf den Fliesen im Flur klappern. Eine Frau mit einem braunen Kurzhaarschnitt kam herein. Sie trug ein beiges Kostüm und musste ungefähr in meinem Alter sein. Ohne große Umschweife kam sie auf mich zu und schüttelte mir die Hand. Erst jetzt bemerkte ich, dass sie barfuß war. Ihre Schuhe hatte sie im Flur gelassen.

»Du musst Bea sein«, sagte sie und lächelte fröhlich. »Freut mich. Sag doch bitte einfach Gerit zu mir.«

Sie pickte einen Pinienkern vom Salatteller, zog ihren Blazer aus und warf ihn achtlos auf einen Stuhl. Kauend küsste sie Vater auf die Wange. Gerit wirkte angenehm unkompliziert. Ich mochte sie auf Anhieb. Wahrscheinlich weil sie so anders war als meine auf Förmlichkeiten bedachte Mutter.

Beim Essen bestritt Gerit den größten Teil der Unterhaltung. Das war mir recht. Ich war unsicher, worüber ich mit Vater reden sollte. In der Agentur klappte unser Umgang einigermaßen. Dort sprachen wir über die Arbeit und die tausend Dinge, die zu erledigen waren. Angenehmerweise blieb kein Platz für Privates.

Wie bei ihm hörte ich auch bei Gerit keinen Dialekt heraus.

Beide sprachen eine Art Hochdeutsch, das gemütlich-süddeutsch wirkte. Die neue Frau meines Vaters erzählte von ihrem Interviewtermin bei einem Gemeinderat zum Thema Stadtentwicklung. Davon bekam ich genauso wenig mit wie vom Essen selbst, weil ich ständig den forschenden Blick von Vaters blauen Augen auf mir spürte. Wollte er wissen, was ich von Gerit hielt? Oder kontrollierte er meine Tischmanieren? Vor lauter Wohlverhalten merkte ich kaum, was ich da in gepflegten kleinen Gabelhäppchen zu mir nahm.

Das schien auch der Koch zu registrieren. »Schmeckt dir das Gemüse?«, fragte er schließlich.

»Ja. Es ist gut«, erwiderte ich lahm und vergewisserte mich rasch, um was es sich handelte. Sah aus wie Couscous mit Roter Bete und Frühlingszwiebeln. Dazu gab es hauchdünne Kalbsschnitzel. Vater schien hauchdünn zu mögen, wenn auch weniger bei Frauen. Gerit war vielleicht zehn Zentimeter größer als ich und wog einige Kilos mehr, was ihr eine attraktive Weiblichkeit verlieh. So eine Ausstrahlung würde ich mit meinem knochigen Körperbau auch dann nicht bekommen, wenn ich mir rundum einen Speckgürtel zulegte.

»Wie gefällt es dir als Münchnerin bei uns in Stuttgart?«, erkundigte ich mich bei Gerit.

Ihre jadegrünen Augen richteten sich auf mich. Um ihre Lippen spielte ein Lächeln, das halb neugierig, halb amüsiert wirkte.

»Eigenartig«, sagte Gerit. »Der Gemeinderat wollte genau dasselbe wissen. Habt ihr ein Problem mit uns Münchnern?« Sie zwinkerte mir zu, um ihrer Bemerkung die leichte Spitze zu nehmen. »Aber du liegst ganz richtig, Bea. Eigentlich wäre es für mich nie in Frage gekommen, mitten unter rechtschaffene Schwaben zu ziehen. Aber Peter wollte wieder in deiner Nähe leben, nachdem ihr euch so viele Jahre nicht gesehen habt.«

Bei diesem brisanten Thema bekam ich Durst. Ich legte die Gabel auf dem Tellerrand ab, tupfte mir den Mund mit der Leinenserviette sauber und trank einen großen Schluck Rotwein. Plötzlich kam mir mein Anständige-Tochter-Gehabe albern vor. Wie in einer dieser langweiligen deutschen Serien, die an malerischen bayerischen Seen spielten. Die Männer sahen aus wie

Katalogmodels und fuhren BMW-Cabrios, die Frauen lebten in Bauernhäusern mit tief gezogenem Dach und trugen Dirndl. Alle gingen völlig realitätsfern freundlich und einfühlsam miteinander um.

»Meine Schuld war das nicht«, betonte ich und sah zwischen Gerit und Vater hindurch auf die gut gefüllte Bücherwand. Wahrscheinlich alles Kochbücher und Kunstbände. »Ich lebe immer noch hier. Er war es, der uns verlassen hat.«

In der folgenden Stille hing dieser Satz wie in Leuchtbuchstaben geschrieben über dem Tisch.

Vater räusperte sich und legte beschwichtigend die Finger auf meine Hand. »Bea, lass uns nicht streiten. Der Abend war bisher so harmonisch. Außerdem hörst du dich schon fast wie deine Mutter an, weißt du das?«

Sofort entzog ich ihm die Hand. »Wieso wunderst du dich darüber? Immerhin hast *du* mich damals mit ihr alleingelassen. Nach dir kann ich mich also wohl kaum anhören.« Ich erschrak selbst über die Verbitterung, die in meiner Stimme mitschwang. Aber wenigstens war ich ehrlich und spielte nicht länger die Mustertochter, die ich sowieso nicht war.

»Bitte streitet euch nicht«, ergriff Gerit das Wort. »Ich habe etwas Unüberlegtes gesagt und in ein Wespennest gestochen. Das war nicht meine Absicht. Vielleicht solltet ihr beiden euch einmal gründlich aussprechen, um einige Missverständnisse auszuräumen.«

»Da hast du recht, mein Schatz. Aber nicht heute Abend«, sagte Vater und hob sein Glas. »Lass uns einfach das Essen genießen, Bea, ja? Wir reden ein andermal über die Vergangenheit.«

Also doch wieder Fernsehserie. Aber diesmal war ich einverstanden. Auch ich hatte keine Lust zu streiten. Dafür war ich mittlerweile zu müde. Ich griff nach meinem Glas und stieß mit ihm an. »Waffenstillstand, okay.«

Nach einem Glas Prosecco und einem großzügigen Viertel Roten hatte ich eigentlich zu viel Alkohol im Blut, um noch Auto zu fahren. Aber ich tat es trotzdem. Und ich fuhr schnell.

Teddy hatte versprochen, in seinem Bett auf mich zu warten. Meine Müdigkeit war verflogen. Plötzlich hatte ich große Lust auf Leidenschaft. Der Grund dafür war Teddys völlig unkomplizierte Art, Essbares auf den Tisch zu bringen. Eine Mahlzeit zuzubereiten, das bedeutete für ihn: Gefrierfach aufmachen, Pizza auspacken, Herd an, reinschieben, zwanzig Minuten später verspeisen. Noch nie hatte ich schnelle Küche so sexy gefunden wie heute Nacht.

Samstag

Endlich war der große Tag des Jubiläumsevents gekommen. Agenturchef Hohlberg erlebte beim Live-Cooking seine Sternstunde als bislang noch ungekrönter Sternekoch. Aufgeputscht von der Aufmerksamkeit der versammelten Lokalpresse, zweier regionaler Fernsehsender und über fünfzig weiteren Augenpaaren an elegant gedeckten Tischen, inszenierte er sich mit strahlend weißer Designerschürze über dem maßgeschneiderten schwarzen Seidenhemd auf der Galerie der Markthalle, als wäre Kochen seine wahre Berufung.

Von uns Agenturmitarbeitern hatte nach dem nervenaufreibenden Sprint der letzten Tage und Nächte keiner mehr große Lust zuzusehen, geschweige denn vom Menü zu kosten. Zum Glück würde uns das heute Abend erspart bleiben. Die Galerie war bis auf den letzten Platz gefüllt mit Promis aus der Politik-, Medien- und Sportszene. Einige Gesichter kannte ich aus dem Stuttgarter Tatort, der Serie SOKO Stuttgart oder von bedeutenden Bühnen wie Oper, Altes Schauspielhaus und Theaterhaus. Darunter mischten sich oft gesehene Köpfe aus dem Rathaus, der Landesregierung und der regionalen Gastroszene. Auch zwei, drei Kollegen aus der Werbebranche entdeckte ich im Publikum. Unter anderem den Geschäftsführer der Werbeagentur, dem Hohlberg diesen Auftrag vor der Nase weggeschnappt hatte. Wie es aussah, kannte mein Vater ihn auch. Er und Gerit unterhielten sich angeregt mit dem Kollegen. Auch Nikolas kam an den Tisch und begrüßte ihn. Zwischendurch spendeten sie Hohlberg Applaus, sooft es sich anbot.

Der Abend versprach ein großer Erfolg zu werden. Unser Agenturchef würde sich morgen überall auf Seite eins bewundern können. Zumal Oberbürgermeister Fritz Kuhn und zwei Minister aus Winfried Kretschmanns Kabinett am wichtigsten Tisch quasi in der ersten Reihe saßen und Hohlbergs Kochlöffelschwingen mit Wohlwollen verfolgten. Hin und wieder schweifte ihr Blick hinüber zu Britta. In ihrem schmalen goldenen Kleidchen und mit der rotblonden Löwenmähne war sie als hübsche Dekoration gedacht. Und sie verstand es tatsächlich, ihre Vorzüge in Szene zu setzen. Etwa indem sie die Porzellanschälchen mit einigen Amuse-Gueules in Brusthöhe oder vor ihrer ausgestellten Hüfte präsentierte, bevor sie diese gemeinsam mit Anita den A-Promis servierte. Trotz gelegentlicher giftiger Seitenblicke war Anita Profi genug, um Britta beim Servieren kein Bein zu stellen.

Mit Unterstützung des jungen Profikochs Tim aus Vaters Firma bekochte Hohlberg den exponierten Tisch mit den bekanntesten Prominenten live. Parallel dazu bereiteten Köche im Hintergrund das Menü für die übrigen Gäste zu, damit es zeitgleich serviert werden konnte.

Auch wir anderen Mitarbeiter waren eingespannt. Jeannette und Nikolas sorgten hinter den Kulissen dafür, dass die Abläufe klappten. Teddy dokumentierte das Event mit unserem Hausfotografen Werner. Meine Aufgabe war es, die Fernsehteams des SWR und von Regio-TV sowie einige Journalisten mit Pressemappen und den Rezepten des Gourmetmenüs zu versorgen und die Pressemeute an ihre Plätze zu begleiten. Jetzt beobachtete ich das Geschehen und machte mir gedanklich Notizen für die Pressemeldung, die ich morgen früh verschicken sollte.

Die A-Promis löffelten noch die letzten Reste des Bärlauchsüppchens mit Spargel aus, da begann Hohlberg bereits den nächsten Gang zuzubereiten, was er mit blumigen Worten begleitete. Auch diesen Text kannte ich in- und auswendig, weil ich ihn mitverfasst hatte. Auf einer Art Tresen waren alle Zutaten, Gewürze und Öle vorbereitet, damit Hohlberg sich aufs Kochen konzentrieren konnte. Wobei er sich auch hier die wirkungsvollsten Parts herauspickte und Koch Tim die niederen Dienste überließ.

Eben stellte Tim Porzellanplatten mit fein geschnittenem Wirsing, Duftreis, geschälten Garnelen und weiteren Zutaten für den nächsten Gang bereit. Hohlberg griff nach der Flasche mit dem vorbereiteten Öl und goss es mit einer Kreiselbewegung seines Handgelenks in den Wok. Per Headset wurden seine Kommentare übertragen und erfüllten die lichte Weite der Markthalle bis unters Dach, was Hohlberg sichtlich genoss.

Während der Chef die Zutaten in den Wok gab, schob Tim

die Teller für den Promitisch in Reichweite. Hohlberg griff nach einem Esslöffel, nahm eine Kostprobe aus der Pfanne und ließ sie im Mund verschwinden. Mit Genießermiene kaute er und sah hinauf zum Glasdach. Dort verweilte sein Blick, verzückt von der Geschmackskreation.

Nach ein paar Sekunden wurde ich unruhig. Für mein Empfinden starrte er ziemlich lang nach oben. Beinahe so, als wären seine Augäpfel in dieser Position verankert. Als sein Blick endlich wieder herabglitt, atmete ich auf. Bis seine Augen erneut starr wurden. Hohlbergs Gesicht nahm den bleichen Ton des Duftreises an. Sein Mund klappte auf wie eine Auster. Er rang nach Luft, als wäre ihm etwas in den falschen Hals geraten. Der Löffel fiel aus seiner Hand und landete mit einem lauten Plong im Wok. Theaterreif knickte Hohlberg nach vorn. Die Kochmütze rutschte ihm vom Kopf. Laut röchelnd fiel er über den Tisch und wischte dabei einige Schüsseln mit Zutaten vom Tresen. Zusammen mit den bereitgestellten Tellern fielen sie auf den Boden, wo das Porzellan in Scherben zersprang.

Nach einer Schrecksekunde reagierten die mit allen Wassern gewaschenen Medienvertreter. Blitze zuckten über die Galerie. Zwei Fotografen und ein Kameramann kamen nach vorn gerannt und hielten auf Hohlbergs reglosen Körper. Im Publikum kam Unruhe auf. Gäste erhoben sich, legten ihre Servietten zur Seite und sahen sich hilfesuchend um.

Ein markerschütterndes Kreischen übertönte das Stimmengewirr. Es kam von Britta. Sie warf sich über ihren Freund und schrie: »Jens! Liebster! Was ist mit dir?«

Hohlbergs Exgeliebte Anita reagierte erstaunlich geistesgegenwärtig. Sie wandte sich an die Gäste und rief: »Ein Arzt, wir brauchen einen Arzt!«

Ein untersetzter Mann in einem hellen Anzug sprang auf, griff nach dem Arztkoffer neben sich und lief zu Hohlberg. Inzwischen war den ersten Gästen der Zusammenhang zwischen Hohlbergs Röcheln und ihrem Essen aufgegangen. Betreten schauten sie auf die Teller vor ihnen. Einer der Minister am Promi-Tisch schob seine Suppenschale demonstrativ von sich, obwohl sie bereits leer gegessen war.

Neben mir hörte ich die Stimme von Nikolas. Er hatte sein Smartphone am Ohr und forderte einen Notarzt an.

Vater kam zwischen den Tischen hindurch nach vorn. Geistesgegenwärtig packte er Jens unter den Achseln, zog ihn vom Tresen und legte ihn behutsam auf der den Gästen abgewandten Seite auf den Boden. Britta warf sich neben Jens auf die Knie und tätschelte seine Hand. Während sich der Arzt um unseren Chef kümmerte, nahm Vater ihm das Headset ab und setzte es selbst auf.

»Meine Damen und Herren«, drang seine Stimme über die Galerie. »Bitte bewahren Sie Ruhe und nehmen Sie wieder Platz. Für Herrn Hohlberg wird gesorgt. Ich bin sicher, er erholt sich bald.«

Er sah herüber zu uns Mitarbeitern. Nikolas machte mit der Rechten eine Bewegung, die ihn zum Weitersprechen aufforderte.

Mit einem Nicken wandte sich Vater erneut ans Publikum. »Wir bedauern diesen Vorfall sehr und möchten Ihnen als kleine Wiedergutmachung ein Glas Champagner reichen.«

Anita verstand sofort und lief in die Küche. Von draußen drang das laute Heulen eines Notarztwagens herein. Wenig später rannten ein Notarzt und zwei Sanitäter mit einer Trage die Treppe zur Galerie herauf. Nach einem Wortwechsel mit dem Arzt aus dem Publikum hoben sie Hohlberg auf die Trage. Unter dem Blitzlichtgewitter der Journalisten und von den Kamerateams begleitet brachten die Sanitäter unseren Chef aus der Halle. Der Notarzt sprach kurz mit Nikolas und Vater, bevor er seinen Kollegen nach draußen folgte.

Inzwischen verteilten Kellner Gläser mit Champagner an den Tischen. Dann bat Vater die Gäste mit ein paar gesetzten Worten um Entschuldigung und beendete die Veranstaltung.

Einige Besucher tranken den Champagner noch leer, bevor sie gingen. Andere verließen die Galerie sofort.

Die Servicekräfte begannen die Tische abzuräumen. Langsam leerte sich die Markthalle.

Wir Agenturmitarbeiter sammelten uns hinter dem improvisierten Tresen und hielten Kriegsrat.

»Der Arzt meint, Jens hat einen Kreislaufkollaps«, informierte uns Vater. »Der Notarztwagen bringt ihn ins Marienhospital.«

Anita stand neben mir. Ich sah, wie sich ihre Augen mit Tränen füllten. Leise begann sie zu schluchzen. Geistesgegenwärtig nestelte sie ein Taschentuch aus ihrer Handtasche und gab vor, sich die Nase zu putzen.

Um sie gegenüber den Kollegen zu schützen, die jede Schwäche sofort witterten, schob ich mich ein Stück vor sie. Sofort spürte ich Jeannettes Röntgenblick auf mir, die sich über mein Verhalten sichtlich wunderte.

Von unten waren Schritte zu hören. Ich sah, wie einige der Journalisten zwischen den Marktständen hindurch- und auf die Galerie zueilten. Vater stimmte sich kurz mit Nikolas ab, dann gingen die beiden den Presseleuten entgegen, um sie über den momentanen Stand der Dinge zu informieren. Und um die Berichterstattung in ihrem Sinne zu beeinflussen, was für sie als Medienprofis ihr tägliches Brot war.

»Wie geht's jetzt weiter?«, fragte Jeannette und sah in die Runde.

Anita hatte sich inzwischen gefangen. »Ich fahre ins Marienhospital«, verkündete sie entschlossen und holte ihren Autoschlüssel aus der Tasche. »Kommt jemand mit?«

Jeannette schüttelte den Kopf. »Wir können sowieso nichts tun. Besser, wir bleiben hier und kümmern uns um den Abbau. Schade um die viele Arbeit. Der Abend lief so gut.«

Ohne sich zu verabschieden, verließ Anita die Galerie.

Teddy trat zu mir. Seine Hand berührte mich kurz am Rücken. »Okay, wir sind dabei«, sagte er zu Jeannette. Damit sprach er auch für mich.

Einer der Kellner deutete auf den Wok und die vorbereiteten Zutaten. »Was passiert damit? Sollen wir das auch abräumen?«

»Meint ihr, wir sollten das Reiszeugs aufbewahren?«, wandte sich Jeannette an uns. »Ich meine nur, falls was mit dem Essen nicht stimmte.«

»Da bin ich überfragt«, sagte ich. »Aber der Arzt sprach von einem Kreislaufkollaps. Ich glaube kaum, dass der Wirsing daran schuld sein kann.«

»Schätze mal, der Stress war einfach zu viel für Hohlbergs Pumpe«, stimmte Teddy zu. »Was für eine Ironie! Unser Chef wird morgen auf allen Titelseiten landen. Genau wie er sich das gewünscht hat. Aber leider nicht wegen seiner Kochkünste.«

Montag

Es hatte keine drei Stunden gedauert, bis die ersten Onlinezeitungen über das dramatische Ende der Jubiläumsveranstaltung berichteten. Wie Teddy prophezeit hatte, waren die Artikel mit erschreckend realistischen Nahaufnahmen illustriert. Sie zeigten unseren Chef ohnmächtig über dem Tisch hängend oder am Boden liegend inmitten eines farblich reizvollen Arrangements aus weißen Porzellanscherben, grünem Wirsing und pastellorangen Garnelen. Auch die Printausgaben stürzten sich auf den aufsehenerregenden Zwischenfall in der Markthalle. Natürlich vergaß kein Journalist, die A-Promis zu erwähnen, die Augenzeugen des Unglücks geworden waren. Allein die Aufzählung ihrer Namen machte aus jedem Artikel eine Topmeldung.

Am Montagmorgen trafen sich bis auf Britta alle Mitarbeiter, die beim Event dabei gewesen waren, zum üblichen Wochenmeeting. Heute drehte sich das Gespräch allerdings nicht um die Jobs, die in den nächsten Tagen anstanden.

»Kurz nachdem der Notarzt ihn ins Marienhospital eingeliefert hatte, ist Jens ins Koma gefallen«, informierte uns Vater und schaute mit ernster Miene in die Runde. »Ich war heute früh dort und wollte mich nach seinem Gesundheitszustand erkundigen. Von den Ärzten bekam ich leider keine Auskunft. Britta hat mir erzählt, wie es ihm geht. Inzwischen ist geklärt, was seinen Zusammenbruch verursacht hat. Die Ärzte haben einen anaphylaktischen Schock festgestellt.«

»Was soll das denn sein?«, fragte Fotograf Werner.

Teddy beugte sich zu mir und flüsterte: »Hab ich doch gesagt. Völlig ungenießbar, was er da zusammengerührt hat. Wundert mich nicht, dass er beim Probieren einen Schock bekommen hat.«

Normalerweise amüsierte ich mich gern über Teddys Scherze. Heute schien mir seine flapsige Bemerkung unangebracht. »Pst!«, gab ich zurück, weil ich mitbekommen wollte, was Vater sagte.

»Nun, das kommt von einer Art Lebensmittelunverträglichkeit«, erklärte dieser eben. »Jens ist wohl gegen Nüsse hochallergisch.«

»Nüsse?«, wiederholte Jeannette verwundert. »Das verstehe ich nicht. Im Essen waren doch überhaupt keine Nüsse.«

»Die Ärzte haben noch keine Erklärung dafür«, ergriff Nikolas das Wort. Augenscheinlich hatte Vater ihn schon vorab informiert. »Wir müssen jetzt entscheiden, welche Strategie wir gegenüber der Presse fahren.« Der Controller zeigte zu den aktuellen Ausgaben der Stuttgarter Nachrichten und anderer Tageszeitungen aus der Region vor uns auf dem Besprechungstisch.

»Mysteriöser Unfall in der Markthalle«, »Kulinarischer Knockout«, »Prominenter Werber kocht sich ins Koma« und ähnlich Reißerisches war auf den Titelseiten zu lesen.

»Solche Schlagzeilen ruinieren uns das Geschäft«, kommentierte Nikolas für mein Empfinden reichlich herzlos. »Die ersten Kunden haben bereits angerufen und gebeten, ihre Namen aus dieser Sache rauszuhalten.«

»Nikolas, du übertreibst«, fiel Anita ihm ins Wort. »Die meisten Kunden wollen einfach wissen, wie es Jens geht. Das finde ich sehr anständig.«

Trotz der ungewöhnlich warmen Witterung trug Anita einen schwarzen Hosenanzug mit langärmeliger Jacke, die bis oben hin zugeknöpft war. Vielleicht brauchte sie diese Schutzschicht um sich herum. Als heimliche Geliebte musste sie ihre Bestürzung über Hohlbergs Unfall vor allen verbergen. Als heimliche Ex-geliebte, korrigierte ich mich.

Nikolas wies mich an, zeitnah eine beschwichtigende Pressemeldung zu verfassen. Was genau wir der Presse mitteilen wollten, überließ er wie so oft meiner Phantasie. Nachdem wir die anstehenden Aufträge durchgesprochen hatten, schlug Vater vor, den bewusstlosen Agenturchef abwechselnd im Krankenhaus zu besuchen. Alle waren dafür. Anita meldete sich als Erste.

Auch zwei Tage später beherrschte das abrupte Ende der Jubiläumsveranstaltung die Titelseiten. Mangels neuer Informationen waren die Journalisten dazu übergegangen, die letzten Werbekampagnen von Hohlbergs Reich vorzustellen. Unser Chef wäre begeistert gewesen. Langsam wandelte sich der Tenor von Katastrophenberichterstattung zu waschechter Öffentlichkeitsarbeit. Kostenloser noch dazu. Bestimmt hatten Vater und Nikolas bei dieser für die Agentur vorteilhaften Wendung ihre Finger im Spiel.

Hohlberg lag noch immer im Koma. Trotzdem war auch für heute ein Besuch bei ihm geplant. Diesmal war ich an der Reihe. Mit einer Genesungskarte, die alle Mitarbeiter unterschrieben hatten, und einem Strauß weißer Tulpen machte ich mich auf ins Marienhospital. Die Blumen hatte ich dabei, falls Hohlberg bei Bewusstsein und auf die normale Station verlegt worden war.

An der Pforte erfuhr ich, dass unser Chef noch immer auf der Intensivstation lag. Grünzeug war dort aus hygienischen Gründen verboten, daher deponierte ich die Tulpen beim Empfang. Hohlberg lag allein in einem Zweierzimmer. Vor der Tür straffte ich die Schultern und bereitete mich auf die merkwürdige Situation vor, einen Krankenbesuch bei jemandem zu machen, der davon nichts mitbekommen würde. Und den ich unter normalen Umständen nie im Leben besucht hätte.

Widerwillig drückte ich die Klinke und schob die Tür einen Spalt weit auf. Als ich eintreten wollte, hörte ich jemand weinen und zögerte. War der Chef ausgerechnet heute aus dem Koma aufgewacht? Mein Blick wanderte durchs Zimmer und landete auf dem bananengelben Rücken einer Frau, deren Schultern von Schluchzern geschüttelt wurden.

Erleichtert atmete ich auf. Selbstverständlich hätte ich meinem Chef gewünscht, bald wieder zu sich zu kommen. Aber die Vorstellung, dass ausgerechnet ich als erste Mitarbeiterin mit ihm würde sprechen müssen, versetzte mich in Panik. Was, wenn

Hohlberg einen Blackout gehabt hätte? Dann wäre es meine Aufgabe gewesen, ihm von seinem missglückten Auftritt und dem wenig rühmlichen Ende des Jubiläumsevents zu erzählen. Darauf konnte ich gern verzichten.

Eine weibliche Stimme lenkte meine Aufmerksamkeit erneut zu Hohlbergs Bett.

»Mein Liebster, es tut mir so leid«, sagte die Besucherin. Es war Britta, seine Freundin. Ich hatte sie nicht gleich erkannt, weil ihre Haare zu einem Pferdeschwanz zusammengebunden waren. Sonst trug sie ihre rotblonden Locken offen.

Was sollte ich tun? Mein Auftrag war es, die Karte mit Genesungswünschen dazulassen. Aber ich wollte die traute Zweisamkeit nicht stören.

Britta schüttelte den Kopf. Der rötliche Haarstrang wischte über ihrem gelben Rücken hin und her. »Ich war so dumm. Bitte verzeih mir, Jens.« Erneut brach sie in Tränen aus.

Schon wieder eine heulende Frau! Was für ein Herzensbrecher unser Chef war, hatte ich bisher nicht gewusst. Genauso leise, wie ich gekommen war, trat ich den Rückzug an. Ich überreichte die Karte der Schwester und verließ die Intensivstation.

Donnerstag

Am nächsten Tag war Jeannette wegen eines Kundentermins schon eine gute Stunde vor mir in der Agentur. Sie empfing mich mit versteinerter Miene.

»Setz dich, Bea. Ich muss dir etwas sagen.« Ihre Stimme klang ernst.

Ich warf meine Tasche auf den Rollcontainer und zog den Stuhl heran. Noch bevor ich richtig saß, fuhr Jeannette fort, als wolle sie ihre Botschaft so schnell wie möglich loswerden: »Hohlberg ist heute Nacht gestorben.«

Vorsichtig ausgedrückt gehörte der Chef nicht gerade zu meinen Lieblingsmenschen. Trotzdem schnürte sich mein Hals zu.

»Peter hat es mir eben erzählt«, sagte Jeannette. »Wir treffen uns gleich zum Meeting.«

In einträchtigem Schweigen gingen wir hinüber ins Besprechungszimmer. Jeannette und ich waren die Letzten. Keiner unserer Kollegen sah hoch, als wir eintraten. Auf dem Glastisch stand der Tulpenstrauß, den ich gestern dabeigehabt hatte.

Ich wählte den freien Platz neben Teddy. Kaum saß ich, presste er sein jeansumhülltes Knie gegen meines. Heute war das keine erotische Geste, sondern eine tröstende. Ich erwiderte den Druck und fühlte mich gleich besser. Gegenüber von mir thronte Anita reglos wie eine Statue auf dem Stuhl. Ihre Augen waren gerötet, ebenso die Nasenflügel. Der untere Bereich ihres Gesichts war von einem weißen Taschentuch verborgen, das sich farblich kaum vom Ton ihrer Haut unterschied.

Vater eröffnete das Meeting. Seine Stimme klang belegt. »Britta hat vor einer halben Stunde angerufen.« Er räusperte sich und nahm einen Schluck Wasser aus seinem Glas. »Sie hat Nikolas und mich darüber in Kenntnis gesetzt, dass Jens heute Nacht seinem Schock erlegen ist. Er hat das Bewusstsein vor seinem Tod nicht mehr wiedererlangt.«

Erst vor Kurzem war mein Vater wieder in mein Leben zurückgekehrt. Trotzdem fiel mir auf, wie bewusst er seine Worte wählte. Er benutzte Formulierungen, die eine gewisse Distanz herstellten. Vielleicht ein instinktiver Schutzmechanismus.

»Wie ihr bereits wisst, hat Jens beim Live-Cooking einen anaphylaktischen Schock erlitten«, sagte er eben. »Dieser Schock muss so stark gewesen sein, dass sich sein Körper nicht mehr davon erholen konnte. Ich bin sicher, die Ärzte haben alles getan, was in ihrer Macht stand. Trotzdem hat er es nicht geschafft.«

Am Tisch breitete sich Schweigen aus. Wir versuchten, die schlimme Nachricht zu begreifen.

Dann meldete sich Jeannette zu Wort. »Du hast doch gesagt, dieser Schock mit dem kryptischen Namen wäre durch Nüsse ausgelöst worden.«

Vater nickte.

Jeannette schüttelte den Kopf. »Das verstehe ich nicht. Wenn unter den Zutaten, mit denen Jens gekocht hat, keine Nüsse waren, wie kann er dann daran sterben?«

»Die Kriminalpolizei vermutet, der Schock wurde durch das Nussöl verursacht.«

Bei dem Wort Kriminalpolizei wandten sich alle Köpfe gleichzeitig zu ihm.

»Die Kriminalpolizei?«, wiederholte Anita erstaunt und sprach damit für uns alle. »Was hat die Polizei damit zu tun?«

Vater senkte den Kopf, wie um sich zu sammeln. »Soweit ich von Britta weiß, haben die Ärzte im Marienhospital die Polizei alarmiert, nachdem ihnen die Ursache des Schocks klar wurde. In den Pressemappen war das Rezept für die Chinapfanne abgedruckt. Darin war Olivenöl als Zutat angegeben. Tatsächlich enthielt die vorbereitete Flasche aber, so sieht es zumindest nach meiner Kenntnis aus, in Wirklichkeit Nussöl. Jens hat es in den Wok gegeben und davon probiert. Das Nussöl hat die allergische Reaktion ausgelöst.«

»Okay, bis hierher kann ich dir folgen. Aber was heißt das nun genau?«, wollte Jeannette wissen. »Gab es eine Verwechslung, oder wie konnte das passieren? Ich meine, wenn Jens so allergisch war, hat er doch sicher peinlich genau darauf geachtet, Nüsse oder Nussöl zu meiden.«

»Wenn ich Britta richtig verstanden habe, geht die Kripo davon aus, dass die Flaschen vertauscht wurden«, antwortete Vater. »Und zwar mit Absicht.«

Es dauerte eine ganze Weile, bis mein Gehirn den Sinn seiner Worte verstand. »Willst du damit sagen, jemand hat diesen Schock bewusst herbeigeführt?«

Er sah mich mit ausdrucksloser Miene an. »Ja, so sieht es aus.«

Nun ergriff Nikolas das Wort. »Jens trug seinen Allergieausweis und ein Medikament für Notfälle immer bei sich. Am Samstag war das bedauerlicherweise nicht so. Weder der Notarzt noch die Ärzte im Krankenhaus haben etwas Entsprechendes bei ihm gefunden. Sonst hätten sie sofort gewusst, was den Kreislaufkollaps ausgelöst hat.«

»Einen Moment, Nikolas. Ich habe noch eine Frage an Peter.« Jeannette stützte die Ellbogen auf den Tisch und sah zu meinem Vater. »Wenn ich dich richtig verstehe, Peter, dann ist Jens keines natürlichen Todes gestorben?«

Vater nickte kaum merklich. »So ist es. Jemand hat ihn umgebracht.«

Nach dem Meeting waren Jeannette und ich damit beschäftigt, den gewaltsamen Tod unseres Agenturchefs zu verdauen. Eigentlich steckte ich mitten in den Vorbereitungen für die nächste Genießerführung. Hohlbergs neueste Geschäftsidee fand viel Zuspruch und verschaffte der Agentur eine Menge guter Presse. Daher sollten die Führungen wie geplant weitergehen. Das hatten Nikolas und Vater einhellig entschieden. Schließlich musste der Rubel auch weiterhin rollen. Morgen sollte ich einigen Agenturkunden das Städtische Lapidarium zeigen. Doch statt Marmorskulpturen und den Resten einst bekannter Stuttgarter Bauwerke sah ich vor meinem inneren Auge unseren Chef zwischen Garnelen und Wirsing liegen.

Mit einem Schluck Kaffee versuchte ich das unschöne Bild zu vertreiben.

»Mein Gehirn will einfach nicht kapieren, dass Hohlberg ermordet worden ist. Geht es dir auch so?«, fragte ich Jeannette.

»Ich meine, wer sollte denn so etwas Schreckliches tun? Und

dann noch in aller Öffentlichkeit, vor den Augen der Presse und der Stuttgarter Prominenz?«

»Grob geschätzt hätten ungefähr zehntausend Menschen in Stuttgart ein Motiv dafür, sich an Hohlberg zu rächen oder seiner Agentur zu schaden«, meinte Jeannette. »Denk nur an die vielen Frauenherzen, die er gebrochen hat. An die Dutzenden Mitarbeiter, die er ausgebeutet und rausgeworfen hat, als ihnen die Ideen ausgegangen sind. An die zahlreichen Agenturen, denen er Aufträge vor der Nase weggeschnappt hat.«

»Wie zum Beispiel den Etat der Markthalle«, stimmte ich zu. »Selbst ich komme mir in unserer Branche vor wie unter Geiern. Dabei hänge ich nur Buchstaben aneinander, und das ist eine ziemlich friedliche Tätigkeit.«

»Na ja«, gab Jeannette zu bedenken. »Das hängt davon ab, welche Worte du wählst. ›Ab heute wird zurückgeschossen‹ ist eine völlig andere Botschaft als ›Ich habe einen Traum‹. Aber beide Sätze bestehen nur aus Buchstaben und Leerzeichen.«

»Seit wann bist du unter die Philosophen gegangen?«, gab ich spöttisch zurück. Aber meine Freundin hatte recht. Worte konnten genauso viel Schaden anrichten wie Waffen.

Jeannette sah nachdenklich ins Leere. »Ich glaube, dass Hohlbergs Mörder hier in der Agentur zu finden ist. Schließlich hätten wir alle ziemlich überzeugende Gründe, ihn loswerden zu wollen, wenn wir ehrlich sind. Zum Beispiel Beleidigung, Nötigung, Erpressung oder Missachtung der Menschenrechte.«

Mir war nicht nach Lachen zumute. »Glaubst du im Ernst, einer unserer Kollegen ist ein Mörder?«

»Kein angenehmer Gedanke, aber ein naheliegender. Es könnte jeder gewesen sein. Sogar du oder ich.« Jeannette schüttelte sich. »Mir läuft es kalt den Rücken hinunter bei dieser Vorstellung. Aber das Öl fürs Live-Cooking kann nur jemand vertauscht haben, der am Samstag beim Event dabei war und eine Gelegenheit dafür hatte. Es muss jemand von den Servicekräften in der Markthalle gewesen sein. Oder einer von uns.«

»Und dieser Jemand kannte Hohlbergs Allergie gegen Nüsse«, ergänzte ich. »Wie ist es mit dir? Wusstest du davon?«

»Ich? Nein, ich hatte keine Ahnung«, sagte Jeannette. »Jetzt ist zumindest klar, warum Hohlbergs Luxusschrank keine Paranüsse, Erdnüsse, Pinienkerne oder anderes Knabberzeug enthält.« Sie überlegte kurz. »Bestimmt weiß Anita über seine Allergie Bescheid. Schließlich ist sie seine Assistentin und begleitet ihn und unsere Kunden oft zum Essen ins Restaurant. Und sie besorgt die Luxusgüter für seinen Privatschrank. Also muss sie seine Wehwehchen gekannt haben.«

»Das gilt auch für Britta. Sie lebt schon seit Jahren mit Hohlberg zusammen.«

»Hat mit ihm zusammengelebt«, korrigierte Jeannette. »Auch wenn es mir nach wie vor ein Rätsel ist, was Stuttgarts next Topmodel an unserem Chef gefunden hat.«

»Britta war bei der Veranstaltung dabei«, dachte ich laut. »Sie hätte die Flaschen vertauschen können.« In Gedanken ging ich den Ablauf des Abends durch und überlegte, wann Britta dies getan haben konnte. Dabei fiel mir etwas Merkwürdiges auf.

»Britta stand nur ein paar Meter entfernt, als Jens umgekippt ist«, sagte ich zu Jeannette. »Hast du gehört, ob sie seine Nussallergie danach erwähnt hat? Gegenüber dem Arzt oder den Sanitätern?«

»Nein. Soweit ich mitbekommen habe, hat sie kein Wort darüber verloren.« Kaum hatte Jeannette das gesagt, bekam sie große Augen. »Großer Gott, Bea, an dir ist eine erstklassige Schnüfflerin verloren gegangen! Wenn Britta die Allergie ihres Freundes verschwiegen hat, hatte sie bestimmt einen guten Grund dafür.«

»Willst du damit andeuten, Britta hat absichtlich nichts darüber gesagt? Sie kann es doch genauso gut vergessen haben«, versuchte ich Hohlbergs Freundin zu verteidigen, auch wenn mir nicht klar war, warum. Vielleicht schreckte mich einfach der Gedanke, jemand aus der Agentur könnte zu einem Mord fähig sein.

»Vergessen?«, wiederholte Jeannette zögernd. »Ja, das wäre möglich. Aber nehmen wir einmal an, Bea, dein Freund wäre gegen ein Lebensmittel hochgradig allergisch. Dann klappt er beim Kochen beziehungsweise beim Abschmecken zusammen. Du würdest doch sofort an seine Lebensmittelallergie denken, oder nicht?«

Ich konnte Jeannettes Argumentation nachvollziehen. Trotzdem war ich nicht bereit, Britta so mir nichts, dir nichts zur Mörderin zu machen. »Aus welchem Grund sollte Britta ihren Freund loswerden wollen?«

»Zum Beispiel, weil er sie manchmal wie Dreck behandelt hat.«

»Aber daran ist sie doch seit Jahren gewöhnt.«

»Stimmt auch wieder. Außerdem ist sie selbst daran schuld. Sie hätte sich genauso gut einen netten Mann suchen können. Nicht so einen geldgeilen alten Sack.« Jeannette zuckte zusammen. »Das mit dem Sack nehme ich zurück. Man soll über Tote ja nichts Schlechtes sagen.«

Anita kam herein. Ihr Gesicht war noch immer blass, aber die Tränenspuren waren verschwunden, und ihre Nase wirkte frisch gepudert.

Die Kundenberaterin reichte mir eine Liste mit Namen. »Hier sind die Teilnehmer für deine Führung morgen. Treffpunkt ist um zehn Uhr vorm Lapidarium in der Mörikestraße. Peter und Tim bereiten oben auf der Karlshöhe ein Picknick vor. Sieh also zu, dass du mit den Kunden rechtzeitig zum Mittagessen dort bist.«

»Wo genau soll das Picknick stattfinden?«, hakte ich nach.

»Die Karlshöhe ist groß. Ich habe keine Lust, meine Schäfchen dreimal um den Berg zu lotsen. Das wirkt unprofessionell.«

Anita presste die Lippen zusammen. »Ich frage Peter.«

Wie es aussah, hatte sie schlichtweg vergessen, sich danach zu erkundigen. Dafür hatte ich heute vollstes Verständnis.

Als die Kundenberaterin zur Tür ging, sah ich ihr hinterher. Mein Blick ruhte auf ihrem Rücken. Dabei ploppte ein Gedanke auf, der meinen Puls in die Höhe schießen ließ. Plötzlich wusste ich, was Britta dazu getrieben haben könnte, ihren Freund zu töten oder zumindest die schlimmen Folgen eines Schocks in Kauf zu nehmen: seine Liaison mit Anita. Aber das behielt ich vorerst für mich, denn Jeannette schien von dieser Affäre nichts zu wissen.

War Brittas Geständnis an Hohlbergs Krankenbett der entscheidende Hinweis?

Als hätte Jeannette mir beim Denken zugesehen, erwiderte sie meinen beunruhigten Blick sofort. »Was ist los?«, fragte sie. »Hat deine Schnüfflernase Witterung aufgenommen?«

»Wie du weißt, war ich gestern mit dem Besuch bei Hohlberg an der Reihe.«

Jeannette nickte. »Ich habe den Strauß auf dem Besprechungstisch gesehen. Den wolltest du doch Hohlberg vorbeibringen.«

»Das hatte ich vor. Aber er lag ja noch immer auf der Intensivstation. Als ich in sein Zimmer treten wollte, war der Chef nicht allein. Britta war bei ihm. Sie saß an seinem Bett und hat geweint. Ich wollte die beiden nicht stören.«

»Verständlich. Obwohl sie heute deutlich mehr Grund für Tränen hat.«

»Britta hat was Rätselhaftes zu ihm gesagt«, fuhr ich fort. »Gestern habe ich ihrer Bemerkung keine Beachtung geschenkt. Aber jetzt, wo Hohlberg tot ist, sehe ich ihre Worte in einem völlig anderen Licht.«

»Was hat sie denn zu ihm gesagt? Ging es um Nüsse?«

»Nein. Oder eher nicht direkt. Britta hat ihn um Verzeihung gebeten für etwas, das sie ihm angetan hat und nun bereut.«

Jeannette hob die Augenbrauen. »Wie zum Beispiel dafür, dass sie die Flasche mit dem Nussöl eingeschmuggelt hat?«

»Was sie genau meinte, kann ich dir nicht sagen. Sie hat ihn nur gebeten, ihr zu verzeihen.«

Das Telefon läutete. Jeannette nahm ab. Es war Wolfssohn, ein Kunde aus der Baubranche. Er wartete auf die Entwürfe für eine Broschüre über sein neues Projekt.

Während Jeannette dem Bauunternehmer von Hohlbergs Tod berichtete, überlegte ich, ob Britta tatsächlich die Ölflaschen vertauscht haben konnte. Möglich wäre es. Sie war schon Stunden vor dem Live-Cooking in der Markthalle gewesen. Genau wie wir anderen Mitarbeiter.

Ein Klingeln kündigte jemand an der Agenturtür an. Ich reagierte nicht, weil es zu Anitas Aufgaben gehörte, Paketboten oder Besucher zu empfangen. Als es zum zweiten Mal und deutlich energischer klingelte, stand ich auf, um zu sehen, wo Anita steckte.

Sie hing auf ihrem Bürostuhl wie ein Häufchen Elend und weinte. Erste Risse zeigten sich an ihrem gerade restaurierten Make-up. Der tränenverhangene Blick, den sie mir zuwarf, rührte mich.

»Ich übernehme das für dich«, sagte ich und schloss die Tür, damit sie ihre Ruhe hatte.

Mittlerweile klingelte es zum dritten Mal. Diesmal behielt der Besucher den Finger auf der Klingel. Ein nervender Dauerton schrillte durch den Flur.

Kaum hatte ich die Tür geöffnet, bereute ich meine gute Tat. Vor mir stand ein Mann, von dem ich gehofft hatte, ich würde ihn in diesem Leben nie mehr wiedersehen.

Der Mann schaute mich aus hellen blauen Augen an und hielt mir seine Polizeimarke hin. Ich brauchte mir die Marke nicht anzusehen. Es war Kommissar Gabriel vom Dezernat für Tötungsdelikte. Mit ihm hatte ich leider schon öfter zu tun gehabt, als mir lieb war.

»Beatrix Pelzer«, stellte der Kommissar wenig überrascht fest. »Erstaunlich, wie schnell wir uns wiederbegegnen.«

Ich war kaum weniger verblüfft als er. Letztes Jahr hatte Gabriel die Ermittlungen im Fall des Neckarmörders geleitet. Teddy war damals unter Verdacht geraten, zwei Frauen ermordet und ihre Leichen am Neckarufer in Bad Cannstatt deponiert zu haben. Meine Rolle als wichtige Zeugin war auch nicht gerade rühmlich gewesen. Wenige Stunden vor ihrem Tod hatte ich Teddy mit einer der beiden Frauen gesehen. Zum Glück hatte die Kripo den wahren Mörder gefasst, bevor dieser erneut zuschlagen konnte.

»Darf ich eintreten?« Die tiefe Stimme des Kommissars holte mich aus meinen Gedanken.

Ich schob die Eingangstür auf und gab ihr zu viel Schwung. Sie knallte an die Wand. Der Bleiglaseinsatz klirrte bedenklich, blieb aber unversehrt.

Gabriel betrat den Flur, ohne mich aus den Augen zu lassen. Deren Farbe war außergewöhnlich. Ein sehr heller Blauton, der ins Graue spielte. Wie die Augen eines Huskys. Oder wie Eis auf einem zugefrorenen See. Erst jetzt bemerkte ich den Kollegen hinter ihm. Ein leicht untersetzter Mann mit einem braunen Schnauzbart.

»Das ist mein Kollege, Kommissar Merzer«, stellte Gabriel ihn vor. »Wenn ich mich richtig erinnere, Frau Pelzer, sind Sie ihm bereits begegnet.«

Der Kollege begrüßte mich mit einem wortlosen Nicken.

Gabriel verstaute die Marke in der Brusttasche seiner Cordjacke. »Wir würden gern mit Ihnen und Ihren Kollegen über den Tod von Herrn Hohlberg sprechen. Genauer gesagt mit denjenigen Mitarbeitern, die am vergangenen Samstag in der Markthalle waren. Zu dem Zeitpunkt, als Herr Hohlberg den Allergieschock erlitt.«

»Ja, dann führe ich Sie am besten zu ...« Ich stockte und überlegte, wer der richtige Ansprechpartner war. Mein Vater? Oder Nikolas? »Folgen Sie mir bitte ins Besprechungszimmer«, sagte ich der Einfachheit halber und begleitete die beiden Ermittler dorthin.

Mein nächster Gang führte in Hohlbergs Büro. Es wurde abwechselnd von Nikolas und Vater benutzt. Ich überließ es dem Zufall, wen ich gerade dort antreffen würde. Es war mein Vater. Er saß auf dem schwarzen Ledersofa im verglasten Erker. Hier hatte Hohlberg seine zahlungskräftigen Kunden bewirtet, um sie mit dem exklusiven Panoramablick über die sanfte Hügellandschaft und das Häusermeer im Stadtkessel zu beeindrucken. Vaters Aufmerksamkeit galt einigen großformatigen Farbfotos auf dem kniehohen Glastisch vor ihm.

»Drüben warten zwei Kommissare auf dich.« Ich deutete in Richtung Besprechungszimmer. »Es geht um das Live-Cooking am Samstag.«

Mein Vater verzog keine Miene, als hätte er jeden Tag mit der Kripo zu tun. Er schob die Fotos zum Stapel zusammen und verließ den Raum. Ich kehrte in mein Büro zurück.

Eine Stunde später war ich an der Reihe. Mit gemischten Gefühlen machte ich mich auf den Weg zu den Ermittlern. Meine Gedanken kreisten vor allem um eine Frage: Wie sollte ich mich verhalten, wenn der Kommissar nach privaten Beziehungen in der

Agentur fragte? Und falls er das unterließ, sollte ich das Thema von mir aus ansprechen? Meiner Freundin Jeannette hatte ich die Affäre zwischen Hohlberg und Anita bislang verschwiegen. Aber der Polizei konnte ich sie wohl kaum vorenthalten. Vor allem jetzt nicht, wo einer der beiden Beteiligten ermordet worden war.

Kommissar Gabriel saß am Tisch, die Hände um ein halb volles Glas Mineralwasser gelegt. Ich wählte den Platz gegenüber. Gabriel fragte mich nach meinem Namen, Alter und in welcher Beziehung ich zu Hohlberg gestanden hatte. Sein Kollege am Tischende protokollierte unser Gespräch.

Gabriel bat mich, ihm den Ablauf der Jubiläumsveranstaltung zu schildern. Weil ich diesen Abend mit Jeannette bereits einige Male durchgegangen war, gelang mir das, ohne ins Stocken zu geraten. Bis ich an die Stelle kam, als Hohlberg beim Zubereiten der Chinapfanne zusammengebrochen war.

Da hakte der Kommissar das erste Mal nach. »Wer war, abgesehen von Ihrem Chef und Ihnen, noch an der Organisation dieser Kochaktion beteiligt?«

»Einige Agenturmitarbeiter und Servicepersonal, das wir für diesen Abend engagiert hatten. Darüber hinaus noch ein Koch, der zur Firma meines Vaters gehört.«

»Ihres Vaters?«

Ich spürte, wie mir das Blut in den Kopf stieg, und ärgerte mich über das unsolidarische Verhalten meines Körpers. Schließlich ging es hier um Hohlbergs Tod und nicht um das gestörte Verhältnis zwischen meinem Vater und mir.

»Ich meine Peter Herzog. Er ist mein Vater. Und der neue Geschäftspartner von Herrn Hohlberg. Besser gesagt, er war sein neuer Geschäftspartner. Jetzt ist er der alleinige Geschäftsführer von Hohlbergs Reich.« Was sich in meinen Ohren reichlich verworren anhörte, schien Kommissar Gabriel sonnenklar. Offenbar hatte Vater ihm bereits die jüngsten Personalien der Agentur erläutert.

»Gut, Frau Pelzer. Nennen Sie bitte die Namen und die Funktionen aller Mitarbeiter, die bei der Veranstaltung anwesend waren.«

»Jens Hohlberg hat das Menü für den VIP-Tisch zubereitet.

Zusammen mit Tim, der ihm beim Kochen assistiert hat. Seinen Nachnamen kann ich Ihnen leider nicht sagen.«

Der Kommissar nickte. »Ist uns bereits bekannt. Fahren Sie fort.«

»Auch meine Kollegin Jeannette Wagenbach war dabei. Sie hat das Event mitorganisiert und überwachte die Abläufe. Ebenso wie Nikolas Birkner, unser Controller. Für die Fotos waren Teddy Ternes, unser Artdirector, und Werner Schreier zuständig. Werner ist freier Fotograf und wird oft für Shootings gebucht. Mein Job war es, die Journalisten mit Pressemappen zu versorgen und an ihre Plätze zu begleiten. Hohlbergs Assistentin hat mich dabei unterstützt. Sie heißt Anita Severin.«

Als ich Anitas Namen erwähnte, pochte mein Herz ziemlich laut. Schnell redete ich weiter. »Anita hat zusammen mit Britta Hansen den VIP-Tisch bedient. Britta Hansen ist Hohlbergs Freundin. Das heißt, sie war es. Sie arbeitet als Fotomodell und ist auf fast allen Werbemitteln der Markthalle abgebildet.«

Gabriel erkundigte sich, wer die Zutaten für die Kochshow vorbereitet hatte.

»Soweit ich weiß, hat das Herr Hohlberg selbst übernommen. Er war in solchen Dingen sehr anspruchsvoll. Herr Hohlberg wollte alle Zutaten, die Gewürze und so weiter, exakt nach seinen Vorgaben angeordnet haben, damit er so ergonomisch wie möglich arbeiten konnte.« Der Einfachheit halber hätte ich auch sagen können, dass er uns gnadenlos herumkommandiert hatte.

»Wer wusste von der Lebensmittelallergie Ihres Chefs?«

»Seine Freundin Britta, nehme ich an. Sie lebt, nein, sie lebte schon seit ein paar Jahren mit ihm zusammen. Ich denke, auch Anita kannte seine Vorlieben und Abneigungen bei Lebensmitteln. Herr Hohlberg hat in der Küche einen speziellen Vorratsschrank mit Luxusgütern. Champagner, Kaviar und so weiter. Damit hat er unsere Kunden bewirtet. Für diesen Schrank ist Anita zuständig.«

Gabriel sah mich abwartend an. Ich zuckte mit den Schultern. Das war alles, was ich dazu sagen konnte.

»Gut, Frau Pelzer. Eine Frage habe ich noch. Gibt es jemand unter ihren Kollegen, der mit Herrn Hohlberg in letzter Zeit Streit hatte?«

Es dauerte eine Weile, bis mir eine angemessen diplomatische Formulierung einfiel. »Herr Hohlberg hatte genaue Vorstellungen, was unsere kreative Arbeit anging. Wenn ihm etwas nicht gefiel, hat er uns das sehr direkt wissen lassen, wenn Sie verstehen, was ich meine.«

Kommissar Gabriel hob auffordernd die Augenbrauen.

Aus Erfahrung wusste ich, wie realitätsfern die Vorstellungen über Werbeagenturen bei den meisten Menschen waren. Daher holte ich ein wenig weiter aus. »Außenstehende denken meist, in der Werbung ginge es total locker zu und alle wären die besten Freunde. Wahrscheinlich, weil wir uns duzen und ständig von Teams die Rede ist. In Wahrheit gibt es eine strenge Hierarchie. Auch bei uns. Der Chef hat das Kommando, völlig egal, wie viel er von Gestaltung oder von Texten versteht. Oder ob er überhaupt etwas davon versteht. Wichtiger als tolle Ideen ist immer Geld. Je weniger etwas intern kostet, umso besser. Dann bleibt mehr für die Führungsetage hängen.«

Die Mundwinkel des Kommissars hoben sich kurz. »Ich verstehe, was Sie sagen wollen, Frau Pelzer. Herr Hohlberg gab vor, wo es langging. Sie und Ihre Kollegen waren seine Angestellten.«

»Wir waren seine Sklaven.«

Jetzt musste der Kommissar lachen. Auch sein Kollege am Tischende schmunzelte.

Gerade als ich mich entspannte und dachte, ich hätte das Schlimmste hinter mir, stellte der Kommissar eine weitere Frage. »Wie war das private Verhältnis zwischen Herrn Hohlberg und seinen Mitarbeitern?«

Mein Mund wurde staubtrocken. Aber ich wagte es nicht, mir ausgerechnet jetzt ein Wasser einzuschenken. Das hätte doch allzu sehr nach Verzögerungstaktik ausgesehen.

»Soweit ich weiß, gab es abgesehen von gemeinsamen Mittag- oder Abendessen nur wenige private Kontakte. Außer zwischen Britta Hansen und Herrn Hohlberg natürlich. Und vor ein paar Tagen ...« Ich überlegte, wie ich es am besten ausdrücken sollte, ohne mich als Lauscherin zu outen. »Vor ein paar Tagen hörte ich zufällig ein privates Gespräch zwischen Hohlberg und seiner

Assistentin mit an. Die Tür war angelehnt. Ich bekam alles mit, auch wenn ich das wirklich nicht …«

»Ein privates Gespräch mit seiner Assistentin«, brachte der Kommissar mich auf den entscheidenden Punkt zurück. Er beugte sich über den Tisch. Seine hellen Augen fixierten mich. »Worum ging es dabei?«

»Wie gesagt, ich habe nur einen Teil der Unterhaltung mitbekommen. Ich hörte, wie Herr Hohlberg Anita den Laufpass gegeben hat.« Was für eine blöde Formulierung, dachte ich sofort, aber mir war nichts Besseres eingefallen. »In meinen Ohren klang es so, als hätten die beiden seit einiger Zeit eine intime Beziehung gehabt.«

»Und diese Beziehung hat Herr Hohlberg beendet?«, vergewisserte sich der Kommissar.

Ich nickte knapp. Nachdem ich erklärt hatte, wie und wo ich dieses Gespräch mitgehört hatte, war ich fürs Erste entlassen.

Kurz entschlossen klopfte ich an Anitas Bürotür und informierte sie über meine Aussage. Ich hatte das Gefühl, das sei ich ihr schuldig.

»Sorry, Anita. Aber ich hatte praktisch keine andere Wahl. Der Kommissar hat mich direkt nach eurem Verhältnis gefragt.« So direkt hatte Gabriel nun wirklich nicht gefragt. Doch diese kleine Notlüge machte es mir leichter, mit meiner Indiskretion zu leben.

Anita seufzte resigniert. »Das ist nun auch egal, Bea. Ich hätte der Polizei sowieso von Jens erzählt. Auch wenn wir nicht mehr zusammen waren, als er starb. Wichtig ist nur, dass sein Mörder bald gefasst wird.«

Pünktlich um zehn Uhr sammelte ich die Teilnehmer meiner Führung vor dem Städtischen Lapidarium ein. Diesmal handelte es sich um die Belegschaft eines Architekturbüros. Die Geschäftsführung wollte sie für ihren Einsatz mit diesem kleinen Ausflug in Stuttgarts Vergangenheit belohnen. Hohlbergs Reich hatte für das Architekturbüro die komplette Geschäftsausstattung und den Internetauftritt gestaltet.

Das Lapidarium öffnete seine Pforten offiziell erst nach der Mittagszeit, daher hatten wir den idyllischen Park des Freilichtmuseums für uns allein. Die herrlichen Gartenanlagen mit Wandelgang, Brunnenhof und Terrassen gehörten zu einer Villa, die der Stuttgarter Großindustrielle Gustav Siegle Ende des 19. Jahrhunderts für seine Tochter Margarete und ihren Mann hatte erbauen lassen.

Zur Einstimmung genossen die Ingenieure, Bauzeichner und Sekretärinnen einen Champagnercocktail auf der Terrasse im Unteren Garten. Architekt Albert Eitel hatte ihn nach dem Vorbild italienischer Terrassen-Renaissancegärten angelegt. Mitten im Grünen waren hier unter altehrwürdigen Bäumen über zweihundert Skulpturen, Bauteile, Inschriftentafeln und Zierelemente von zerstörten oder abgerissenen Stuttgarter Bauten ausgestellt. Insgeheim amüsierte ich mich über diesen Betriebsausflug. Denn was das Architekturbüro bisher produziert hatte, hätte man meiner Ansicht nach wegen optischer Umweltverschandelung am besten sofort wieder dem Erdboden gleichgemacht. Das Büro war auf Einkaufszentren und Wohnungsbau spezialisiert. Soweit ich das beurteilen konnte, machten die Architekten zwischen diesen beiden Fachgebieten kaum einen Unterschied. Ein gesichts- und charakterloser Protzbau reihte sich an den nächsten. Umso begeisterter waren die Mitarbeiter von der authentischen Atmosphäre dieses Parks.

Zunächst machten wir eine kurze Stippvisite im Laubengang der Villa. Hier wurde die römische Antikensammlung präsentiert, die der frühere Besitzer Carl von Ostertag-Siegle einst von einer Italienreise mitgebracht hatte. Dafür war ich angemessen gekleidet, denn heute trug ich eine Art römische Toga. Sie bestand aus einer über sechs Meter langen und mehr als zwei Meter breiten Stoffbahn, in die ich heute früh in der Kleiderwerkstatt der Oper eingewickelt worden war wie Hackfleisch in Filderkraut. Das luftige Gewand war bei den angenehmen Frühlingstemperaturen deutlich tragefreundlicher als die mittelalterliche Folterklamotte mit Kopfhaube der letzten Führung. Dafür musste ich mich mit flachen, plumpen Ledersandalen und einem albernen Efeukranz auf meinen Locken arrangieren. Den Efeukranz hatte eine Modistin nach Hohlbergs eigenhändigen Entwürfen geflochten. Entsprechend scheußlich sah er aus.

Vom Laubengang aus führte ich die Teilnehmer zu einigen Resten bekannter Bauwerke wie dem Kronprinzenpalais oder dem Neuen Lusthaus. Als das Thema Architektur an Brisanz gewann, wich ich auf Skulpturen bekannter hiesiger Künstler aus. Das ging eine Weile gut. Bis wir zur sparsam bekleideten Figurengruppe der Wasser- und Wiesennymphe von Johann Heinrich von Dannecker kamen. Die männlichen Teilnehmer glaubten einen Zusammenhang zwischen meinem Kostüm und dem der Nymphen zu erkennen. Sie wollten wissen, warum meine Brüste im Unterschied zu denen der in Zink gegossenen Figuren bedeckt waren. Anscheinend war der Cocktail vorhin bei einigen im noch nüchternen Magen gelandet.

Um weitere Eskalationen zu vermeiden, beschloss ich, den letzten Programmpunkt anzusteuern. Über die Willy-Reichert-Staffel gingen wir hinauf zur Karlshöhe. Mit meinen rustikalen Römersandalen war das eine echte Herausforderung. Eine Quälerei waren auch die amüsierten Blicke von Passanten, die meinem Kostüm galten.

Ich war heilfroh, als Vater, Tim und zwei Servicekräfte meine Schäfchen mit einem Glas Prosecco auf der Wiese oberhalb der Weinberge empfingen. Vater begrüßte die Teilnehmer und lud sie ein, auf bunten Teppichen Platz zu nehmen und von den internationalen Köstlichkeiten des Büfetts zu kosten. Niemand fragte nach Hohlberg, der eigentlich auch hier sein berüchtigtes

Live-Cooking hatte zelebrieren wollen. Erleichtert riss ich mir den albernen Efeukranz vom Kopf und stopfte ihn in meine Tasche. Die Mitarbeiter des Architekturbüros stürzten sich auf das üppige Büfett.

Mein Vater winkte mich zur Seite. »Bea. Freut mich, dich zu sehen. Kann ich dich zum Mittagessen einladen?« Er deutete zur Terrasse des Gartenlokals oben auf der Karlshöhe.

Schon aus Dankbarkeit, weil er sich jegliche dumme Bemerkung über mein Nymphengewand verkniff, willigte ich ein. Auf dem Weg in den Biergarten tauschten wir unverfängliche Sätze über die herrliche Aussicht bis hinüber zum Fernsehturm und dem Fernmeldeturm auf dem Frauenkopf aus.

»Hier oben auf der Karlshöhe stand früher übrigens die Villa des Fabrikanten Gustav Siegle«, erzählte ich ihm. »Sie orientierte sich an der Villa Carlotta in Tremezzo am Comer See und galt als einer der schönsten Bauten unserer Stadt.«

»Soll ich raten, wie es weiterging?«, fragte Vater. Sein ironischer Unterton war nicht zu überhören. »Die Stuttgarter haben die Villa abgerissen, um an ihrer Stelle ein schickes Einkaufszentrum in Halbhöhenlage zu errichten. Doch bald gab es eine Großdemo rund um die Karlshöhe mit Sitzblockaden im Biergarten. Daraufhin hat der Gemeinderat das Vorhaben abgeblasen.«

Vor lauter Lachen bekam ich Seitenstechen. »So wäre es bestimmt gekommen, wenn die Villa im Zweiten Weltkrieg nicht ausgebrannt und Anfang der Fünfziger abgerissen worden wäre.«

»Wie ich sehe, bist du gut auf deine Führungen vorbereitet. Weißt du auch, warum die Karlshöhe Karlshöhe heißt und nicht Gustavshöhe nach dem Siegle?«

»Aber klar weiß ich das. Dieser Mini-Berg hieß lange Zeit Reinsburghügel. Bis der Verschönerungsverein irgendwann achtzehnhundertundeinpaar hier oben eine Linde zum Andenken an König Karl I. pflanzte. Das war die sogenannte Karlslinde. Daher stammt der Name Karlshöhe.«

Im Biergarten verspeiste ich eine Salatplatte mit Schinken und Käse. Vater hatte sie netterweise für uns besorgt, damit meine eigenartige Aufmachung keinen Aufruhr an der Essensausgabe auslöste. Beim Essen zog ich ein positives Resümee meiner Führung, wobei ich den Zwischenfall mit der Nymphenfigur und ihren nackten Brüsten ausließ. Imagepflege konnte nicht schaden. Immerhin war mein Vater nun in Hohlbergs Rolle geschlüpft und so etwas wie mein Brötchengeber. Der Gedanke an Hohlbergs gewaltsamen Tod verdarb mir prompt den Appetit. Ich schob die halb leer gegessene Salatplatte von mir und rutschte auf der Bierbank in den Schatten einer Baumkrone. In der Mittagszeit war die Sonne schon erstaunlich intensiv. Beinahe war ich versucht, den Efeukranz, der neben meiner Apfelschorle lag, als Sonnenschutz zu verwenden.

»Wie ist die Stimmung in der Agentur?«, erkundigte sich Vater.

»Warum fragst du mich das? Du bist doch auch jeden Tag dort.«

»Das stimmt. Aber ich bekomme wenig von dem mit, was die Mitarbeiter untereinander reden.«

»Willst du mich etwa aushorchen?«, sagte ich in einem Anflug von Streitlust.

»Könnte man so sagen.« Er rührte in seinem Kaffee.

»Hohlbergs Tod war für alle ein Schock. Vor allem, als sich herausgestellt hat, dass er ermordet worden ist. Aber es ist nicht so, dass einer den anderen verdächtigt. Wir können gut miteinander arbeiten. Ist ja auch eine Menge zu tun, jetzt, wo er nicht mehr da ist.«

Vater nickte. »Nikolas und ich haben die Zuständigkeiten zwischen uns aufgeteilt. Mein Part ist eher die Kontaktpflege und der Umgang mit Kunden. Interne Projektleitung und Planung übernimmt Nikolas.«

»Zahlen und Zeitpläne sind auch eher sein Ding, als Kunden zu pampern.«

»Pampern?« Er runzelte die Stirn. »Den Ausdruck kenne ich nicht. Hat das was mit Windeln zu tun?«

»Das bedeutet so viel wie Kundenpflege, wenn du verstehst.«

»Ich glaube, das will ich so genau gar nicht wissen.«

»Steht schon fest, wann Hohlbergs Beerdigung ist? Offiziell gibt es dazu keine Infos.«

»Nun, das liegt nicht an Nikolas oder mir. Britta hat mir gesagt, Hohlbergs Leichnam sei nach der Obduktion noch nicht freigegeben.« Vater trank seinen Kaffee aus und sah eine Weile in die Ferne. »Bea, hast du Lust, am Wochenende bei Gerit und mir vorbeizuschauen? Wir könnten gemeinsam zu Abend essen«, schlug er vor und öffnete die beiden oberen Knöpfe seines Hemdes. Den Leinenblazer hatte er auf der Bierbank deponiert.

»Das könnten wir machen«, gab ich wenig begeistert zurück. »Aber wahrscheinlich verbringe ich das Wochenende in der Agentur, um die Präsentation nächste Woche vorzubereiten.«

»Stimmt, die hatte ich völlig vergessen«, gestand er, was ich sympathisch unbusinessmäßig fand. Dann machte sein Zwinkern mir klar, dass er den Termin keineswegs vergessen hatte.

»Bea, ich bin jetzt zwar dein Chef. Aber bitte vergiss das, wenn wir uns privat sehen. Ich möchte einfach wissen, wie es dir geht, und wieder ein Teil deines Lebens werden.«

»Dafür hast du dir reichlich Zeit gelassen«, kommentierte ich, genervt von seiner Vater-Nummer. »Die letzten zwanzig Jahre hast du dich kaum um mich gekümmert, sondern Mutter alles überlassen. Woher kommt dein plötzliches Interesse für mich?«

Vater nahm die Hände vom Tisch und richtete sich auf. »Ich habe mich immer für dich interessiert, Bea. Du bist und bleibst meine Tochter. Ich nehme mal an, Marlene hat dich gegen mich aufgestachelt. Habe ich recht?«

Bevor ich antworten konnte, trat ein Mann an unseren Tisch. Sein Schatten fiel auf mich. Im Gegenlicht erkannte ich ihn zuerst nicht. Ich sah nur einen dunkelgrauen Nadelstreifenanzug, der wie maßgeschneidert für den schlanken Körper schien.

»Hallo, Bea. Wie schön, dass wir uns so unerwartet begegnen«, sagte der Mann.

Als ich die Stimme hörte, setzte mein Herz für ein, zwei Schläge aus. Es war Georg, mein Ex. Niemanden auf der Welt hätte ich weniger hier auf der Karlshöhe erwartet als ihn. Georg Bergmann verkehrte in repräsentativen Lokalen in der Umgebung des Bankhauses, in dem er Karriere machte. Zum Beispiel in der Alten Kanzlei, dem Cube Restaurant auf dem Dach des Kunstmuseums und ähnlichen Edelbunkern, die mir zu teuer und auch zu snobistisch waren.

Aus dem Augenwinkel verfolgte ich, wie der Blick meines Vaters zwischen Georg und mir hin- und herwanderte. Vermutlich fragte er sich, woher seine Versagertochter ohne Berufsausbildung und mit abgebrochenem Studium einen Mann wie Georg kannte. Georg verströmte aus jeder Pore Selbstbewusstsein und beruflichen Erfolg. Auch wenn er im Augenblick weniger nach internationalen Geldgeschäften aussah als nach schlechtem Gewissen. Mehrmals strich er sich das akkurat geschnittene sandfarbene Haar zurück und warf einen nervösen Blick über seine Schulter, den ich nicht deuten konnte.

»Georg, hast du dich verlaufen?«, sagte ich leichter dahin, als mir zumute war. Das letzte Mal hatte ich Georg in einem Fünfsternehotel am Canale Grande gesehen. Genauer gesagt im Bett einer noblen Suite.

»Danke für deine Fürsorge, Bea«, gab er mit einem gequält wirkenden Lächeln zurück. »Aber ich weiß durchaus, wo ich mich befinde. Ich hatte einen geschäftlichen Termin bei der Allianz und wollte das sommerliche Wetter für einen Spaziergang nutzen.« Er streckte mir die Hand hin, als wäre ich eine x-beliebige Bekannte.

Nun gut, wenn er es so haben wollte. Steif schüttelte ich ihm die Hand. »Und, wie laufen die Geschäfte mit den Versicherungsmenschen?«

Georg lächelte, aber seine Augen lächelten nicht mit. Irritiert musterte er meine Toga und den Efeukranz auf dem Tisch. Dann sah er auf mein Gegenüber. Vielleicht dachte er, ich wäre jetzt mit diesem gut aussehenden älteren Geschäftsmann zusammen. Ich war schon versucht, ihn in diesem Glauben zu lassen, als Vater sich vorstellte.

»Peter Herzog. Ich bin Beas Vater.« Wieder Händeschütteln.

»Dein Vater«, sagte Georg mit einem leichten Fragezeichen in der Stimme. Sicher versuchte er sich an meine Familienverhältnisse zu erinnern und das wenige zusammenzukratzen, was ich ihm über meinen verschollenen Vater erzählt hatte.

»Freut mich, Sie kennenzulernen. Ich bin Georg. Georg Bergmann.« Nach kurzem Zögern setzte er hinzu: »Ein alter … Freund Ihrer Tochter.«

Vater schien die Anspannung zwischen Georg und mir zu

spüren und wählte ein unverfängliches Gesprächsthema. »Der Frühling ist dieses Jahr in Bestform«, sagte er. »Fühlt sich fast schon wie Sommer an, nicht wahr?«

»Ja, so kann es die nächsten Wochen gern weitergehen.« Georg sah erneut über seine Schulter. Dann trat er zur Seite und gab den Blick frei auf eine hübsche junge Frau mit blondem Pagenschnitt. Sie trug ein dunkelblaues Businesskostüm, war dezent geschminkt und roch nach Bank oder Versicherung und einem stets ausgeglichenen Kontostand.

»Das ist meine Kollegin Julia Schönlein«, stellte Georg sie vor und lächelte sein Hunderttausend-Euro-Lächeln. Jede Unsicherheit war aus seiner Stimme verschwunden, als bewege er sich wieder auf sicherem Terrain.

Dass dieses sichere Terrain derart attraktiv war, versetzte mir einen Stich. An dem Blickwechsel zwischen Georg und dieser Frau erkannte ich, wie nah sich die beiden standen. So nah wie er und ich uns einmal gewesen waren.

Georgs Gesicht wurde wieder ernst. »Bea, ich habe vom Tod deines Chefs erfahren. Das tut mir leid. In eurer Agentur herrscht bestimmt ein ziemliches Durcheinander.«

»Das kann man so sagen«, erwiderte ich unverbindlich und griff nach dem Efeukranz, ohne zu wissen, warum. Wahrscheinlich brauchte ich einfach etwas zum Festhalten.

Nach ein paar weiteren Floskeln über die Aussicht verabschiedete sich Georg und verschwand mit dieser Julia im Schlepptau.

Vater gab mir ein paar Sekunden Zeit, um mich zu fangen. Dann beugte er sich zu mir über den Tisch. »Möchtest du mir erzählen, wer dieser gut aussehende Mann war?«

Ich kaute auf meiner Unterlippe herum und überlegte. Wollte ich ihm tatsächlich die ganze verfahrene Geschichte erzählen? Ich entschied mich für die Kurzfassung.

»Georg und ich waren eine Zeit lang zusammen. Aber es hat nicht geklappt mit uns.« Ich trank meine Apfelschorle in einem Zug leer. »Ich sollte langsam in die Agentur zurück.«

Er verstand den Wink und bot an, mich mitzunehmen.

»Danke, nicht nötig. Mein Auto steht vor dem Lapidarium.«

»Das ist auch meine Richtung. Wollen wir zusammen gehen?«

Wir brachten das Geschirr zurück und machten uns auf den Weg.

»Wahrscheinlich erwartet uns die Kripo in der Agentur«, sagte ich. »Hoffentlich nehmen die mich nicht wieder in die Mangel.« Ich hatte noch immer ein schlechtes Gewissen, weil ich Anitas Verhältnis mit Hohlberg verraten hatte.

»War es schlimm für dich?«, fragte Vater.

Bevor ich antworten konnte, stolperte ich über einen Stein. Meine Aufmerksamkeit hatte dem Park der Villa Gemmingen gegolten, den man von hier oben aus sehen konnte. Eine meiner Sandalen flog durch die Luft und landete im Gras. Mir wäre es ebenso ergangen, hätte mein Vater mich nicht geistesgegenwärtig am Arm gepackt.

»Danke dir. Diese Schuhe sind lebensgefährlich. Wie konnte es den Römern nur gelingen, die Alpen in so schrottigen Tretern zu überqueren und halb Europa zu versklaven?«

Vater lachte. »Du scheinst kein Fan der römischen Kultur zu sein.«

Bevor ich mir die Knochen brach, zog ich die Sandalen aus und ging barfuß. Dank der Sonne war der Boden dafür warm genug. »Das meiste haben die Römer doch sowieso geklaut. Von den Griechen, den Kelten oder anderen bemitleidenswerten Völkern, die sie unterworfen haben.«

»Ich schätze deinen Humor, Bea. Er hat so etwas Trockenes und leicht Widerspenstiges wie deine Haare. Aber dahinter schlägt ein menschenfreundliches Herz, das weiß ich genau.«

Diesem Herz wurde bei seinen Worten warm. Es war, als hätte jemand ein kleines Feuer in mir angezündet. Wieso gelang ausgerechnet meinem mir so fremden Vater etwas, was meine Mutter seit Jahren nicht mehr schaffte? Sie und ich lebten in zwei verschiedenen Welten, als gäbe es eine unsichtbare Trennwand zwischen uns.

Als wir bei meinem Corsa ankamen, verabschiedete er sich. »Wir sehen uns in der Weinsteige. Verfahre dich nicht im Baustellenchaos unterwegs. Sonst landest du noch in Rom, wohin bekanntlich alle Wege führen.«

Während ich ihm hinterherwinkte, wunderte ich mich über

meine ungewohnte Friedfertigkeit. Wie hatte mein Vater es geschafft, die Eisschicht um mein Herz innerhalb von wenigen Tagen zumindest anzutauen? Die Antwort gab ich mir selbst. Sie lag auf der Hand und kühlte mein emotionales Durcheinander wohltuend ab. Er arbeitete in der Werbung und konnte zielgruppengerecht kommunizieren. Zurzeit war offenbar ich seine Zielgruppe. Blieb nur die Frage, welche Botschaft er mir verkaufen wollte.

Nachdem ich meine Toga, die Sandalen und den Efeukranz in der Oper zurückgegeben hatte, fuhr ich in die Agentur. Auf meinem Schreibtisch fand ich einen Notizzettel von Jeannette. »Bin im Verhör. Schieb mir für alle Fälle eine Feile unter der Tür durch.«

Dienstag

Wie ich vermutet und ehrlicherweise auch gehofft hatte, wurde es nichts mit dem trauten Abendessen bei Vater und Gerit auf dem Killesberg. Die bevorstehende Präsentation bei einem neuen Agenturkunden beschäftigte mich das ganze Wochenende über. Teddy war für die Gestaltung der Kampagne zuständig. So blieb uns zwischendurch wenigstens etwas Zeit für Privates, und wenn es nur heimliche Küsse beim Kaffeeholen in der Küche waren. Offiziell waren Teddy und ich immer noch »nur« Kollegen, auch wenn alle um uns herum wussten, dass wir früher ein Paar gewesen waren.

Am Freitag hatten Kommissar Gabriel und sein Kollege neben Jeannette auch andere Mitarbeiter befragt, die beim Event in der Markthalle dabei gewesen waren. Jeannette schilderte mir bis ins Kleinste, was der Kommissar von ihr hatte wissen wollen.

»Bei der Frage, wer hier in der Agentur was mit wem hat, bin ich ins Schleudern geraten.« Sie sah mich halb belustigt, halb herausfordernd an.

»Hat Gabriel das wirklich so formuliert?«, startete ich einen Ablenkungsversuch, weil sie sicher auf Teddy und mich anspielte.

Leider fiel Jeannette nicht auf den Köder herein. »Ungefähr so. Jedenfalls habe ich geschwiegen wie ein Grab, was die Knutschflecke betrifft, die du in letzter Zeit am Hals hast.«

Hatte Teddy so eindeutige Spuren hinterlassen? Instinktiv fasste ich mir an den Hals. Er war ein heißblütiger Küsser, und obwohl ich ihn gebeten hatte, vorsichtig zu sein, ging schon mal die Leidenschaft mit uns durch. Zum Beispiel bei der Sonderschicht am Wochenende.

Jeannette lachte laut heraus. »Wusste ich es doch! Entspann dich, dein Hals ist weiß wie der eines Schwans. Ich wollte nur testen, wie du reagierst.«

Als ich ihrem Blick auswich, kam ich mir reichlich albern vor. Ich war keine fünfzehn mehr, sondern eine erwachsene Frau in den Dreißigern. Wieso konnte ich nicht einfach sagen: Ja,

Jeannette, du hast recht. Teddy und ich wollen es noch einmal miteinander versuchen. Wenn ich Farbe bekannte, könnte Teddy mich endlich zu Hause besuchen und bei mir übernachten. Und ich müsste nicht mehr mitten in der Nacht heimfahren, wenn wir uns in seiner kleinen Dachwohnung in der Cannstatter Altstadt trafen, die er in der Nähe seines Ateliers auf dem Rilling-Gelände gemietet hatte.

Zuvor hatten Teddy, Jeannette und ich zusammen im Haus meiner Tante Fanny in Degerloch gewohnt, während diese auf Weltreise war. Als sie mit einem neuen Lover im Schlepptau aus Thailand zurückkehrte, wurde es bald eng im Haus. Ein Bekannter bot Teddy seine Wohnung in Cannstatt an, weil er zu seiner Freundin ziehen wollte. Teddy nutzte diese Gelegenheit und sagte zu. Und als sich Jeannettes alte Wohngemeinschaft in der Reinsburgstraße auflöste, zogen wir zwei in die Altbauwohnung im Stuttgarter Westen. Tante Fanny und ihr Freund konnten endlich in Ruhe turteln, was ich mir nun auch für Teddy und mich wünschte.

»Der Kommissar hat mir eine Frage gestellt, die mir nicht aus dem Kopf will«, sagte Jeannette. »Er hat sich erkundigt, ob Hohlberg eine intime Beziehung mit einer seiner Angestellten hatte. Mir kam es so vor, als wüsste der Kommissar mehr als ich. Das finde ich seltsam. Schließlich bin ich jeden Tag von früh bis spät hier. Und so viele Frauen arbeiten zurzeit nicht bei uns. Du und ich, Anita, Britta und die Praktikantin aus der Grafik. Wobei er Britta kaum gemeint haben kann, schließlich ist sie ... schließlich war sie Hohlbergs offizielle Gespielin. Gabriel schien es mehr um die inoffiziellen zu gehen.«

»Jeannette, das klingt spannend, aber es ist gleich Viertel vor«, sagte ich und deutete auf die Zeitanzeige am Rechner. »Wir sollten uns ranhalten. Für fünfzehn Uhr hat Nikolas das Meeting wegen Fischerling angesetzt.« Fischerling war der neue Kunde, bei dem wir unsere Ideen morgen präsentieren sollten. Eine Personalagentur, die Anfang des Jahres gegründet worden war und ein paar knackige Ideen für die Unternehmenskommunikation von uns erwartete.

»Von wegen spannend«, gab Jeannette zurück. »Ich weiß, du

verheimlichst mir etwas. Na warte, das kitzle ich schon noch aus dir raus.« Sie streckte sich wie eine Katze nach dem Mittagsschlaf. »Also gut, dann drucke ich unser Konzept fürs Meeting aus.«

Mit einer Viertelstunde Verspätung begann die Besprechung. Normalerweise hätte Hohlberg unsere Ideen und einige beispielhafte Seiten aus den geplanten Werbemitteln morgen beim Kunden präsentiert. Vater wäre die ideale zweite Besetzung gewesen, war aber bereits anderweitig verplant. Also übernahm Nikolas die Präsentation. Begleiten sollte ihn Teddy. Eine kluge Entscheidung. Die Inhaberin und Geschäftsführerin von Fischerling war eine Frau. Wie umwerfend Teddy auf Frauen wirkte, wusste ich. Sein Charme und seine emotionale Art machten ihn zu einer Art Allzweckwaffe bei vielen weiblichen Kundinnen. Einer der Gründe, warum Hohlberg ihm so manche Marotte hatte durchgehen lassen.

»Unser größtes Problem ist das weibliche Model. Bei den männlichen bleibt alles wie gehabt«, sagte Nikolas und schob die schwarz gerahmte Designerbrille den Nasenrücken hoch. »Frau Fischerling hatte sich beim letzten Termin für Britta entschieden. Aber die fällt in nächster Zeit aus. Hat jemand einen ergebnisorientierten Vorschlag?«

Anita legte einige Fotos auf den Tisch. »Wir haben ein paar Models mit einem ähnlichen Look in unserer Datenbank. Rotblonde Haare, blasse Haut. Eher der Businesstyp, aber mit Sex-Appeal.«

»Die könnte passen.« Vater deutete auf das Foto einer Rothaarigen in einem grauen Hosenanzug.

»Also ich finde sie ein bisschen kühl«, meinte Teddy. »Die hier ist viel niedlicher.«

»Du meinst wohl ihre Auslage.« Dieser Einwurf kam von Jeannette.

Das Model, das Teddy favorisierte, trug ein eng anliegendes Etuikleid mit einem tiefen Ausschnitt, der mehr von ihren Brüsten sehen als erahnen ließ.

»Im Kostüm käme sie gut rüber.« Teddy kniff ein Auge zusammen, als könne er das Model so besser im Businesslook visualisieren.

Wir versuchten, uns die junge Frau im edlen Zwirn vorzustellen. In die Stille hinein klopfte es dezent an die Tür.

»Ja«, bellte Nikolas. Die Unterbrechung schien ihm nicht zu passen.

Es war Svea, die neue Grafikpraktikantin. Sie absolvierte eine Ausbildung als Mediengestalterin und schlug sich seit ein paar Wochen mit unseren Grafikern herum. Während des Meetings vertrat sie Anita und betreute das Telefon.

»Peter, deine Frau möchte dich sprechen. Wenn ich sie richtig verstanden habe, ist es dringend. Sie kann dich auf dem Smartphone nicht erreichen.«

»Ich hab's ausgeschaltet, damit wir bei der Besprechung ungestört sind«, sagte Vater.

Svea zog den Kopf ein, als wäre sie mit der Störung gemeint.

»Sag Gerit, ich melde mich, sobald wir hier durch sind.«

Die verschreckte Svea zog sich zurück, und wir wandten uns wieder dem Model-Problem zu. Nach einer längeren Diskussion entschieden wir uns dafür, die Kundin selbst auswählen zu lassen.

»Anita, check bitte ab, mit welchen Models wir das geplante Zeitfenster für das Shooting halten können«, sagte Vater. »Wenigstens das sollte klappen, wenn Frau Fischerling schon mit einem anderen Model vorliebnehmen muss.«

»Vorausgesetzt, ihr sagen unsere Ideen überhaupt zu«, warf Nikolas ein und wandte sich an Teddy. »Lass sehen, wie weit du mit dem Logo und dem Corporate Design bist.«

Gegen halb fünf legten wir eine kurze Pause ein, um E-Mails und Anrufe zu sichten, eine Kleinigkeit zu essen oder eine Zigarette zu rauchen.

Der nächste Punkt auf der Tagesordnung war das anstehende Genießerevent am Freitag im Marmorsaal des Weißenburgparks. Auch bei den Führungen mit kulinarischem Verwöhnprogramm war es das größte Problem, Hohlberg angemessen zu ersetzen. Keiner von uns konnte annähernd gut genug kochen, um einzuspringen. Bis auf meinen Vater, der aber schon die Rolle des Gastgebers übernahm. Dazu gehörte es, Small Talk zu machen und Hände zu schütteln, nicht aber, am Herd zu stehen. Wir brauchten dringend jemand, der das Live-Cooking beherrschte.

Vater hatte bereits eine Lösung parat. Er schlug vor, seinen Mitarbeiter Tim in Zukunft mehr einzubinden.

»Tim hat seine Sache am Freitag auf der Karlshöhe gut gemacht. Er kann ausgezeichnet kochen und hat die Fähigkeit, sich schnell auf neue Situationen einzustellen. Das kann im Umgang mit wichtigen Agenturkunden sehr nützlich sein.« Er nickte bekräftigend und sah zu mir herüber. »Bea, wie war dein Eindruck?«

Nach dem Anstieg auf die Karlshöhe war ich ziemlich erschöpft gewesen. Wie Tim mit den Teilnehmern der Führung zurechtgekommen war, hatte ich daher kaum mitbekommen. Das wollte ich lieber nicht zugeben. Also improvisierte ich Allgemeinplätze. »Von seinem Büfett waren die Kunden begeistert. Im Gespräch fand ich ihn höflich und unterhaltsam.«

Vater schien zufrieden mit meiner Antwort. »Gut. Tim ist heute Mittag sowieso hier, um das Menü mit mir abzustimmen. Wo startet deine Führung, und wie ist die Route?«

»Wir treffen uns am Marienplatz und fahren mit der Zacke nach Degerloch hoch. Über die Waldau geht's zum Fernsehturm. Von dort aus laufen wir durch die Wernhalde zur Schillereiche und anschließend in den Weißenburgpark.«

»Ihr schaut euch den Fernsehturm an?« Jeannette lächelte süffisant. »Verkleidest du dich diesmal als Fritz Leonhardt?«

Leonhardt war der Erbauer des berühmten Stuttgarter Fernsehturms. Unser Wahrzeichen war auch bei jungen Menschen wieder in und zierte neuerdings sogar Kleidung und Taschen.

»Du weißt hoffentlich, dass der Fernsehturm aus Brandschutzgründen noch immer geschlossen ist«, wandte Nikolas ein.

Am liebsten hätte ich ein überraschtes Gesicht gezogen und mit Kleinmädchenstimme »Echt? Warum denn?« geantwortet. Aber Nikolas hatte vorübergehend die Leitung der Agentur übernommen, daher hielt ich mich zurück und nickte einfach nur.

»Ruf doch am besten unseren Oberbürgermeister an«, schlug Jeannette mir vor. »Wollte Kuhn sich nicht persönlich dafür einsetzen, dass der Rauch bei einem eventuellen Feuer ordnungsgemäß abzieht?«

»Kinder, Kinder«, mahnte mein Vater und hob beschwichtigend die Hände. »Wir haben noch etliche Punkte auf unserer Liste. Bitte grantelt doch nach unserem Meeting.«

Begleitet von Jeannettes Kichern wandten wir uns wieder dem Genießerevent zu.

Wenig später klopfte es erneut an der Tür. Diesmal deutlich lauter. Vater stöhnte und schüttelte den Kopf. »Was ist denn nun schon wieder?«, rief er.

Sveas blasses Gesicht erschien. »Entschuldigt, dass ich euch schon wieder stören muss. Aber es ist wichtig.«

Neben ihr tauchten Kommissar Gabriel und sein Kollege auf.

Gabriel kam in den Raum und hielt direkt auf meinen Vater zu. Einen guten Meter von ihm entfernt stoppte er. »Peter Herzog?«, fragte er mit offiziell klingender Stimme.

Vater nickte.

»Sie sind wegen Mordverdachts vorläufig festgenommen. Stellen Sie sich bitte mit dem Gesicht zur Wand und strecken Sie die Arme aus.«

»Wie bitte? Festgenommen?« Vater sah Gabriel ungläubig an. »Aber warum? Was soll ich denn getan haben, um Gottes willen?«

Gabriels Kollege trat zur Verstärkung neben den Kommissar, als befürchte er, der Verdächtige könne aggressiv werden.

Doch davon war keine Rede. Vater schien nicht wirklich zu verstehen, was geschah. Mir ging es genauso.

»Herr Herzog, Sie stehen unter dringendem Verdacht, Ihren Geschäftspartner Jens Hohlberg ermordet zu haben«, erklärte der Kommissar. »Bitte stellen Sie sich mit dem Gesicht zur Wand.«

Wortlos drehte Vater sich um und stützte die Arme gegen die Wand. Gabriel tastete ihn von den Achselhöhlen bis zu den Knöcheln ab. Dann nahm er Handschellen aus einer kleinen Tasche an seinem Gürtel und forderte meinen Vater auf, die Hände auf dem Rücken zu verschränken. Mit einem metallischen Klicken schlossen sich die Schellen um seine Handgelenke.

Die Polizisten baten ihn, sie zu begleiten.

Vater hob die gefesselten Arme an. »Einen Moment noch.« Sein Blick wanderte zu mir. »Bea. Ruf bitte meine Frau an. Erzähl ihr, was passiert ist.«

Als sich die Tür hinter den Ermittlern schloss, war es für ein paar Sekunden totenstill im Raum. Nur das Motorendröhnen der Fahrzeuge auf der Neuen Weinsteige war zu hören. Die Agenturtür fiel ins Schloss. Schritte im Treppenhaus entfernten sich und wurden leiser.

Nikolas regte sich als Erster. Er schob den Stuhl zurück, stand auf und trank seine Kaffeetasse aus, als bräuchte er einen Koffeinstoß, um das Geschehene zu verdauen.

Mir war der Schreck in alle Glieder gefahren. Meine Muskeln fühlten sich an wie gelähmt. Die Kiefer klemmten aufeinander, als wären sie mit Sekundenkleber befestigt.

Als Jeannette neben mir ungläubig den Kopf schüttelte, roch ich den Aprikosenduft ihres Shampoos. »Was war denn das? Ich komme mir vor wie im Tatort.«

Teddys blaue Augen begegneten meinem Blick und hielten ihn fest. Nach einer Weile begannen die Muskeln in meinem Körper zu kribbeln. Auch in meine Gehirnwindungen kehrte Leben zurück.

»Gerit. Ich muss sie anrufen«, erinnerte ich mich und tastete in der Hosentasche nach meinem Handy. Das hatte ich allerdings in meiner Umhängetasche gelassen, fiel mir ein.

Von der gegenüberliegenden Tischseite erreichte mich ein anklagender Blick. Anita kniff die Augen zusammen, als wäre ich eine Zielscheibe, die sie anvisierte.

»Weshalb starrst du mich so an?«, fragte ich sie.

Anita starrte weiter. »Warum hat Peter Jens das angetan?«

Das Kribbeln wurde intensiver. Als würde eine Ameisenhorde über die Innenseite meiner Haut spazieren.

»Woher soll ich das wissen?«, erwiderte ich undeutlich, weil meine Kiefer kaum auseinanderwollten. »Ich bin genauso schockiert wie du.«

»Aber Peter ist dein Vater. Du musst doch wissen, warum er das getan hat.«

»Eigentlich kenne ich ihn kaum. Woher soll ich wissen, was in ihm vorgeht?« Inzwischen hatte das Kribbeln meinen Ober- und Unterkiefer erreicht. Sie begannen unkontrolliert aufeinanderzuschlagen.

»Bea, du wirst ganz weiß im Gesicht«, hörte ich Jeannette sagen. Ihre Stimme wurde mit jedem Wort gedämpfter, als würde Watte um mich herum angehäuft. »Ich glaube, du hast einen Schock.«

Meine Umgebung geriet in Bewegung. Die Tischplatte, die Modelfotos, das Flipchart, die Wände, alles bewegte sich von mir weg. Als würde jemand Theaterkulissen zur Seite schieben.

Leder. Es roch nach Leder. Das war das Erste, was ich wahrnahm, als ich wieder zu mir kam. Ich lag auf dem Rücken. Die Augen machte ich gleich wieder zu, weil grelles Sonnenlicht mich blendete. Wieder Lederduft. So roch Teddys Haut, wenn er seine braune Lederjacke trug.

Automatisch tastete ich neben mir nach seinem Körper. Doch da war niemand. Nur eine glatte Fläche, die sich kühler anfühlte als der Polsterstoff von Teddys Sofa.

Ich hob für eine Sekunde die Lider und realisierte, dass ich mich nicht in Teddys Wohnung befand. Im Augenwinkel sah ich elegante weiße Möbel, einen niederen Glastisch, schwarzen Teppichboden ohne einen Fussel. Ich kannte nur einen Ort, der so klinisch tot designt aussah. Hohlbergs Büro.

Als meine Augen ihren Vorhang wieder schlossen, hörte ich Jeannettes Stimme.

»Dein Abgang war filmreif, Bea.«

Ihre Worte kamen von oben, was ich merkwürdig fand.

»Hätte ich dich nicht gerade noch auffangen können, wärst du aufs Parkett geknallt wie ein Sack Zement.«

Eine warme Berührung an meinem Unterarm. Finger strichen über meine Haut. Mühsam drehte ich den Kopf, machte die Augen auf und sah in Teddys besorgtes Gesicht. Also war er doch hier. Aber der Ledergeruch kam nicht von ihm, sondern von Hohlbergs Sofa.

Teddy kniete vor dem Sofa auf dem Boden und ließ mich nicht aus den Augen. »Kleines, was machst du nur für Sachen? Wie fühlst du dich?«

Mit der Zunge befeuchtete ich meine Lippen. »Durst. Ich habe Durst.«

»Ein Drink, die Dame. Kommt sofort.« Jeannette stand hinter der Sofalehne und sah auf mich herunter. Ihre langen dunklen Haare hingen wie ein Fransenvorhang um ihr Gesicht.

Plötzlich erinnerte ich mich wieder. »Gerit«, schoss es mir durch den Kopf. Ich richtete mich auf. »Vater hat gesagt, ich soll Gerit anrufen.«

Teddy stützte mir den Rücken. »Nun mal langsam. Dein Kreislauf hängt noch im Keller.«

Jeannette reichte mir ein Glas Wasser. Danach fühlte ich mich besser. Meine Muskeln gehorchten mir langsam wieder.

»Soll ich dich nach Hause bringen? Damit du dich ausruhen kannst?«, fragte Teddy liebevoll. Seine Hand berührte meinen Rücken.

»Danke, es geht schon.« Ich stellte meine Füße vors Sofa, erhob mich und fuhr mit dem Handrücken über seine stoppelige Wange. Jeannette bekam diese Geste mit, aber das war mir egal.

»Soll ich das Gespräch mit Tim für dich übernehmen?«, bot Jeannette an. »Er ist drüben bei Anita. Wegen dem Event am Freitag.«

»Das schaffe ich schon. Hoffe ich jedenfalls, auch wenn ich vom Kochen keine Ahnung habe. Danke für eure Samariterdienste.«

Teddy begleitete mich in mein Büro. »Kommst du wirklich allein klar?«, flüsterte er. »Ich will dich nicht noch mal vom Boden auflesen.«

Ich zog ihn hinter die Tür und küsste ihn. »Nein, keine Angst. Mir geht's gut.«

»Okay. Wenn was ist, ruf mich an.« Teddy setzte ein Lächeln auf, das auch so wirkte: aufgesetzt. »Ich bin nur zwei Zimmer weiter.«

Als er gegangen war, suchte ich in unserer Adressdatei nach Vaters Privatnummer.

Seine Frau meldete sich nach dem ersten Klingeln.

»Hallo, Gerit, hier ist Bea.« Ich überlegte kurz, wie ich ihr die Hiobsbotschaft überbringen sollte. Kurz und schmerzhaft? Oder lieber mit Einleitung und stufenweise?

»Bea! Gut, dass du anrufst«, erwiderte Gerit. Sie klang beunruhigt. »Ich versuche dauernd, Peter zu erreichen. Aber er geht nicht ans Telefon.«

»Wir waren in einer Besprechung. Dann kam die …«

»Stell dir vor, was passiert ist«, fiel Gerit mir ins Wort. »Die Polizei hat das Haus durchsucht. Sie haben Jens' Notfallmedikament und seinen Allergieausweis in Peters Arbeitszimmer gefunden.«

Nun konnte ich nachvollziehen, warum Kommissar Gabriel meinen Vater verhaftet hatte. »Mit welcher Begründung hat die Polizei euer Haus durchsucht?«, fragte ich. »Dafür brauchen die einen Durchsuchungsbeschluss.«

»Den haben die Polizisten mir gezeigt. Sie haben gesagt, sie suchen nach Beweismitteln.«

»Beweismitteln? Wofür denn?«

»Es gab wohl einen anonymen Anruf«, erklärte mir Gerit. »Jemand hat bei der Polizei angerufen und gesagt, Peter hätte Jens ermordet. Die Beweise wären in Peters Arbeitszimmer.« Sie sprach klar, aber ihre Stimme zitterte. »Bea, kann ich mit Peter sprechen? Ist er bei dir?«

»Nein. Er ist nicht hier«, sagte ich. Da Gerit sowieso schon alarmiert war, entschied ich mich für kurz und schmerzhaft. »Gerit, es tut mir leid, dir das sagen zu müssen. Die Kripo hat ihn vor einer Stunde verhaftet.«

Eine Weile war es still am anderen Ende des Hörers. Dann schluckte Gerit laut. »Verhaftet?«

»Ja. Der Kommissar hat ihn mitgenommen. Vater hat mich gebeten, dich zu benachrichtigen.«

Gerit beendete unser Gespräch, um sich bei der Polizei zu erkundigen, was nun mit ihrem Mann geschah.

Erst jetzt ging mir die ganze Tragweite auf. Mein Vater sollte Hohlberg ermordet haben. Es sah so aus, als hätte er die vorbereitete Flasche mit Olivenöl gegen eine mit Nussöl vertauscht. Und Hohlbergs Allergieausweis und sein Notfallmedikament verschwinden lassen, damit der Notarzt die wahre Ursache seines Zusammenbruchs nicht erfuhr.

Anita kam herein und fragte, ob ich mit Tim sprechen könne. Ich war erleichtert über die Ablenkung.

Mein Vater hatte mir den Koch auf der Karlshöhe vorgestellt, aber Tim und ich hatten bisher nur wenige Worte gewechselt. Tim war um die dreißig Jahre alt und einen Kopf größer als ich. Seine kurzen blonden Haare waren über der Stirn mit Gel nach oben gekämmt.

Er wirkte bedrückt, als er mich begrüßte, und schien unsicher, wie er sich mir gegenüber verhalten sollte. Wir beließen es bei ein paar bedauernden Worten und konzentrierten uns auf die Veranstaltung. Tim hatte das Konzept dabei, das er mit Vater ausgearbeitet hatte. Er schlug vor, noch ein oder zwei zusätzliche Helfer zu organisieren, damit er an seiner Stelle das Kochen übernehmen konnte. Alles Weitere wollten wir morgen abstimmen.

Sobald mein Team alle Texte für die Präsentation morgen früh beieinanderhatte, verließ ich die Agentur. Auf dem Weg zum Ausgang sah ich Vaters Trenchcoat und seinen Hut an der Garderobe hängen. Die hatte er vorhin vergessen. Ich fuhr nach Hause und verkroch mich unter der Bettdecke.

Als jemand mich sanft wach rüttelte, brauchte ich eine Weile, um die Orientierung wiederzufinden.

»Bea, es ist schon halb zehn«, sagte Jeannette leise. »Möchtest du bis morgen weiterschlafen oder noch aufstehen?«

Sofort fiel mir alles Unerfreuliche wieder ein, was an diesem Tag passiert war. Entsprechend schlecht gelaunt, knurrte ich nur statt einer Antwort. Jeannette ließ mich in Ruhe. Obwohl ich den Rest meines Lebens nur zu gern im sicheren Dunkel des Bettes verbracht hätte, entschied ich mich fürs Aufstehen.

Ich hängte die Bettdecke zum Lüften über einen Stuhl vor das offene Fenster und zog mir einen Jogginganzug über. In der Küche schilderte ich meiner Freundin das Telefonat mit Gerit. Jeannette brühte mir einen Kamillentee auf. Wir schalteten meinen kleinen Fernseher ein, um uns die Nachrichten auf SWR anzusehen, und machten es uns auf dem Bett bequem. Thema Nummer eins in der Landesschau war der Mord an Hohlberg.

Ein dunkelhaariger Mann mit einer rahmenlosen Brille informierte die Zuschauer über die jüngsten Entwicklungen.

»Heute kam es zu einer überraschenden Wendung im Fall des Markthallenmordes, über den wir bereits ausführlich berichtet haben«, verkündete der Sprecher. Hinter ihm wurde eine Außenansicht der Stuttgarter Markthalle mit ihrem charakteristischen runden Eckturm und den Arkaden eingeblendet.

»Bei der Jubiläumsveranstaltung am Samstag vor einer Woche war der Geschäftsführer einer Stuttgarter Werbeagentur plötzlich zusammengebrochen. Aufgrund einer schweren Lebensmittelallergie erlitt er während des Schaukochens einen Schock und fiel ins Koma. In der Nacht von Mittwoch auf Donnerstag verstarb er im Marienhospital. Wie die Polizei mitteilte, wurde heute ein Tatverdächtiger verhaftet.«

Ein Foto meines Vaters wurde eingeblendet. Ich zuckte zusammen. Der Tee schwappte über und hinterließ einen nassen Fleck auf meiner Jogginghose und dem Kopfkissen. Dieses Foto kannte ich von der Homepage seiner Münchner Firma. Er trug darauf einen gut geschnittenen grauen Anzug, ein helles Hemd mit Krawatte und gab den erfolgreichen Medienfachmann.

Der Sprecher fuhr fort: »Der einundsechzigjährige Peter Herzog war erst vor Kurzem aus München nach Stuttgart gezogen und Partner in der Werbeagentur geworden. Bei einer Hausdurchsuchung wurden wichtige Beweismittel sichergestellt, die Peter Herzog schwer belasten.«

Als der Sprecher zum leidigen Thema Grundwassermanagement im Zusammenhang mit Stuttgart 21 überging, schaltete Jeannette den Fernseher aus.

»Deine Mutter flippt aus, wenn sie das sieht«, mutmaßte sie und schob sich mein Kopfkissen in den Rücken. »Wetten, gleich klingelt das Telefon und sie zitiert dich auf der Stelle nach Leinfelden?«

Unwillkürlich spitzte ich die Ohren, als könne Mutter sich tatsächlich jeden Moment melden. Als das Telefon im Flur und auch mein Handy auf dem Nachttisch ruhig blieben, entspannte ich mich und trank den Rest Kamillentee. Der Beutel war aufgeplatzt und hatte auf dem Tassenboden kleine Krümel Kamille hinterlassen.

»Eigentlich ist Mutter um diese Uhrzeit schon im Bett und blättert Fachzeitschriften durch. Sie war schon immer eine Frühaufsteherin. Wahrscheinlich erfährt sie erst morgen aus der

Zeitung, was geschehen ist.« So richtig überzeugt war ich trotzdem nicht. »Denkst du, ich hätte sie heute Mittag gleich anrufen sollen? Daran hab ich gar nicht gedacht. Nur an den Anruf bei Gerit.«

»Mach dir deshalb keine Vorwürfe«, sagte Jeannette. »Soweit ich mich erinnere, warst du mit Ohnmächtigsein beschäftigt.« Sie lächelte kurz. »Aber vielleicht solltest du deine Mutter tatsächlich anrufen. Immerhin warst du bei der Verhaftung dabei. Wenn du sie nicht aus erster Hand informierst, wird sie dir das den Rest deines Lebens nachtragen.«

»Ja, du hast recht. Aber ich kann meine Mutter jetzt wirklich nicht verkraften«, sagte ich und seufzte ausgiebig. »Am besten, ich fahre morgen vor der Arbeit bei ihr vorbei.«

»Glaubst du, dein Vater hat Jens tatsächlich umgebracht?«, fragte Jeannette zweifelnd. »Er und unser Häuptling haben sich doch so gut verstanden. Sonst wären sie auch niemals Partner geworden. So eine enge Geschäftsbeziehung ist doch fast wie eine Ehe.«

Nachdenklich studierte ich die Kamillenstückchen auf dem Boden meiner Tasse, als könnte ich aus ihnen etwas Hilfreiches herauslesen. Seit mein Vater so plötzlich wieder in meinem Leben aufgetaucht war, war es ihm und mir ein paarmal gelungen, die Kluft zwischen uns für kurze Zeit zu überbrücken. Zum Beispiel neulich auf der Karlshöhe beim Mittagessen. Trotzdem wusste ich nur wenig über sein Leben und sein Verhältnis zu Hohlberg. »Es ist so viele Jahre her, seit er Mutter und mich verlassen hat«, erklärte ich Jeannette. »Im Grunde kann ich gar nicht sagen, was für ein Mensch er ist.«

Meine Freundin nickte. »Verstehe. Du hast gerade erst begonnen, dich ihm gegenüber wieder zu öffnen.«

Als die Türglocke ertönte, fuhr ich auf. Mein Magen zog sich vor Schreck zusammen. Der Gedanke, meiner Mutter gleich gegenüberzustehen, lähmte mich.

Jeannette robbte vom Bett. »Wenn es deine Mutter ist, sag ich einfach, du bist noch im Büro.« Sie blinzelte mir zu. »Kleine Lügen erhalten die Freundschaft.«

Als die lautstarke Stimme meiner Mutter im Flur ausblieb,

lehnte ich mich erleichtert an die Wand zurück. Im Flur wechselte Jeannette ein paar Worte mit unserem Besucher. Meine Gedanken kehrten zu Vater zurück. Jeannette hatte recht. Ich hatte gerade sehr behutsam damit begonnen, ihn wieder in mein Leben zu lassen.

Plötzlich hatte ich ein Bild vor Augen. Vater und ich, wie wir nebeneinander von der Karlshöhe zum Lapidarium hinunterliefen. Wie ich in den Römersandalen stolperte und das Gleichgewicht verlor. Wie er mich am Arm packte und festhielt. Dann hörte ich das Klicken der Handschellen und hatte das Gefühl, heute etwas Wertvolles verloren zu haben.

Als Jeannette zurückkam, blinzelte ich tapfer.

»Du siehst aus, als würdest du gleich losheulen«, meinte sie. »Aber keine Angst, es ist nicht deine Mutter.«

Neben ihr erschien Teddy. Seit wir wieder zusammen waren, war er noch nie hier in dieser Wohnung gewesen. Überrascht stand ich auf, wusste aber nicht recht, wie ich mich ihm gegenüber in Jeannettes Gegenwart verhalten sollte.

Auch Teddy wirkte verunsichert. Sicher fürchtete er Jeannettes spitze Zunge.

»Ich wollte sehen, wie's dir geht«, sagte er und stand wie festgefroren an der Zimmertür.

»Geh ruhig zu deiner Liebsten, Teddy. Ich fress dich schon nicht.« Jeannette tippte sich mit dem Finger an die Stirn. »Haltet ihr zwei Turteltauben mich für so blöd? Ich weiß längst, was zwischen euch läuft.«

Bevor sie hinausging, drehte sie sich noch einmal um. »Kleine Lügen erhalten die Freundschaft, nicht wahr, Bea?«

Erleichtert zog ich Teddy zu mir und flüchtete mich in seine Umarmung. »Bleibst du bei mir heute Nacht?«

Teddy küsste mich auf die Nasenspitze. »Wenn du möchtest.«

Später hörte ich zu, wie sein Atem ruhiger wurde und er einschlief. Erst als es dämmerte, spürte ich, wie der Schlaf auch zu mir kam.

Mittwoch

Es kostete mich große Überwindung, kurz vor sechs aufzustehen. Aber es wurde höchste Zeit, wenn ich meine Mutter noch über Vaters Verhaftung informieren wollte, bevor sie nach Echterdingen in ihre Praxis fuhr. Teddy döste friedlich neben mir. Beim Weckerklingeln hatte er nicht die kleinste Regung gezeigt. Ich drückte ihm einen Kuss auf den zerwühlten dunklen Schopf und ging ins Bad.

Die meisten Pendler fuhren um diese Zeit von den Fildern aus hinunter in den Stuttgarter Kessel. Da ich mich gegen den Strom bewegte, kam ich zügig voran und würde rechtzeitig in Leinfelden sein.

Gegenüber vom Bungalow meiner Mutter fand ich einen Parkplatz. Ich blieb noch eine Minute sitzen, um mich zu wappnen. Mutter konnte ziemlich streitsüchtig sein. Vor allem, wenn es um Vater ging. Als Frühaufsteherin war sie eindeutig im Vorteil. Mein Gehirn arbeitete um diese Uhrzeit höchstens mit halber Kraft.

Im Flur lag der Geruch ihres blumig-herben Parfüms in der Luft. Sie benutzte diesen Duft schon, solang ich mich erinnern konnte.

»Mam, ich bin's, Bea.« Keine Antwort.

Oben im Schlafzimmer wurde der Rollladen heraufgezogen. Ein typisches Geräusch meiner Kindheit. Sofort verwandelte ich mich in eine Fünfjährige, die gleich eine heiße Milch aufgetischt bekam, weil Kalzium so wichtig war fürs Knochenwachstum.

Mutter kam die Treppe herunter. Sie trug einen weinroten Hosenanzug.

Als sie mich sah, stutzte sie. »Kind, was ist passiert? Wieso bist du so früh schon auf? Brauchst du Geld?«

Das war typisch. Bei jeder Gelegenheit ließ sie mich spüren, wie sehr sie meine unterbezahlte Arbeit in dieser anrüchigen Branche missbilligte. Seit ich das Studium abgebrochen und damit ihre Hoffnungen auf eine anständige Karriere, mit der man als

Mutter angeben konnte, zerstört hatte, nahm sie mich nicht mehr für voll.

»Hast du kurz Zeit, bevor du in die Praxis fährst?«

Mutter sah auf die Uhr. »Zehn Minuten kann ich erübrigen. Lass uns in die Küche gehen. Möchtest du eine Tasse Tee?«

Auf dem Küchentisch lag die Stuttgarter Zeitung. Sie war in der Mitte zusammengefaltet und schien unberührt.

Ich holte Luft und legte los. »Mam, du weißt doch, dass Vater jetzt in meiner Agentur arbeitet. Besser gesagt, ist er mein neuer Chef, seit Hohlberg gestorben ist.«

»Hm«, machte Mutter. Sie schenkte eine Tasse Tee aus der Isolierkanne auf der Spüle ein und reichte sie mir. Dann wischte sie ein unsichtbares Stäubchen von ihrem Revers.

»Wie du weißt, wurde Hohlberg aller Wahrscheinlichkeit nach umgebracht. Nun, ähm, so wie es aussieht, hat Vater etwas damit zu tun.«

»Aha.« Mutter verschränkte die Arme vor der Brust und sah mich zum ersten Mal an diesem Morgen bewusst an.

»Um es kurz zu machen: Vater ist gestern verhaftet worden. Die Polizei hat sein Haus durchsucht und belastende Indizien gefunden.«

Über uns kreischte ein Flugzeug im Steigflug. Das Küchenfenster vibrierte.

»Verhaftet, hast du gesagt?« Mutter schien die Ruhe selbst.

»Ja. Gestern.«

Ich konnte förmlich sehen, wie sie einen inneren Kampf ausfocht. Einerseits pflegte sie alles zu ignorieren, was meinen Vater betraf. Andererseits verwendete sie jedes Detail, das sie über sein jetziges Leben erfuhr, gegen ihn, sobald sich Gelegenheit dazu bot. Und diese Neuigkeit verschaffte ihr eine Menge Munition.

»Das wundert mich nicht.« Mutter betonte jedes Wort einzeln, wie um es in Stein zu meißeln. »Früher oder später musste es so kommen. Dein Vater ist schon immer über Leichen gegangen, wenn es ihm einen Vorteil verschaffte.«

Ich wusste nur zu gut, was sie von ihrem Geschiedenen hielt. Dennoch traute ich meinen Ohren kaum. »Denkst du ernsthaft,

Vater wäre fähig, jemand zu ermorden?« Plötzlich sackten mir die Beine weg. Ich plumpste auf einen Küchenstuhl.

»Kind, was ist mit dir? Hast du überhaupt schon gefrühstückt?«, fragte sie und klang endlich so, wie ich mir eine Mutter vorstellte. »Du bist und bleibst eben eine Nachteule.« Mit einer zärtlichen Geste strich sie mir eine Haarsträhne aus der Stirn.

Sie lehnte sich an die Spüle und sah durchs Küchenfenster in den Garten. »Ich muss dringend den Gärtner kommen lassen. Durch die warme Witterung wächst alles doppelt so schnell.«

Hatte sie überhaupt gehört, was ich über Vater gesagt hatte? Ich wollte gerade meinen letzten Satz wiederholen, als sie weitersprach.

»Wenn dein Chef, dieser Hohlberg, nicht mehr am Leben ist, dann leitet dein Vater ab sofort die Firma?« Mutter schob die Hände in die Taschen ihres Hosenanzugs.

Erstaunlich, wie schnell sie auf den Punkt kam. Schließlich hatte sie jahrelange Übung darin, Vater als Egozentriker darzustellen. Aber sie hatte recht. Er profitierte eindeutig von Hohlbergs Tod. So analytisch wie Mutter hatte ich das noch nicht gesehen. Vermutlich war sie deshalb so gut in ihrem Beruf. Weil sie mitten im größten menschlichen Unglück kühl bleiben und nach Zusammenhängen forschen konnte.

»Das stimmt«, gab ich widerwillig zu. »Vater leitet die Agentur nun zusammen mit einem Kollegen. Übergangsweise.«

»Wenn du es genau wissen willst, Bea: Ja. Ich glaube, dein Vater ist zu allem fähig. Aber natürlich bedaure ich, was mit deinem Chef passiert ist.« Sie war so emotionslos, als würden wir Backrezepte austauschen. »Warum ist dein Vater überhaupt aus München weggezogen, wo er dort seine Firma hat?«

»Er hat gesagt, er wolle mehr Zeit mit mir verbringen. Und sich mit dir versöhnen. Aber du hast es ja vorgezogen, bei unserem Abendessen neulich nicht dabei zu sein.«

Mutter winkte ab, als stünde eine Versöhnung nicht zur Debatte. »Ich möchte dir deine Illusionen nur ungern zerstören, Kind. Aber ich schätze, dein Vater wollte sich in Stuttgart ins gemachte Nest setzen.«

»Wie meinst du das? Er ist doch sehr erfolgreich in München.«

»Bist du sicher? Woher weißt du das so genau?« Sie warf einen Blick auf die Küchenuhr. »Von ihm, nicht wahr? Er hat es dir erzählt.«

Vater hatte mir zwar nicht wörtlich gesagt, dass er ein erfolgreicher Geschäftsmann war. Aber sein ganzes Verhalten hatte diesen Anschein erweckt. Zudem: Was für eine Motivation sollte Hohlberg sonst gehabt haben, ihn ins Boot zu holen? Hohlberg war ein mieser Ausbeuter gewesen, doch sein guter Riecher für lohnende Geschäfte hatte mich immer wieder verblüfft.

Es war, als könne mir Mutter diese Gedanken von der Nasenspitze ablesen. Sie lächelte ihr kleines Hab-ich's-doch-gewusst-Lächeln und strich mir erneut die widerspenstige Locke aus der Stirn. »Bea, ich muss jetzt los. Das Wartezimmer ist bestimmt schon voll. Du meldest dich, wenn du etwas brauchst, ja?« Die Haustür fiel ins Schloss. Wenig später sprang ein Motor an, und ein Wagen entfernte sich.

Kurz nach acht kam ich in die Agentur und landete mitten im Chaos. Nikolas und Teddy wollten demnächst zur Präsentation bei Fischinger aufbrechen. Die großformatigen Pappen mit Ausdrucken von Teddys Layouts waren in schwarzen Ledermappen verstaut und standen im Flur bereit. Doch es fehlten noch die letzten Seiten für die Präsentationsbooklets, die Frau Fischinger und ihrem Team ausgehändigt werden sollten. Aus unerfindlichen Gründen weigerten sich die Farbdrucker im Grafikatelier, bestimmte Farbtöne auf den Ausdrucken korrekt wiederzugeben. Ständig rannten Grafiker mit Ausdrucken durch den Flur zu Nikolas und kurz darauf mit verzweifelter Miene zurück ins Atelier.

Praktikantin Svea sortierte die freigegebenen Farbausdrucke in die Präsentationsbooklets ein, die noch gebunden werden mussten. Alle paar Minuten erschienen Anita und Nikolas mit korrigierten Textseiten, die Svea in allen Booklets austauschen sollte. Der ganz normale Wahnsinn vor einer Präsentation.

Meinen Beitrag für die Booklets hatte ich gestern bereits beigesteuert. Einige Erklärungen zur Gestaltung und zu unseren Logovorschlägen. Darüber hinaus hatte ich ein paar Headlines geschrieben, damit die Kundin einen Eindruck davon bekam, wie wir uns die Texte über ihr Unternehmen vorstellten.

Um niemandem im Weg herumzustehen, verzog ich mich in mein Büro. Auf dem Tisch lag die heutige Ausgabe der Stuttgarter Nachrichten.

»Gleich auf der Titelseite«, sagte Jeannette und warf mir einen mitfühlenden Blick zu. »Konntest du schlafen? Als ich aufgestanden bin, warst du bereits weg. Teddy leider nicht. Er posierte vor dem Spiegelschrank und bewunderte seinen muskulösen Oberkörper. Ich musste ihn mit meiner Haarbürste aus dem Bad vertreiben.«

Der Leitartikel berichtete über Vaters Verhaftung. Neben dem dreispaltigen Aufmacher war das Foto von ihm im grauen Anzug abgebildet, das die Landesschau gestern Abend gezeigt hatte. Auch sonst war wenig Neues aus dem Artikel zu erfahren. Abgesehen von einem Hinweis auf seine Firma in München, der mich ins Grübeln kommen ließ. Darin hieß es, Vaters Eventagentur hätte in letzter Zeit mehrere Kunden verloren. Deshalb hätte er seine Fühler auf der Suche nach neuen Aufträgen auch in Stuttgart ausgestreckt. Woher der Journalist diese Information hatte, verriet er nicht.

In meinem Inneren schrillte eine Alarmglocke. Lag meine Mutter demnach richtig mit ihrer Einschätzung, Vater habe sich ins gemachte Nest setzen wollen? Ich hatte das für eine der üblichen abfälligen Bemerkungen über ihren Exmann gehalten. Andererseits war Hohlberg kein Mann gewesen, der sich so einfach die Butter vom Brot hätte nehmen lassen. Er hatte sicher darauf geachtet, von diesem Deal genauso zu profitieren wie sein neuer Partner.

In meinen E-Mails fand ich eine Anfrage von Tim, mit dem ich nach Vaters Verhaftung kurz gesprochen hatte. Der Koch erkundigte sich, welches Menü unser Chef für das Genießerdinner im Marmorsaal des Weißenburgparks geplant hatte. Er bat mich, ihm die Menüfolge zu mailen, damit er sich um die Einkäufe kümmern konnte.

Leider war ich in dieser Hinsicht nicht schlauer als gestern. Ich druckte den geplanten Ablauf meiner Führung mit Zeitangaben aus und machte mich auf den Weg zu Anita. Vielleicht wusste sie mehr als ich.

Anita war nicht in ihrem Büro. Unschlüssig blieb ich an der Tür stehen und wurde beinahe von Teddy gerammt. Mit je einem Ausdruck in der rechten und in der linken Hand rannte er den Flur entlang und produzierte dabei eine Menge Fahrtwind.

»Ist Anita bei euch in der Grafik?«, rief ich ihm zu.

Teddy stoppte mitten im Lauf. »Nein. Die ist eben zu Fischinger losgefahren. Die Drucker streiken immer noch. Bis wir so weit sind, soll sie den Kunden bei Laune halten.«

Im kreativen Chaos einer Werbeagentur war es fast unmöglich, pünktlich zu sein und Termine zu halten. Aber zumindest bei einer Präsentation vor Neukunden galt das Gebot der Höflichkeit.

»Ich drücke euch die Daumen«, sagte ich und machte eine entsprechende Geste.

Als Teddy im Grafikatelier verschwand, beschloss ich, Anitas Schreibtisch zu sichten. Möglicherweise lag die Jobmappe dort und enthielt Notizen, die ich Tim mailen konnte.

Ihr Platz war übersät mit Ausdrucken für das Fischinger-Booklet und Excel-Listen mit Zeitplänen unserer derzeitigen Aufträge. Leider entdeckte ich keine Liste für das Genießerevent. Dann fiel mir das grün leuchtende Lämpchen an ihrem Bildschirm auf. Ihr PC war eingeschaltet. Ich bewegte die Computermaus. Sie war zartrosa und sah aus wie eine Fingerkuppe mit pink lackiertem Nagel.

Der Bildschirmschoner mit dem Schriftzug von Hohlbergs Reich löste sich auf. Dateisymbole erschienen auf ihrem Desktop. Eines trug die Bezeichnung »Event Freitag«. Leider enthielt die Datei keine Informationen über das Menü. Daneben gab es ein Symbol mit der Bezeichnung Walz. Eigentlich kannte ich alle Agenturkunden. Dieser Name sagte mir nichts. Ich klickte zweimal auf das Symbol. Die Datei öffnete sich. Sie enthielt Abbildungen von Strampelhöschen, Schnullern, Sonnenhüten und anderen Kleidungsstücken für Babys.

Irritiert versuchte ich mir darauf einen Reim zu machen. Ein Anbieter für Babyausstattung? Das war ungewöhnlich, denn Hohlbergs Reich hatte meines Wissens noch nie mit Handelsmarketing für Kinder zu tun gehabt. Werbung für diese Alters- und Zielgruppe erforderte spezielle Kenntnisse, über die keiner meiner Kollegen verfügte. Dann blitzte in meinem Gehirn eine Erinnerung auf. Neulich hatte sich Anita in der Damentoilette übergeben. Unmittelbar nachdem Hohlberg ihr den Laufpass gegeben hatte.

Bisher war ich davon ausgegangen, Anita sei vor Enttäuschung und Wut über Hohlbergs Entscheidung für Britta übel geworden. Ihr Unwohlsein konnte aber genauso gut einen anderen Grund haben: eine Schwangerschaft. War Hohlberg womöglich der Vater ihres Kindes? Der Mann, der sie wegen seiner Freundin hatte fallen lassen und nun irgendwo tot in einem Kühlfach lag?

Ich ließ mir einen Kaffee aus der Maschine und verzog mich auf den Küchenbalkon, um ungestört über meine Entdeckung nachzudenken. Der Balkon ging nach Süden auf den Garten hinaus. Von hier aus genoss man die Aussicht in eine kleine grüne Idylle, die Außenstehende wohl nicht an der viel befahrenen Weinsteige vermutet hätten. Man konnte Eichhörnchen und Elstern bei der Nahrungssuche beobachten. Wenn meine Augen eine Pause brauchten, kam ich gern hierher. Freilich war es gut, sich dabei nicht von Hohlberg erwischen zu lassen. Deshalb hatten wir Mitarbeiter unmittelbar neben die Balkontür ein Regal als Sichtschutz geschoben. Seitdem konnte Hohlberg von der Küchentür aus nicht mehr kontrollieren, wer es wagte, den Gewinn seiner Agentur durch Pausen zu mindern.

Erst mit Verzögerung bemerkte ich meinen Irrtum. Hohlberg würde niemand mehr beim Entspannen ertappen. Und er würde nie seine Tochter oder seinen Sohn sehen, den Anita ihm schenken würde.

Seit ich die Ursache von Hohlbergs Zusammenbruch kannte, hatte ich darüber spekuliert, wer die Ölflaschen vertauscht haben konnte. Auch Anita gehörte zu den möglichen Verdächtigen. Sie könnte die Gelegenheit in der Markthalle genutzt haben, um sich dafür zu rächen, dass er sie wie eine heiße Kartoffel hatte fallen lassen. Wenn sie von Hohlberg schwanger war, machte sie das zur Hauptverdächtigen.

Jeannette telefonierte. Ihrer verkniffenen Miene nach zu schlie-ßen sprach sie mit einem der meistgehassten Agenturkunden, dem Bauunternehmer Wolfssohn. Dank seiner Verbindungen zu den höchsten politischen Kreisen war er bestens im Geschäft. Zurzeit konnte Wolfssohn kaum laufen vor Wichtigkeit, weil fast an jeder Ecke der Landeshauptstadt Altbestand abgerissen und gesichtslose Neubauten hochgezogen wurden. Wolfssohn pflegte einen eher burschikosen Kommunikationsstil. Bei Meetings starrte er uns Frauen penetrant auf die Brust. Wenn ein Termin in seiner Firma anstand, würfelten wir aus, wer mitgehen musste. Diejenige, die am wenigsten Augen hatte.

Jeannette steckte den Hörer in die Station zurück. »Achtung, Wolfssohn droht mit Auftrag. Er braucht eine Verkaufsbroschüre über eine neue Luxuswohnimmobilie, für die er eine alte Villa in Zuffenhausen plattmacht. Und zwar zack, zack, um ihn zu zitieren. Wir müssen bald wieder würfeln.«

»Jeannette, ich hab Neuigkeiten für dich.«

»Sag bloß, Teddy hat um deine Hand angehalten.« Prompt kehrte Jeannettes gute Laune zurück. »Um deiner Frage zuvor-zukommen: Ich weigere mich, deine Brautjungfer zu spielen. Pastellfarbene Prinzessinnenkleider und Schleierkraut im Haar sind einfach nicht mein Stil.«

Das Thema Hochzeit hatte seit der Trennung von Georg einen faden Beigeschmack. »Es geht um Anita«, erklärte ich schnell. »Anita und Hohlberg, um genau zu sein.« Diese elf Wörter genügten. Sofort hatte ich die volle Aufmerksamkeit meiner Freundin. Ihre grünen Augen blitzten sensationshung-rig.

»Es wäre gut möglich«, fuhr ich fort, »dass Anita ein starkes Motiv hatte, sich an ihm zu rächen, und die Flaschen beim Live-Cooking vertauscht hat.«

»Ist Kommissar Gabriel hier, oder woher weißt du das?«

»Anita und er hatten eine Affäre.«

»Anita und Gabriel haben was miteinander?«

»Nein! Ich rede von Anita und Hohlberg.«

»Aha.« Jeannette schien meinem Insiderwissen wenig zu trauen. »Bist du sicher? Das hätte ich doch gemerkt.«

»Die beiden waren sehr diskret. Ich habe nur zufällig davon erfahren, weil ich einen Streit mit angehört habe. Eigentlich war es kein Streit. Unfreiwillig war ich Zeugin, wie Hohlberg sich von Anita getrennt hat.«

»Langsam, Bea. Was meinst du mit unfreiwillig?«

In wenigen Worten schilderte ich, was geschehen war.

Jeannette schüttelte den Kopf. »Langsam werde ich alt. Anders kann ich mir nicht erklären, warum diese Affäre an mir vorübergegangen ist.«

»Da ist noch etwas«, sagte ich. »Anita ist schwanger. Es kann gut sein, dass Hohlberg der Vater ist.«

»So langsam komme ich mir vor wie in einer Nachmittagsserie auf RTL«, meinte Jeannette. Sie überlegte kurz, dann streckte sie sich nach dem Telefon und nahm den Hörer ab.

Ein beklemmendes Gefühl machte sich in mir breit. »Wen willst du anrufen?«

»Kommissar Gabriel.«

»Gabriel? Wieso das denn?«

Jeannette sah mich an, als wäre ich schwer von Begriff. »Bea, zähl doch mal eins und eins zusammen. Hohlberg wurde umgebracht, nachdem er Anita sitzen gelassen hatte. Eine schwangere Anita, um genau zu sein. Rache ist eines der stärksten Motive für einen Mord.«

»Bis hierher kann ich dir folgen. Aber warum willst du gleich die Kripo alarmieren?«

»Zum Beispiel, um deinen Vater zu entlasten«, erklärte Jeannette in einem Tonfall, als würde sie einem Grundschulkind das Einmaleins beibringen.

Meine Wangen brannten, als hätte mir jemand Ohrfeigen verpasst. Logischerweise würde es Vater entlasten, wenn wir Kommissar Gabriel eine andere Hauptverdächtige präsentierten. Warum hatte ich selbst noch nicht daran gedacht? Vielleicht, weil mein Vater zwar wieder in meiner Nähe war, aber emotional eine tiefe Kluft zwischen uns herrschte.

»Ja, das weiß ich auch«, erwiderte ich bestimmt, als wäre dem tatsächlich so. »Aber wir sollten fairerweise zuerst mit Anita sprechen.«

»Seit wann seid ihr beide« so gute Freundinnen?« Jeannette fixierte mich ungläubig.

»Sind wir gar nicht. Aber ich weiß, wie es sich anfühlt, verlassen zu werden. Ich kann gut nachvollziehen, wie ihr zumute sein muss.«

»Geht dein Verständnis so weit, dass du Anita decken willst? Obwohl sie möglicherweise unseren Chef ermordet hat?«

Das klang, als stünde ich selbst bereits mit einem Bein im Gefängnis.

»Nein, das will ich nicht. Ich finde nur, wir sollten ihr die Chance geben, sich selbst zu stellen.«

»Bea, du hast ein eigenartiges Rechtsverständnis. Aber gut. Warten wir ab, wie Anita sich verhält.«

Gegen fünfzehn Uhr kehrten Nikolas, Teddy und Anita von der Präsentation zurück. Ihren zufriedenen Mienen nach zu schließen war der Termin in der Personalagentur trotz der Startschwierigkeiten gut gelaufen.

»Frau Fischinger fand die Entwürfe erstklassig. Auch deine Headlines haben ihr gefallen«, sagte Teddy, nachdem wir uns auf den Küchenbalkon verzogen hatten. »Nur beim Logo ist sie noch unschlüssig. Ich soll unsere Vorschläge überarbeiten. Bis Ende der Woche will sie Alternativen sehen.« Teddy seufzte und sah in den Garten hinunter.

Die Frau des Hausmeisters kniete vor dem Frühlingsbeet und setzte Blaue Lobelien, Fleißige Lieschen und Margeriten ordentlich in Reihen wie ein aufmarschiertes Heer.

»Hat Nikolas gut präsentiert?«, fragte ich und fischte eine dunkle Trüffelpraline aus der Packung in Teddys Hand. Sie stammte aus Hohlbergs exklusivem Vorratsschrank. Inzwischen bedienten sich alle außer Anita ungeniert an seinen Luxusgütern.

Teddys Augen wurden schmal. »Unsere Kommunikationsstrategie hat er super erklärt. Aber er hat es selten geschafft, Frau Fischinger zum Lächeln zu bringen.«

»Du dafür schon, oder?« Mein Finger stupste ihn an einer Stelle am Bauch, an der er besonders kitzelig war.

Sofort zuckte Teddy zusammen und floh vor mir ans Geländer.

»Hör auf, sonst fall ich noch vom Balkon.« Nach einem Versöhnungskuss fragte er, ob wir uns am Abend sehen würden.

»Heute nicht, ich muss zeitig ins Bett. Ich hab schlecht geschlafen und musste viel zu früh aufstehen.«

»Frühes Schlafengehen wäre auch in meinem Sinn.« Teddy grinste, bis man die Schokoladenreste zwischen seinen Zähnen sah. Neben den Mundwinkeln erschienen die kleinen, kommaförmigen Grübchen, die ich so mochte.

Trotzdem riss ich mich los. »Ich muss wieder in die Galeere. Da steht noch einiges auf meiner Liste für heute.«

Im Flur kam mir Britta Hansen entgegen. Hohlbergs gewissermaßen verwitwete Lebensgefährtin war von Kopf bis Fuß in Schwarz gekleidet. Das Einzige, was an ihrem geschmackvollen Trauerlook irritierte, waren die Haare. Unter dem Hütchen in Pillendosenform mit gepunktetem Schleier, wie man es am englischen Königshaus trug, leuchtete ihre rote Mähne schon aus der Ferne. Ohne mich zu grüßen, rauschte sie an mir vorbei und hüllte mich in eine Wolke aus Parfüm- und Cremedüften. Britta steuerte Hohlbergs Büro an, in dem Nikolas nun allein residierte.

Es wunderte mich, wie rasch Britta nach dem Tod ihres Freundes wieder in der Agentur erschien. Alles in diesen Räumen musste sie doch schmerzhaft an ihn erinnern. Vielleicht brauchte sie Ablenkung. Oder sie hatte mitbekommen, dass ein anderes Model ihren Platz bei der Fischinger-Kampagne einnahm, und wollte Nikolas gehörig die Meinung sagen. Britta wusste genau, was sie wollte. Erfolg und Anerkennung. Darin ähnelten sich Hohlberg und sie. Vielleicht war diese Gemeinsamkeit der Kleber ihrer Beziehung gewesen.

Wie es wohl in Brittas Innerem aussah? Ebenso aufgeräumt, wie sie nach außen hin wirkte? Nur zu gern hätte ich gewusst, weswegen sie Hohlberg kurz vor seinem Tod im Marienhospital um Verzeihung gebeten hatte. Denn genau genommen hätte sie ihm etwas zu verzeihen gehabt: seine Affäre mit Anita.

Beim Gedanken an Anita fiel mir Tims E-Mail ein. Er hatte mich um Hohlbergs Menüplan für das bevorstehende Genießerevent gebeten. Diese Bitte gab ich nun an die Kundenberaterin weiter.

»Warte kurz.« Anita ließ mich stehen wie bestellt und nicht abgeholt. »Ich muss noch eine Nachricht an Wolfssohn verschicken. Er will wissen, wann die Beisetzung von Jens ist.«

Sie wirkte professionell wie immer. Nur ein kleines Zögern vor der Erwähnung von Hohlbergs Vornamen ließ erahnen, wie ihr tatsächlich zumute war.

»Wurde seine Lei...«, setzte ich an und brach mitten im Wort ab. Eigentlich hatte ich mich erkundigen wollen, ob die Kripo seine Leiche nach der Obduktion bereits freigegeben hatte. »Steht der Termin schon fest?«, formulierte ich meine Frage neutraler.

»Freitag. Elf Uhr. Feuerbestattung auf dem Waldfriedhof.« Anita presste die Lippen aufeinander. Durch den Druck verloren sie alle Farbe und nahmen einen hautfarbenen Ton an, als hätte sie einen Nude-Lippenstift aufgelegt.

»Diesen Freitag?«

Anita nickte und tippte ohne Unterbrechung weiter.

»Am Freitag ist das Genießerevent im Marmorsaal. Oder sagen wir das ab?«

»Das klär ich mit Nikolas.«

Ich machte mich unsichtbar, bis die Nachricht gesendet war.

»Die Ideen fürs Menü habe ich hier irgendwo abgespeichert.« Anita sichtete die Symbole auf ihrem Desktop.

Meine Aufmerksamkeit galt der rechten unteren Ecke. Die Datei mit dem Babyzubehör war noch da. Meine Schnüffelei heute Morgen war riskant gewesen. Anita konnte leicht bemerken, dass jemand diese Datei geöffnet hatte, während sie bei Fischinger war.

»Da ist die Liste«, hörte ich Anita sagen. »Genaue Infos über die Zutaten gibt es nicht, aber die Menüfolge steht.« Sie klickte auf das entsprechende Symbol. Der Drucker spuckte ein Blatt Papier aus.

»Hier sind die Ideen für Amuse-Gueule, Vorspeisen, Hauptspeise, Dessert. Und eine Zusammenstellung der passenden Weine«, sagte Anita und überflog das Blatt.

Diese Gelegenheit nutzte ich, um mir ihren Bauch anzusehen.

Sie trug ein enges schwarzes Kleid, das kurz über dem Knie endete. Ihr Bauch schien flach wie eh und je.

Als sie zu mir hochsah, wendete ich gerade noch rechtzeitig die Augen ab. Ich nahm die Liste entgegen und machte mich davon.

Gegen acht Uhr kippte ich vor Müdigkeit fast vom Bürostuhl. Jeannette beschloss, ihren Arbeitstag ebenfalls zu beenden. Mit meinem Corsa fuhren wir quer durch die Innenstadt zu unserer Wohnung in der Reinsburgstraße. Der Feierabendverkehr war bereits abgeebbt, und so kamen wir zügig in den Westen.

Ich hatte Glück und fand schräg gegenüber von unserem Wohnhaus einen Parkplatz, in den mein Wagen gerade reinpasste. Meine Glückssträhne endete abrupt, als ich den Mann vor der Haustür entdeckte.

Mein erster Impuls war, auf das Gaspedal zu treten und einen Durchstarter à la Sebastian Vettel hinzulegen. Das schien mir dann aber doch zu kindisch. Der Mann hatte mich und Jeannette längst gesehen.

Wir stiegen aus. Ich schloss den Wagen ab und schaffte es, die Reinsburgstraße zu überqueren, ohne überfahren zu werden.

»Du, Bea, ich geh schon mal hoch«, meinte Jeannette und gähnte ebenso herzhaft wie unglaubwürdig. Sie ging ins Haus und ließ mich mit meinem Exfreund Georg allein.

»Guten Abend, Bea.« Georg küsste mich auf französische Art dicht neben die Wange, ohne sie zu berühren. »Schön, dich zu sehen.«

Er trug eine beigefarbene Cordhose und ein hellblaues Hemd. Das Hemd erkannte ich wieder. Vergangenes Jahr hatte ich es mir nach einer spontanen Übernachtung ausgeliehen und in der Agentur getragen. Meine sensationssüchtigen Kollegen hatten das edle Herrenhemd eingehend bestaunt und sich in kühnen Theorien über seine Herkunft überboten.

Heute war ich auf eine Begegnung mit Georg genauso wenig vorbereitet wie kürzlich auf der Karlshöhe. Unschlüssig, wie ich ihm gegenüber auftreten sollte, entschied ich mich für Lässigkeit.

»Georg. In letzter Zeit sehen wir uns häufiger als damals, wo wir noch zusammen waren«, sagte ich. Kaum waren die Worte raus, bereute ich sie. Der Tonfall war viel zu schnippisch.

Mein Ex schien ebenso zu empfinden. Er sah zu Boden, als wäre der verdreckte Gehweg hochinteressant. Das Schweigen zwischen uns war fast greifbar.

»Entschuldige meinen unangekündigten Überfall«, sagte Georg schließlich und sah auf.

Ganz Gentleman, dachte ich. »Woher weißt du überhaupt, wo ich wohne?«

»Du hast ein Konto bei unserer Bank.« Georg lächelte. »Ein Klick und ich wusste alles.«

»Hoffentlich nicht meinen Kontostand«, murmelte ich und sagte laut: »Entschuldige bitte, ich bin ziemlich übermüdet. Wir hatten heute früh eine Präsentation, und mein Schlafdefizit wächst mit jeder Nacht. In der Agentur ist die Hölle los, seit ...« Gerade noch rechtzeitig stoppte ich, bevor ich mit der Verhaftung meines Vaters herausplatzte. »... seit Hohlberg nicht mehr da ist«, sagte ich.

Doch Georg wusste schon Bescheid. »Tut mir leid, das mit deinem Vater«, sagte er. »Ich habe in der Zeitung gelesen, was geschehen ist. Hat mich gefreut, ihn kennenzulernen. Ich fand ihn sehr sympathisch.«

»Ja, das war ... ein großer Schock, als die Kripo ihn mitten in einem Meeting verhaftet hat.« War Georg hergekommen, um mir sein Mitgefühl auszudrücken? Ich fragte mich, ob ich ihn nach oben bitten sollte.

»Apropos kennenlernen«, setzte Georg an. Er wich meinem Blick aus und sah an mir vorbei die Reinsburgstraße entlang.

War ihm unser Gespräch so unangenehm? Warum war er dann überhaupt hier? Die Antwort bekam ich schneller, als mir lieb war.

»Bea, du erinnerst dich vielleicht noch an die Frau, die ich dir auf der Karlshöhe vorgestellt habe. Julia Schönlein.«

Jung, hübsch, selbstbewusst. Dunkelblaues Kostüm, Pagen-schnitt. Ein Hingucker für das Cover jeder Wirtschaftszeitschrift. »Die Kollegin von der Allianz?«

Georg nickte. »Genau genommen ist sie nicht meine Kollegin,

sondern … Nun ja, wir sind befreundet. Ich hätte es dir gleich sagen sollen. Aber dein Vater saß neben dir, und unser Treffen kam so unerwartet«, redete Georg um den heißen Brei herum.

Mir wurde es eng in der Herzgegend. »Georg, wovon sprichst du?«

Jetzt sah er mir direkt in die Augen. »Julia und ich, wir haben unsere Verlobung bekannt gegeben.«

Es dauerte ein paar Sekunden, bis die Botschaft bei mir ankam und mir einen Stich mitten ins Herz versetzte. Nun war ich es, die den Gehweg studierte.

»Ich fand, du solltest es wissen«, hörte ich Georg wie von Weitem sagen. »Schließlich waren wir beide … ich meine, wir standen uns einmal sehr nahe.«

Gerade noch rechtzeitig sah ich auf, um den merkwürdigen Ausdruck in seinem Gesicht zu bemerken. Was bedeutete er? Wehmut? Trauer? Jedenfalls keine überschäumende Freude über das neue Liebesglück. Aber vielleicht war Georg auch nur rücksichtsvoll.

Als er wieder sein seriöses Bankergesicht aufsetzte, deutete ich mit dem Autoschlüssel zur Haustür. »Ich muss hoch. Alles Gute für dich. Für euch, meine ich.«

Ich schaffte es, die Fassung zu bewahren, bis die schwere Holztür hinter mir ins Schloss fiel. Dann fing ich an zu heulen.

»Mensch, Bea, was ist denn mit dir passiert?«, empfing mich Jeannette im Flur. Sie hatte ihre Agenturkleidung gegen einen lilafarbenen Jogginganzug vertauscht und war eben dabei, ihre langen Haare zu einem Zopf zu flechten. »Hat dir die Bank das Konto gekündigt und Georg geschickt, um es dir schonend beizubringen?«

Ich schüttelte den Kopf und wollte mich in mein Zimmer verdrücken.

Jeannette stellte sich mir in den Weg. »Du siehst aus wie Alice Cooper in seinen besten Zeiten«, versuchte sie mich aufzuheitern. Als das misslang, legte sie mir den Arm um die Schultern. »Was ist los? Warum weinst du?«

»Wegen Georg.« Ich schlug die Hände vors Gesicht. »Er hat sich verlobt.«

Verblüfft wich Jeannette zurück. »Verlobt? Wie das denn? Ich meine, genau genommen ist er doch noch mit dir verlobt. Muss man sich nicht vorher entloben, bevor man eine neue Bindung eingeht? Na ja, mit so altmodischem Zeug kenne ich mich nicht aus.«

»Er ist jetzt mit dieser Frau von der Allianz zusammen.«

»Dieser hübschen Kostümtussi, mit der du ihn auf der Karlshöhe gesehen hast?«

Ich nickte und zog die Nase hoch. »Kam mir damals schon verdächtig vor. So als würde er sie vor mir verstecken.«

»Kann ich mir denken. Ich meine, wie lang ist es her, seit du mit ihm in Venedig warst? Das war doch erst vergangenes Jahr.« Jeannette wischte mir eine Träne von der Wange. »Ach, Bea, hör auf, diesem Georg nachzuheulen. So ein langweiliger Banker kann doch mit dem Durcheinander in deinem Leben niemals Schritt halten.«

Gegen meinen Willen musste ich lachen. »Georg ist nicht langweilig. Vielleicht ein bisschen konservativ, das kann schon sein.«

»Bea, vertrau mir. Ein Mann, den deine Mutter als Schwiegersohn will, kann nicht gut für dich sein. Du brauchst jemand, der ebenso sprunghaft und planlos ist wie du.«

Da hatte ich meine Zweifel. Dennoch war ich dankbar über Jeannettes gutes Zureden.

»Weißt du was? Wir trösten uns mit einem Berg Kohlenhydrate«, schlug sie vor. »Was hältst du von Spaghetti mit extra viel Käse?«

»Das könnte helfen. Und hinterher ein Schokopudding mit Schlagsahne und Schokostreuseln.« Meine Stimme klang zuversichtlicher, als mir zumute war.

»So gefällst du mir viel besser«, lobte Jeannette. »Ich geh schon mal vor in die Küche und setz Nudelwasser auf.«

»Gut. Ich komme gleich nach.«

In meinem Zimmer sank ich aufs Bett und versuchte, logisch zu denken, statt in Selbstmitleid zu zerfließen. Es war Georgs gutes Recht, sich nach jemand anders umzusehen. Schließlich war ich es gewesen, die ihn sitzen gelassen hatte. Ohne jede

Erklärung oder Entschuldigung. Bei Licht besehen musste ich froh sein, dass er überhaupt noch mit mir sprach. Auch wenn das mehr wehtat, als wenn er mich ignoriert hätte. Aber nun war alles zwischen uns geklärt. Jeder wusste, wohin er gehörte. Er zu dieser Versicherungsmaus und ich zu Teddy.

Ich zog bequeme Freizeitklamotten an und wusch im Bad die Reste meiner Wimperntusche ab. Jetzt tat es mir fast leid, Teddy so vorschnell zurückgewiesen zu haben. Nach unserem Outing brauchten wir uns endlich nicht mehr heimlich zu treffen. Ab sofort war er mein offizieller Freund und konnte hier übernachten. Plötzlich hatte ich große Sehnsucht nach seiner unkomplizierten Art. Und dem Lächeln, das diese unwiderstehlichen Grübchen neben seine Mundwinkel zauberte.

Ich nahm mir vor, ihn später anzurufen. Nach dem üppigen Schokoladenpudding müsste ich jede Menge neuer Energie haben.

Donnerstag

Die leidenschaftliche Nacht in der Reinsburgstraße fiel leider aus. Nach den Unmengen an Kohlenhydraten und Schokovitaminen, die Jeannette und ich vertilgt hatten, war ich zu erschöpft dafür. Wie ein Stein fiel ich in die Laken und schlief durch, bis der Wecker mich um halb acht aufschreckte.

Jeannette war schon früher in die Agentur gefahren. Als ich nachkam, konnte ich die düstere graue Wolke über ihrem Kopf fast mit Händen greifen.

»Was ist los? Hattest du ein Meeting mit Wolfssohn?«, fragte ich und sackte an meinen Arbeitsplatz. Ich kam mir mindestens fünf Kilo schwerer vor als gestern.

Jeannette schob mir die Stuttgarter Nachrichten über den Tisch. »Die Pressemeute nimmt deinen Vater auseinander. Lokalteil.«

Das Klackern ihrer Tastatur untermalte meine Lektüre, die von Zeile zu Zeile unerfreulicher wurde. Bereits gestern hatte ein Journalist über geschäftliche Engpässe in der Münchner Eventagentur meines Vaters spekuliert. Nun legte der Schreiberling nach und nannte die Namen zweier bekannter Firmen, die Vater nach mehrjähriger Zusammenarbeit die Partnerschaft gekündigt hatten. Über die genauen Gründe mutmaßte er nur. Von Unzuverlässigkeit und mangelnder Kreativität war die Rede. Nichts, was jemand aus der Werbe- und Event-Szene erschüttern konnte.

Nach anfänglichem Enthusiasmus und einer kurzen Zeit friedlicher Zusammenarbeit fanden viele Kunden die Kirschen in Nachbars Garten oft verlockender. Das war ein normaler Gewöhnungseffekt, von dem unsere Branche lebte. Neue Agentur, neue Ideen, so einfach war die Rechnung vieler Kunden. Meist steckte dahinter schlicht und ergreifend ein anderer Marketingleiter, der sich beweisen wollte. Oder ein Wechsel in der Führungsebene, der den Aufbau neuer Seilschaften notwendig machte.

Das Urteil des Journalisten klang hart: »unzuverlässig«. Dieses

Wort benutzte auch meine Mutter gern, wenn es darum ging, ihren Exmann schlechtzumachen.

Hatte ich selbst meinen Vater jemals nach den Gründen gefragt, aus denen er München den Rücken gekehrt hatte? Bei unserem Abendessen auf dem Killesberg hatte er gesagt, der Grund für diese Veränderung sei ich gewesen.

Ob das die Wahrheit war? Zurzeit konnte ich ihn nicht danach fragen. Er saß in Untersuchungshaft in Stammheim. Aber vielleicht sollte ich Gerit anrufen. Oder noch besser bei ihr vorbeischauen. Mein schlechtes Gewissen drückte mich, denn gestern Abend hatte ich mich eigentlich bei ihr melden wollen. Wegen Georg und dem Schokopudding hatte ich das schlichtweg vergessen.

»Was hältst du von dem Artikel?«, fragte ich Jeannette und beförderte die Tageszeitung in den untersten Ablagekorb.

Meine Freundin rümpfte die Nase. »Ziemlich belastend für deinen Vater, was der Journalist sich da zusammenreimt. Wenn seiner Firma tatsächlich die Kunden abgesprungen sind, könnte er hier bei uns ein paar dicke Fische an Land ziehen. Seit Hohlberg sich die Radieschen von unten ansieht, profitiert er von unseren gut gehenden Geschäften natürlich umso mehr.«

»Das beweist noch lang nicht, dass er ihn umgebracht hat!«, rief ich.

»Aber das Olivenöl wurde in seinem Haus gefunden. Genau wie Hohlbergs Notfallset und der Allergieausweis. Das wiegt schwer.«

»Die Polizei hat die Sachen in seinem Arbeitszimmer gefunden, das stimmt. Aber keiner weiß doch, wie sie dorthin gelangt sind.«

»Du glaubst also, dein Vater ist unschuldig?«

»Wieso fragst du das? Denkst du ernsthaft, er ist ein Mörder?«

Jeannette schwieg eine Weile. »Bea, was soll ich sagen?«, erwiderte sie schließlich. »Er ist dein Vater. Deshalb genießt er einen gewissen Vertrauensvorsprung. Andererseits ...«, sie zögerte.

»Was?«

»Die Kripo verhaftet jemand nicht nur aus Jux und Tollerei. Dafür müssen schon handfeste Gründe vorliegen. Zum Beispiel, wenn einem Unternehmer die Pleite droht und er sich woanders

Geld beschaffen kann, um seine Firma zu retten. Überleg doch mal. Seit Hohlbergs Tod ist er alleiniger Geschäftsführer. Das bedeutet: mehr Kohle.«

»Geldprobleme sind doch kein Grund, jemand umzubringen.«

»Bea, dein Glaube an das Gute im Menschen in Ehren, aber Geld regiert die Welt. Das ist nun einmal so. Und was deinen Vater angeht, er war zwanzig Jahre lang aus deinem Leben verschwunden. Sei ehrlich, du kennst ihn doch gar nicht.«

Mein erster Impuls war, ihr zu widersprechen. Doch sie hatte recht. Was wusste ich schon von Vater? Das Einzige, was ich kannte, war seine Vergangenheit. Besser gesagt, unsere Vergangenheit. Und auch diese gemeinsamen Jahre lagen so lang zurück, dass ich nur noch verschwommene Erinnerungen hatte.

Mutter kannte ihn nach mehr als fünfzehn Jahren Ehe in- und auswendig. Vielleicht lag sie richtig mit ihrem Verdacht, und er hatte sich hier in Stuttgart wirklich in ein »gemachtes Nest« gesetzt.

»Sag mal, Bea, hast du inzwischen mit Anita gesprochen?«, unterbrach Jeannette meine düsteren Gedanken.

Es dauerte ein paar Sekunden, bis ich verstand, wovon sie sprach. »Wegen Jens, meinst du?«

»Nein. Wegen ihrer blond gefärbten Haare!« Jeannette verdrehte die Augen zur Decke. »Erde an Bea! Wo bist du nur mit deinen Gedanken? *Du* hast doch behauptet, sie sei von Jens schwanger. An deiner Stelle hätte ich keine Sekunde gezögert und den Kommissar informiert.«

Unwillkürlich duckte ich mich hinter meinem Bildschirm. Mein Vater wurde beschuldigt, Hohlberg auf dem Gewissen zu haben, und ich deckte jemand, der ein mindestens ebenso starkes Motiv hatte. Wieso verhielt ich mich nur so irrational? Als wäre mein Vater ein Fremder, zu dem ich keinerlei emotionale Bindung hatte.

»Du hast recht, Jeannette.« Entschlossen stand ich auf. »Höchste Zeit, Anita ins Kreuzverhör zu nehmen.«

Ohne anzuklopfen, stürmte ich in Anitas Zimmer. »Ich muss mit dir sprechen.«

Die Kundenberaterin stand über den Drucker gebeugt und zog an einem Blatt Papier, das sich in der Walze verklemmt hatte.

»Ich bin beschäftigt, das siehst du doch. Wolfssohn wartet auf unser Angebot, aber dieses Drecksding hier streikt. Als hätten sich alle Drucker verschworen.«

»Anita, ich weiß, dass du von Hohlberg schwanger bist.«

Sie erstarrte, dann schoss ihr Oberkörper hoch. »Was?« Das Blut war ihr in den Kopf gestiegen, was aber auch an der vornübergebeugten Haltung liegen konnte.

»Du bekommst ein Kind. Und ich weiß, wer der Vater ist.«

»Du spinnst doch, Bea.« Das klang überzeugend. Andererseits sprachen Anitas weit aufgerissene Augen und die Art, wie sie den Blickkontakt mied, eine andere Sprache.

»Schon vergessen, wer dir bei deiner Schwangerschaftsübelkeit neulich beigestanden hat?«

Mit einem Ruck zog Anita das Blatt aus dem Drucker. »Mir war schlecht, das war alles.«

»Weil der Vater deines Kindes dich sitzen gelassen hat?«

»Was reimst du dir da nur zusammen?«, fuhr sie mich an. »Du solltest dich lieber um deinen eigenen Vater kümmern.«

Ohne auf ihre Worte einzugehen, redete ich weiter. »Wusste Jens überhaupt von deiner Schwangerschaft?«

Nun schien Anita doch getroffen. Sie sank auf ihren Stuhl und starrte das Blatt in ihrer Hand an. »Jens brauchte gar nichts zu wissen«, sagte sie leise. »Weil ich nicht schwanger bin.«

Ich nickte verständnisvoll. In ihrer Situation hätte ich genau dasselbe behauptet. Trotzdem war ich entschlossen, sie zum Reden zu bringen. »Hat Jens dich wegen dem Kind verlassen?«

Meine Kollegin stieß einen tiefen Seufzer aus. »Ich glaub, deine Phantasie geht mit dir durch.«

Trotz ihrer Worte schien es mir, als hätte ihre Fassade einen ersten Riss bekommen. Wenn ich weiter Druck machte, würde sie vielleicht auspacken.

»Jens hat dich sehr verletzt. Ich kann verstehen, dass du dich an ihm rächen wolltest.«

Wortlos glitt Anitas Blick zum Fenster, vor dem sich der dicht bebaute Bergrücken des Haigst erhob. Wie ein gelber Wurm kämpfte sich die Zahnradbahn Richtung Degerloch den Hang hinauf. Für einen Moment musste ich daran denken, wie viel noch für die morgige Genießerführung zu organisieren war. Zum Beispiel Fahrkarten für die Zacke. Das hätte ich gleich an Anita delegieren können, aber ich wollte den Faden nicht verlieren.

»Du wusstest von seiner Allergie gegen Nüsse«, bearbeitete ich sie weiter. »Jens hat asiatisch gekocht, dabei verwendet man üblicherweise Sesam- oder Erdnussöl.« Das wusste ich von Georg. Auch mein Ex war ein leidenschaftlicher Hobbykoch. Letztes Jahr hatten wir oft in seiner Wohnung zusammen Abendessen zubereitet. Bevor diese Erinnerung mich runterzog, redete ich weiter.

»Du hast den Abend mit vorbereitet, Anita. Jens hat dich doch sicher gebeten, darauf zu achten, dass ein anderes Öl bereitstand, oder?«

Noch immer schwieg Anita. Aber ich glaubte zu spüren, wie sie langsam weich wurde. Vielleicht musste ich sie noch mehr bedrängen. An einem Punkt ansetzen, der für sie sehr schmerzvoll war. »Hat Britta ihn dazu gezwungen, dich zu verlassen? Seit wann wusste sie überhaupt von eurer Affäre?«

Die Zacke verschwand hinter einem Wohnhaus. Anita wandte sich vom Fenster ab und sah zur Wand über einem niedrigen weißen Regal voller Aktenordner. Dort hing eine Auswahl preisgekrönter Werbemittel. Unter anderem das Layout eines Bankportals und eine Imagebroschüre für eine Bank. Mein Gehirn arbeitete auf Hochtouren. Diese Bank hatte ihren Sitz in Frankfurt. Frankfurt, Präsentation beim Kunden, gemeinsame Reise, Hotelübernachtung, kombinierten meine grauen Zellen. Das musste es ein! Als Hohlberg sich von Anita trennte, hatte er gesagt, Britta habe eine Hotelrechnung gefunden.

»Ihr wart zusammen bei der Citibank in Frankfurt«, erinnerte ich mich auf einmal. »Du und Jens. Das Meeting war im Dezember. Das weiß ich genau, weil ich die Lichterketten eingepackt habe, die ihr als Geschenk dabeihattet.«

Lächelte Anita in sich hinein, oder bildete ich mir das nur ein?

»Ihr habt zusammen im Hotel übernachtet«, setzte ich mein Plädoyer fort. »Auch neulich wart ihr dort, als es um das neue

Mitarbeiterportal ging. Das war vor Ostern. Du hast ein Doppelzimmer gebucht. Und Britta hat das herausbekommen. So war es, oder? Jens hat dich verlassen, weil Britta es von ihm verlangt hat. Das habe ich selbst gehört.« Vor lauter Schwung konnte ich mich kaum bremsen. Ich hätte ohne Punkt und Komma weitergeredet, wäre Anita mir nicht überraschend ins Wort gefallen.

»Wir waren zusammen in Frankfurt, das stimmt«, gab sie zu. »Aber mit deiner Anschuldigung liegst du falsch. Ich habe nichts mit Jens' Tod zu tun. Absolut nichts.«

Gut, sie begann zu reden. Ich musste nur weitermachen, dann würde sie mir bald die ganze Geschichte erzählen.

»Du warst für das Öl verantwortlich, nicht wahr? Und du warst bei den Vorbereitungen in der Markthalle dabei. In dem ganzen Chaos hättest du die Flasche mit dem Olivenöl leicht austauschen können.«

Als Anita sich zu mir wandte und mir in die Augen sah, bekam ich eine Gänsehaut. Ihre Pupillen waren viel größer als sonst. Gleich war es so weit, gleich würde sie reden.

»Ja, ich wusste von seiner Allergie, da hast du recht«, sagte sie erstaunlich gefasst. »Aber eines hast du vergessen. Ich habe Jens geliebt.«

»Genau deshalb konnte er dich auch so verletzen. Glaub mir, ich weiß, wovon ich spreche.«

Anita blitzte mich wütend an. »Du hast keine Ahnung, Bea. Willst du oder kannst du es nicht verstehen? Jemand hat den Mann, den ich liebe, vor meinen Augen ermordet!«

»Du wolltest dich an ihm rächen«, beharrte ich auf meiner Theorie.

»Ich habe tatsächlich überlegt, wie ich ihm seine Feigheit heimzahlen kann«, gestand Anita. »Aber ich hätte ihn doch niemals umgebracht.«

»Du hattest allen Grund dazu.«

»Jemand anders hatte genauso gute Gründe, Bea.« Anita sah mich so durchdringend an, dass ich Angst vor ihr bekam. »Und was die Flasche mit dem Olivenöl angeht, Bea. Die wurde bei deinem Vater gefunden. Hast du das schon vergessen?« Sie stand auf und verließ den Raum Richtung Flur.

Von der dramatischen Wendung, die das Gespräch genommen hatte, wurde mir schwindelig. Anita hatte recht. Die Beweismittel waren im Arbeitszimmer meines Vaters gefunden worden. Ich konnte es drehen und wenden, wie ich wollte. Alles deutete darauf hin, dass mein Vater unseren Chef aus dem Weg geräumt hatte, um alleiniger Geschäftsführer von Hohlbergs Reich zu werden.

Ich brauchte mehr als einen Moment, um mich zu fangen. Als ich gehen wollte, sah ich, dass die Tür zu Hohlbergs Büro nur angelehnt war. Hoffentlich hatte Nikolas nichts von unserem Gespräch mitbekommen. Diskretion gehörte nicht zu seinen Stärken.

»Wie lief es? Hat Anita alles gestanden?« Erwartungsvoll sah Jeannette mich an.

»Ich habe ihr ziemlich zugesetzt. Aber sie wollte nicht mit der Sprache rausrücken«, erwiderte ich enttäuscht. »Sie meinte, sie hätte Jens geliebt. Daher hätte sie ihm niemals so etwas Schreckliches antun können.«

»Geliebt? Wie krass ist das denn! Eigentlich habe ich eine gute Menschenkenntnis. Da muss mir einiges entgangen sein. Oder hast du jemals auch nur eine Eigenschaft an unserem Chef bemerkt, in die man sich verlieben konnte?«

»Liebe ist ein Gefühl. So was kann man analytisch nicht begreifen. Schon gar nicht als Außenstehender.«

»Hast du diese Weisheit aus deinem Kalenderblatt?« Jeannette sah mich spöttisch an. Doch dann stutzte sie und meinte: »Wenn ich genauer darüber nachdenke, stimmt das sogar. Analytisch kann ich dein Männerchaos nämlich kaum nachvollziehen. Geschweige denn verstehe ich, warum du dich trotz so vieler Enttäuschungen wieder für Teddy entschieden hast. Aber jedem das Seine. Wo die Liebe hinfällt ...«

»... da wächst kein Gras mehr«, improvisierte ich.

Dann kam ich auf mein Gespräch mit Anita zurück. »Anita denkt, mein Vater wäre es gewesen, weil die verschwundene Flasche in seinem Haus gefunden wurde. Das stimmt natürlich. Aber es beweist noch lang nicht, dass er sie vertauscht hat, oder? Jemand anders könnte das Olivenöl bei ihm versteckt haben.«

»Du hast recht. Es könnte jeder gewesen sein, der Zugang zu seinem Haus hatte. Also auch Gerit oder du. Nur so als Beispiel«, fügte Jeannette schnell hinzu, als ich erschrocken zusammenzuckte. Sie überlegte. »Sag mal, woher wusste die Polizei überhaupt, wo die Ölflasche und Hohlbergs Allergieausweis waren?«

»Gerit hat mir erzählt, jemand hätte die Polizei darauf hingewiesen. Ein anonymer Anrufer.«

»Ein anonymer Anrufer?«, wiederholte Jeannette. »Sieh an. Vielleicht hat Peter einen Mitwisser? Oder sogar einen Verbündeten, der mit ihm unter einer Decke steckt und ihm jetzt die Schuld in die Schuhe schieben will?«

Das Telefon klingelte. Bauunternehmer Wolfssohn hatte Rückfragen zur Kalkulation seiner Broschüre. Was bedeutete, er wollte die Preise drücken. Warum besprach er das Angebot nicht mit Nikolas? Zahlen fielen in seinen Zuständigkeitsbereich. Vielleicht glaubte Wolfssohn, Jeannette wäre leichter zu beeinflussen.

Solange sich meine Freundin mit dem Bauunternehmer einen verbalen Kleinkrieg am Telefon lieferte, bereitete ich mich auf das Genießerevent morgen vor. Die wichtigsten Stationen meiner Führung waren der Marienplatz, die Zahnradbahn, mit der wir nach Degerloch hinauffahren würden, die Waldau, der Fernsehturm und die Schillereiche. Die letzte Station hatte ich ursprünglich nur eingeplant, weil Hohlberg darauf bestanden hatte, unseren Haus-und-Hof-Dichter bei jeder Führung zu vermarkten. Nach Hohlbergs Tod hätte ich mir die Schillereiche sparen können. Aber der Führungstext dafür war schon länger fertig. An diesem Aussichtspunkt mit Blick über die Stuttgarter Hügellandschaft hatte Friedrich Schiller seinen Mitschülern das erste Mal aus dem Schauspiel »Die Räuber« vorgelesen. Genau dasselbe wollte ich tun, und zwar in einem wundervollen Kleid im Stil von Schillers Zeit. Am Ende der Führung würde ich den Teilnehmern einige Details der prachtvollen Jugendstil-Architektur im Marmorsaal näherbringen. Dort sollte das Genießerdinner stattfinden, bei dem Tim nach Hohlbergs Vorstellungen kochen würde.

Ich war ziemlich nervös wegen morgen. Hohlberg wurde

fast zeitgleich beerdigt. Daher war ich als einzige Mitarbeiterin der Agentur beim Genießerdinner dabei. Mit Ausnahme von Tim setzte sich das Personal aus Springern und Servicekräften zusammen, die wir kurzfristig für das Event gebucht hatten.

»Schade, dass ich bei Hohlbergs Beerdigung nicht dabei sein kann«, sagte ich, als Jeannette ihre Verhandlungen mit Wolfssohn beendet hatte. »Besonders nahe stand ich ihm nicht. Aber er hat die letzten Jahre über meine Brötchen bezahlt.«

»Mach dir keine Sorgen deswegen. Für Hohlberg ging Geschäftliches immer vor. Wenn du die Führung ausfallen lässt, nur um auf dem Waldfriedhof das Vaterunser herunterzuleiern, erhebt er sich aus dem Grab und schickt dich höchstpersönlich an die Arbeit.«

Bei der Vorstellung, unser toter Chef würde uns erscheinen, mussten wir lachen.

»Eines ist sicher. Jens wird keinen Heiligenschein haben«, meinte Jeannette. »Geiz und Unterdrückung machen sich weniger gut im christlichen Sündenregister.«

Meine Gedanken kehrten zum Genießerevent zurück. »Hoffentlich klappt alles mit dem zusätzlichen Cateringpersonal. Ich habe keine Lust, als Bedienung herzuhalten, wenn es klemmt. Mein Rokoko-Kleid mit Reifrock und riesigen Volants an den Ärmeln ist dafür viel zu sperrig. Aber es ist sehr hübsch. Hellblaue Streublümchen auf Gelb mit Stickereien aus Silberfäden.«

»Seit du diese Führungen machst, wirst du langsam, aber sicher zum Modepüppchen«, zog Jeannette mich auf. »Ach, weißt du, ich würde liebend gern ein paar Gläser Weißwein durch die Gegend tragen, wenn ich mich dafür vor dem Begräbnis drücken könnte. Hoffentlich gibt's beim Leichenschmaus wenigstens was Ordentliches zwischen die Zähne.«

»Das brauche ich jetzt auch.« Ich sah auf meine Armbanduhr. »Schon nach drei. Höchste Zeit für mein Mittagessen.«

In der Küche nahm ich mir ein Mohnbrötchen mit Schinken und Essiggurke aus einer Papiertragetasche auf der Ablage. Die Putzfrau versorgte uns jeden Morgen mit belegten Brötchen. Mit einem frisch aufgebrühten Kaffee aus Hohlbergs Luxusbohnenmischung ging ich auf den Balkon. Beim Essen beobachtete ich die Eichhörnchen im Garten. Besonders gern buddelten sie in dem neuen Blumenbeet, das die Frau des Hausmeisters angelegt hatte.

Als ich das Brötchen fast verspeist hatte, drangen Stimmen aus der Küche durch die offene Balkontür.

»Was bildest du dir eigentlich ein?«, sagte eine Frau. »Glaubst du etwa, du kannst mich kaufen?«

Am liebsten hätte ich die Balkontür zugeschoben, um meine Ruhe zu haben. Doch bei den folgenden Worten spitzte ich die Ohren.

»Spiel dich nicht so auf«, hörte ich einen Mann sagen. »Jeder denkt doch, du hättest dich an Hohlberg gerächt, weil er dich sitzen gelassen hat.«

»Deshalb stimmt es noch lang nicht.«

»Wahrheit ist subjektiv. Wer in einer Werbeagentur arbeitet, müsste das eigentlich wissen, Anita.«

Jetzt erkannte ich die männliche Stimme. Es war Nikolas.

»Du denkst vielleicht, du wärst jetzt der Big Boss«, sagte Anita. »Aber du täuschst dich. Niemand kann Jens ersetzen.«

»Jeder ist ersetzbar«, sagte Nikolas. »Jens ist es, und Peter ist es auch.«

Als der Name meines Vaters fiel, verhärteten sich meine Nackenmuskeln.

»Warte nur, bis Peters Unschuld erwiesen ist. Dann wird sich zeigen, wo dein Platz ist«, fauchte Anita.

»Wieso glaubst du, Peter sei unschuldig? Die Polizei hält ihn für den Täter. Ich auch.«

»Was du denkst, interessiert mich nicht. Jens ist tot, und ich will, dass der Schuldige dafür zur Rechenschaft gezogen wird.«

Nikolas' Antwort ging unter, weil ein Lkw am Haus vorbeidonnerte. Als der Lärm abebbte, war es auch in der Küche still. Offenbar hatten die beiden Streithähne sich verzogen.

Später versuchte ich mehrmals, Gerit zu erreichen. Leider meldete sich nur der Anrufbeantworter.

»Hallo, Gerit. Ich bin's, Bea. Peters Tochter.« Was für ein

Blödsinn, dachte ich sofort. Als wüsste Gerit nicht, wer ich war. »Ich wollte fragen, wie es dir geht. Und wie es Vater geht. Bitte grüß ihn von mir, wenn du ihn siehst. Ich melde mich wieder.«

Am Abend fuhr ich in die Oper, um mein Kostüm für die Führung morgen abzuholen. Das noble Kleid war fein säuberlich in eine Schutzhülle verpackt. Um Falten zu vermeiden, deponierte ich es vorsichtig auf dem Rücksitz. Auf dem Heimweg wollte ich noch einkaufen. Diese Woche war es an mir, den Kühlschrank für Samstag und Sonntag zu füllen. Das wollte ich lieber heute erledigen. Morgen würde ich nach der anstrengenden Führung und dem üblichen Freitagsstress sicher keine Lust mehr aufs Einkaufen haben.

Mit zwei gut gefüllten Tüten und einem riesigen Baguette unterm Arm trat ich eine halbe Stunde später aus dem Supermarkt an der Schwabstraße. Der Weg bergauf Richtung Schwabtunnel zur Wohnung in der Reinsburgstraße wäre um einiges kürzer gewesen, als meine Beute zurück zum Parkplatz in der Ludwigstraße zu schleppen. Aber ich hatte den Parkplatz nur für eine Stunde bezahlt. Wenn ich den Wagen dort stehen ließ, riskierte ich einen saftigen Strafzettel. Zudem hätte ich später sowieso noch einmal zurückgehen und das Kostüm holen müssen. Meine edle Robe wollte ich über Nacht lieber in der WG aufbewahren. So könnte ich morgen gleich im Kostüm losfahren und müsste mich nicht in der obskuren öffentlichen Toilette am Marienplatz umkleiden.

Auf dem Rückweg musste ich die schweren Tüten ein paarmal abstellen. Die letzte Pause legte ich schon fast in Sichtweite meines Wagens ein. Während ich meine verkrampften Hände lockerte, sah ich eine Frau mit kurzen braunen Haaren aus dem Viersternehotel gegenüber kommen. Kannte ich diese Frau nicht irgendwoher? Vielleicht eine Agenturkundin? Dann fiel der Groschen. Es war Gerit. Noch vor einer Stunde hatte ich versucht, sie zu erreichen. Ich wollte ihr gerade zuwinken, als ein Mann aus dem Hotel trat, ihr in einer vertrauten Geste den Arm um die Schultern legte und sie an sich zog.

Jetzt küsste er Gerit auf die Wange und sagte ein paar Worte zu ihr. Es musste etwas Lustiges gewesen sein, denn Gerit warf den Kopf in den Nacken und lachte. Erst auf den zweiten Blick erkannte ich den Mann. Nikolas. Dass unser Controller so amüsant sein konnte, war mir neu.

Als Gerit in meine Richtung sah, ging ich blitzschnell hinter einem Cayenne in Deckung. Eine meiner Einkaufstüten kippte um. Ein paar Äpfel rollten über den Gehweg. Mein Herz klopfte mir bis zum Hals. Kaum war mein Vater in Haft, traf sich seine deutlich jüngere Frau mit einem anderen in einem Hotel! Spielte Gerit ein falsches Spiel?

Freitag

Ursprünglich hatte ich meine Schäfchen in Kniehose, Spitzenhemd und langem Rock als Friedrich Schiller verkleidet durch Stuttgarts südliche Höhen führen wollen. Das wäre bei der weiten Strecke, die wir von Degerloch über die Waldau und durch das Waldgebiet Wernhalde bis zum Weißenburgpark zurücklegten, auch deutlich praktischer gewesen als das voluminöse Kleid, das ich nun trug. Doch leider hatte sich Hohlberg als konservativer Spießer entpuppt und auf Frauenkleidung bestanden.

Jetzt, wo er tot war, hätte ich anziehen können, was ich wollte. Aber wegen der Verhaftung meines Vaters und dem Durcheinander in meinem Privatleben hatte ich vergessen, mit der Schneiderin die passende Männerkleidung aus dem Fundus herauszusuchen. Wenigstens trug ich unter meinem Reifrock derbe Trekkingschuhe mit Wandersocken.

Eine Kombination, die bei meinen Führungsteilnehmern für belustigte Blicke sorgte. Heute bespaßte ich eine Gruppe von Marketingmitarbeitern aus einem hiesigen Bankhaus, in dem auch Georg arbeitete. Glücklicherweise nahm er nicht an der Führung teil, sonst hätte ich mich ständig im Text verheddert.

Als die Gruppe sich unter der Schillereiche um mich scharte, um den Worten unseres berühmten Heimatdichters zu lauschen, entdeckte ich einen weiteren Vorteil großer Garderobe. Man fühlte sich darin nicht nur gleich viel wichtiger. So ein ausladendes Kleid hielt einem auch verschwitzte Männer vom Leib. Und davon gab es unter den Bankern nach unserem anstrengenden Spaziergang einige.

Auch mir war unter der weiß gepuderten Lockenperücke warm geworden. Am liebsten hätte ich das schwere Ding abgenommen. Aber meine zerdrückten Haarkringel hätten den historischen Gesamteindruck erheblich beeinträchtigt.

Pünktlich zu meinem persönlichen Highlight dieser Führung kam die Sonne heraus und ließ die Silberfäden in meinem Rokoko-Kleid funkeln. Gestern Abend hatte Teddy meine Auswahl an Schiller-Zitaten noch gebunden und mit einem zeitgetreuen Cover versehen. Darauf waren Karl Moor und sein eifersüchtiger Bruder Franz von einer Räuberbande umringt zu sehen. Genau genommen waren die beiden Helden also in einer vergleichbaren Situation wie ich in diesem Moment.

Würdevoll hob ich mein Skript an und schüttelte die mehrschichtigen Volants an meinen Ärmeln zur Seite, die mir auf den Handrücken fielen und den Blick auf Schillers Zitate versperrten. Ich begann zu rezitieren: »Es ist einmal so die Mode in der Welt, dass die Guten durch die Bösen schattiert werden und die Tugend im Kontrast mit dem Laster das lebendigste Kolorit erhält.«

Bei diesen Worten aus der Vorrede der Räuber, Kapitel zwei, fühlte ich eine gewisse Genugtuung. Mein Konto bei diesem Bankhaus war oft im dunkelroten Bereich, und ich bekam regelmäßig unhöfliche Briefe mit Zahlungsaufforderungen. Ob eines meiner Schäfchen der Absender dieser Briefe war? Leider schienen die Bankmitarbeiter keinen Zusammenhang zwischen Schillers Worten und ihrem Tagesgeschäft zu erkennen. Ich hatte trotzdem meinen Spaß.

Nach dem mehrgängigen Genießermenü waren alle Teilnehmer satt und zufrieden. Einige lümmelten sich in ihren Stühlen und bewunderten die prunkvolle Architektur und die halbrunden Wasserbassins des Marmorsaals, der einem antiken Nymphäum nachempfunden war. Andere genossen die frische Luft auf der Terrasse, die sich vor dem in den Hang gebauten Marmorsaal erstreckte, oder spazierten in der lauen Mailuft durch die romantischen Grünanlagen des Parks.

Tim und ich gönnten uns an einem Stehtisch abseits eine Pause und tranken Espresso. Er erholte sich vom Live-Cooking und ich mich von meinem überraschenden Einsatz als Servicekraft, der mir ein paar zusätzliche Kilometer eingebracht hatte.

»Klasse, dass alles noch gut geklappt hat. Ich bin total erleichtert«, sagte Tim und fuhr sich durch die kurzen blonden Haare, die stundenlang unter der weißen Kochmütze eingesperrt gewesen waren. »Heute Nacht hatte ich fürchterliche Alpträume. Die Markklößchen zerfielen in der Brühe. Eklige Schnecken krochen über die Salatteller, und beim Zubereiten der Crème brulée habe ich die ganze Location abgebrannt.«

»Keine Sorge, Marmor brennt schlecht.« Anerkennend klopfte ich Tim auf die Schulter. Er hatte das Oberkommando in der improvisierten Küche gut gemeistert und mit kühlem Kopf auf ein paar kleine Pannen reagiert. »Im Vergleich zu deinem Traum verlief das Event doch fast problemlos. Die Bedienungen waren am Anfang zwar überfordert, und es waren zwei Tische zu wenig eingedeckt, aber dafür kannst du nichts. Ebenso wenig für die Kerze, die aus dem Leuchter gekippt ist und die Tischdecke in Brand gesetzt hat.«

Tim stöhnte. »Als die Rothaarige das Tablett mit den Proseccogläsern fallen ließ, glaubte ich schon, es würde genauso weitergehen wie in meinen Träumen. Aber zum Glück bist du dann spontan als Bedienung eingesprungen, Bea.«

»Gut, dass ich eine Zeit lang in der Roten Kapelle bedient habe. Das ist eine ziemlich beliebte Kneipe am Feuersee im Westen, die du dir unbedingt mal anschauen solltest. Daher wusste ich gleich wieder, worauf man achten muss. Abgesehen von den drei Malen, wo meine Volants in die Suppe gefallen sind, lief es gut. Und das meine ich wörtlich.« Ich hob meinen Reifrock an, damit Tim die Trekkingschuhe darunter sehen konnte.

Verwundert starrte er auf meine robusten Treter. Er bückte sich und tippte mit dem Zeigefinger auf das atmungsaktive Goretex. »Gute Wahl. Genau dieselben hab ich auch. Super Luftpolsterung. Mit Satinschühchen hättest du nie so viel hin und her laufen können.«

»Als hätte ich geahnt, dass ich einen Marathon absolvieren würde.«

»Tausend Dank für deine Hilfe«, sagte Tim. Er lächelte zufrieden und betrachtete mich eingehend. »Bea, du hast was gut bei mir. Ich könnte dir zum Beispiel ein Menü nach Wunsch in deiner Küche zubereiten.«

Mir wurde ein wenig eng im Hals, als seine intensiv blauen Augen weiter auf mir ruhten. Flirtete der Koch mit mir? Es hatte ganz den Anschein.

»Meine Küche bietet höchstens Convenience«, erwiderte ich

betont locker. »Mit mehr als zwei Töpfen, einer Pfanne, Tomatensoße aus dem Glas und Fertigpulver für Schokoladenpudding kann ich nicht dienen. Mich muss Essen vor allem satt machen. Und glücklich.« Unauffällig wollte ich ein paar Zentimeter zur Seite rücken, als mir ein Einfall kam. Tim war ein enger Mitarbeiter meines Vaters. Er musste doch wissen, wie es um seine Eventagentur stand. Statt in die entgegengesetzte Richtung schob ich mich näher an Tim heran, was er erfreut registrierte.

»Du bist also eher der Ikea-Typ?«, fragte er und zwinkerte mir zu.

»Was das Kochen anbelangt, bin ich leidenschaftslos. Besser gesagt, ich war es. Durch diese Genießerevents komme ich langsam auf den Geschmack. Dein Zander mit Mandelblättchen und Zitronensoße war ein Gedicht.«

Tims Blick verhakte sich noch tiefer in meinem. »Danke. Freut mich, wenn's dir geschmeckt hat. Genau genommen war es eine Limettensoße.«

»Oh, Limettensoße«, sagte ich und setzte ein kleines mädchenhaftes Lächeln auf. »Siehst du, ich brauche dringend Nachhilfe. Zum Beispiel der Reis. Was war dadrin? Er hatte so einen runden, würzigen Geschmack.«

»Salz vielleicht?«

Zog Tim mich auf, weil ich mich als Kochversagerin geoutet hatte? »Es wird dich vielleicht verblüffen, aber auch ich gebe Salz an den Reis. Trotzdem schmeckt er langweilig im Vergleich zu deinem.«

»Sorry, ich wollte mich nicht über dich lustig machen.« Wie zur Entschuldigung legte Tim seine Hand auf meine.

Die widerspenstigen Volants waren wieder über den Handrücken gefallen, dennoch spürte ich seine Körperwärme deutlich. Es fühlte sich gut an, und das beunruhigte mich ein wenig.

Eine der weiblichen Aushilfskräfte kam an unseren Tisch und fragte, ob der Service mit dem Abräumen beginnen konnte. Tim nickte und machte keine Anstalten, seine Hand von meiner zu nehmen.

»Im Reis war Limettensaft«, weihte er mich ein. »Außerdem ein Hauch Koriander. Und bitte, Bea, fühl dich nicht gedemütigt, nur weil Kochen dir nicht liegt. Ich mag Frauen, die dazu stehen. Wenn es nach mir ginge, könntet ihr alle Politik machen, Weltraumstationen bauen oder in die Wirtschaft gehen.«

»Aber nur ab drei Sterne aufwärts, oder?«

Tim musste lachen. »Touché. Ich meinte eigentlich Industrie und Dienstleistung und so was.«

»Ach so.« Wie beiläufig zog ich meine Hand unter seiner hervor, um nach meiner Espressotasse zu greifen. Ich nahm einen Schluck und verzog das Gesicht.

»Kalt geworden?«, fragte Tim. »Das ist schade. Komm, ich mache uns einen neuen.«

Ich folgte ihm in die Küche nebenan. Zwei Helfer räumten Teller, Besteck und Gläser, die Servicekräfte aus dem Saal brachten, in den Geschirrspüler. Sie schenkten uns keine Beachtung.

Tim brühte Espresso auf. Ich fragte ihn, wieso er sich das Kochhandwerk ausgesucht hatte. Tim kam ins Erzählen. Genau das hatte ich beabsichtigt. Gewissermaßen eine vertrauensbildende Maßnahme.

Ich hörte nur mit einem Ohr zu und nickte nach jedem Satz. Dabei überlegte ich, wie ich das Gespräch am besten auf Vaters Firma lenken konnte. Als Tim mir erzählte, wie schlecht die Bezahlung als Koch war, nutzte ich meine Chance.

»Hast du dich deshalb entschieden, für eine Eventagentur zu arbeiten?«

»Ja, das auch. Wichtiger war Peters ganzheitlicher Zugang zum Kochen. Davon möchte ich mir was abschauen.«

Ganzheitlicher Zugang? Was konnte das bedeuten?, überlegte ich.

Die rothaarige Bedienung verheddterte sich in meinem ausladenden Rock und geriet ins Stolpern. Tim fing sie gerade noch rechtzeitig auf.

»Danke, Tim«, hauchte sie und warf ihm einen eindeutig interessierten Blick zu.

»Gern, meine Liebe«, gab Tim zurück.

Wohlwollend goutierte ich, dass er der attraktiven Serviererin nicht hinterhersah.

»Hier, dein Espresso. Lass ihn dir schmecken.« Tim reichte

mir die Tasse und schmunzelte, als er meinen Gesichtsausdruck bemerkte. »Ich sehe schon, die Herrin der Wörter ist verwirrt. Du fragst dich, was zum Teufel am Kochen ganzheitlich ist.«

Insgeheim amüsierte ich mich über den Ausdruck Herrin der Wörter. Das gefiel mir. Und so langsam begann mir auch dieser Tim zu gefallen.

»Warte, ich versuche es dir zu erklären. Dein Vater kocht intuitiv und mit viel Phantasie. Er kombiniert die eigenwilligsten Zutaten so raffiniert, dass es deinem Gaumen schmeckt und dein Herz berührt. Oder dich glücklich macht, wie du vorhin sagtest. Auf der anderen Seite ist Peter in vielem sehr exakt, fast schon penibel.«

Das kam mir bekannt vor. »Ein mal ein Zentimeter große Parmesanstückchen. Alle genau einen halben Millimeter dick«, sagte ich in Erinnerung an den Abend auf dem Killesberg. Damals hatte ich den Salat mit Parmesan dekoriert und gestaunt, wie gleichmäßig die Blättchen geschnitten waren.

»Du hast wohl schon mit ihm gekocht.«

»Sagen wir, ich habe assistiert. Warum bist du eigentlich mit nach Stuttgart gekommen? Wolltest du mal was anderes sehen als blau-weiße Rauten und Touristen in Lederhosen?«

Tim sah mich über den Rand seiner Espressotasse hinweg an. Mir fiel ein, woran mich seine Augen erinnerten. Sie hatten die Farbe von Vergissmeinnicht, das gerade überall blühte. Achtung, Gefahr, Bea, meldete sich meine innere Stimme. Ich ignorierte sie.

»Warum ich nach Stuttgart gekommen bin?«, wiederholte Tim. »Der Grund ist banal. Geld.«

»Du wolltest mehr verdienen?«

»Ja, das auch. Aber Hohlberg bot uns die Chance, hier in Stuttgart neue Kundenkreise zu gewinnen. In München gibt es heutzutage Caterer wie Kieselsteine an der Isar. Der Markt ist eng geworden. Einer jagt dem anderen die Kunden ab. Ihr Schwaben kommt gerade erst auf den Geschmack, wie sinnvoll es ist, Geld für gutes Essen auszugeben.«

»Danke für das Kompliment.«

»Bisher lief es gut für uns hier bei euch. Peter will den Eventbereich der Agentur ausbauen.«

»Hat er das mit Hohlberg abgesprochen?«

Als ich meinen toten Chef erwähnte, veränderte sich der Ausdruck in Tims Gesicht abrupt.

»Was ist? Habe ich was Falsches gesagt?«

»Nein, nein«, sagte Tim schnell. »Es ist nur ... wir haben uns so gut unterhalten. Da habe ich das mit Peter und Jens völlig vergessen.«

»Geht mir auch so«, sagte ich leise und sah in meine leere Tasse. »Vater sitzt jetzt mutterseelenallein in einer Zelle und kann nur abwarten, was passiert.«

»Hast du Kontakt zu ihm?«

»Ich? Nein. Gestern habe ich versucht, seine Frau zu erreichen. Sie war leider nicht da.«

»Vielleicht hat sie ihn in Stammheim besucht.«

»Das kann sein«, erwiderte ich zögerlich, weil ich wusste, dass sie sich in Wahrheit mit einem anderen Mann getroffen hatte.

»Sein Anwalt weiß bestimmt, wie es ihm geht«, sagte Tim und berührte mich an der Schulter. »Ruf ihn an. Er heißt Westermann, Andreas Westermann.«

»Hast du auch mit ihm zu tun, oder woher kennst du ihn?«

»Westermann vertritt Peters Agentur. Ich kenne ihn aus München.«

»Ach so. Ja, ich frage ihn.« Eine Weile hing ich meinen Gedanken nach. »Weißt du, mein Vater war so lang aus meinem Leben verschwunden. Ich bin unsicher, wie ich mich ihm gegenüber verhalten soll. Ich bin zwar seine Tochter, aber wir stehen uns nicht wirklich nahe. Ich meine so wie enge Verwandte. Oder eine normale Familie.«

»Verstehe.« Tim nickte. »Ich weiß, was du meinst. Meine Eltern sind auch geschieden. Sie haben sich getrennt, da war ich zwölf Jahre alt.«

»Ich war elf, als mein Vater auszog. Seither habe ich ihn nur ein paarmal gesehen.«

»Mein Vater ist letztes Jahr gestorben.«

»Tut mir leid.«

»Mir auch.« Tim schwieg einen Moment. »Peter hat mir von

dir erzählt. Als er begann, hier nach einem Partner zu suchen. Er hat sich darauf gefreut, dich wiederzusehen.«

»Hat er das wirklich gesagt?«

»Ja. Er hat mich gleich nach eurem Zusammentreffen in Hohlbergs Agentur angerufen.«

»Hm. Was für ein komischer Zufall, dass wir uns dort über den Weg gelaufen sind.«

Tim schüttelte den Kopf. »Es gibt keine Zufälle, Bea. Alles hat einen Sinn.«

Nachdem ich mein Kostüm in der Oper zurückgegeben hatte, fuhr ich in die Weinsteige. Da wir abgesehen von Jeannette jeden Tag Schwarz trugen, fiel nicht weiter auf, dass alle außer mir heute bei einer Beerdigung gewesen waren. Eines freilich war anders als sonst: kein Musikdröhnen aus dem Grafikatelier. Im Flur herrschte Totenstille. Alle hatten sich in ihren Büros verkrochen. Es fühlte sich an, als hinge ein großes Fragezeichen in der Luft, weil keiner wusste, wie er Hohlbergs gewaltsamen Tod einordnen sollte.

Jeannette erzählte mir von der Zeremonie. »Britta hat geheult wie ein Schlosshund. Tränen konnte ich keine sehen, weil sie einen überdimensionalen schwarzen Hut mit Schleier à la Jackie Onassis trug. Aber ihre Schultern haben die ganze Zeit über gezuckt.«

»Wie hat Anita die Beerdigung verkraftet?«

»Anita?« Jeannette hob die Augenbrauen. »Unsere kleine Diva ist am Grab zusammengebrochen. Nikolas hat ihr aufgeholfen und sie gestützt.«

»Nikolas?« Das wunderte mich. So menschliche Züge hatte ich an unserem Controller bisher selten bemerkt. Und dass er ausgerechnet Anita half, fand ich verblüffend.

Jeannette ging es ähnlich. »Wäre Anita nicht die Geliebte von Hohlberg gewesen, hätte ich vermutet, sie und Nikolas haben was miteinander. Wie du siehst, hast du einiges verpasst. Übrigens, der Kommissar war auch da.«

»Gabriel? Was wollte der denn dort?«

»Ich denke mal, er hat uns beobachtet. Vielleicht ist er sich seiner Sache mit Peter nicht hundertprozentig sicher. Wie lief dein Event?«

Sofort sah ich vergissmeinnichtblaue Augen vor mir. Nur mit großer Willensanstrengung konnte ich verhindern, wie ein Teenager rot zu werden.

»Ach, das Übliche«, sagte ich harmlos dahin. »Ein paar zerbrochene Gläser, ich musste als Bedienung einspringen, und beinahe hätten wir den Marmorsaal abgefackelt.«

»Das klingt, als hättest du deutlich mehr Spaß gehabt als ich.« Jeannette bemerkte meine Nervosität und studierte mich wie ein Wissenschaftler sein Versuchskaninchen. »Was ist los mit dir? Du wirkst so … aufgedreht. Hast du mit Teddy rumgemacht?«

Energisch verneinte ich und hatte plötzlich das Bedürfnis, aus der Reichweite von Jeannettes Röntgenblick zu gelangen. »Den habe ich heute noch gar nicht gesehen. Ist er drüben im Atelier?«

Jeannette nickte.

»Ich geh kurz zu ihm. Wir wollten die neuen Logoentwürfe für Frau Fischerling durchsprechen.«

»Logos besprechen. Soso«, sagte Jeannette. »Du willst mir doch nur ausweichen. Aber warte, ich komme schon noch dahinter, was mit dir los ist.«

Im Grafikatelier summten die Rechner, überlagert von leisem Tastenklackern. Die Grafiker saßen vor ihren Apples und arbeiteten an ihren Layouts. Zumindest taten sie so.

»Hey, Bea. Gut, dass du vorbeischaust«, sagte Teddy laut, als ich mich neben ihn setzte. »Du willst bestimmt die neuen Logos sehen.«

Verschwörerisch nickend erwiderte ich den Druck von Teddys Knie unter dem Tisch. »Ja, die musst du doch heute rausschicken«, erwiderte ich ebenso laut. »Brauchst du dafür noch Erläuterungstexte?«

Als wir Teddys neugierige Grafikerkollegen auf eine falsche Fährte geführt hatten, steckten wir die Köpfe zusammen und redeten mit gesenkten Stimmen weiter.

»Wie war's auf dem Waldfriedhof?«, raunte ich.

»Bedrückend. Wie das eben so ist auf Friedhöfen.« Teddy

legte die Hand auf meinen Schenkel, was meine Hormone in Wallung brachte. »Hätte dir gefallen, die Stimmung hatte was von Visconti. Anita ist heulend zusammengebrochen, als Britta die Urne mit Hohlbergs Asche in das Grab gestellt hat.«

Was Teddy da erzählte, berührte mich. Fast konnte ich spüren, was Anita empfunden haben musste.

»Sie hat ihn eben geliebt«, flüsterte ich Teddy zu.

Sein Kopf schoss in die Höhe. »Was soll das heißen, sie hat ihn geliebt?«, fragte er in normaler Lautstärke. »Redest du etwa von Anita?«

Die anderen Grafiker waren ganz Ohr. Dumme Kuh, schalt ich mich. Teddy wusste nichts von Anitas Affäre mit Hohlberg, und so sollte es auch bleiben.

»Ich meine Britta«, korrigierte ich rasch. »Sie war seine Freundin, und sie hat ihn geliebt.«

Teddy sah mich argwöhnisch an. »Was redest du für merkwürdiges Zeug zusammen?«

Kurzerhand wechselte ich das Thema. »Zeigst du mir die Logos, die du Frau Fischerling mailen möchtest?«

Ohne noch einmal nachzuhaken, erläuterte Teddy die neuen Entwürfe. Doch an seinen misstrauischen Seitenblicken konnte ich ablesen, dass ihn meine unüberlegte Äußerung zu Anita weiter beschäftigte.

Auf dem Weg zurück in mein Büro stoppte ich bei Anita. Ihre Tür war geschlossen. Das war nicht oft der Fall. Wie es ihr wohl ging? Leise klopfte ich an. Niemand antwortete. Auch nach erneutem Klopfen war kein Laut aus dem Zimmer zu hören, nicht einmal ein Schluchzen. Ich drückte die Klinke. Abgeschlossen.

»Ist Anita schon nach Hause gegangen?«, fragte ich Sekunden später Jeannette.

»Soweit ich weiß, ist sie da. Nikolas und sie wollten heute Nachmittag die Aufträge für nächste Woche besprechen.«

»Ihre Tür ist abgeschlossen.«

»Ja? Eigenartig. Die Tür zum Vorzimmer des Allerheiligsten steht sonst immer offen«, überlegte Jeannette. »Vielleicht will sie ihre Ruhe haben. Ach, Bea, da fällt mir ein: Deine Mutter hat angerufen. Ich hab sie vorsichtshalber nicht zu Teddy durchgestellt. Ich wusste ja nicht, womit ihr beiden beschäftigt seid.«

»Mit Logos, das habe ich doch gesagt. Was wollte Mam?«

Jeannette zuckte mit den Schultern. »Es ging um frisch gewaschene Vorhänge, die sie nicht allein aufhängen kann. Du sollst vorbeikommen.«

Na toll. Das hatte mir gerade noch gefehlt. Wenn ich mich vor dem Besuch drückte, musste ich zumindest anrufen. Auch darauf hatte ich keine Lust.

Ich versuchte, mich auf die Texte für Wolfssohns Immobilienbroschüre zu konzentrieren. Aber es kamen nur verquaste Sätze heraus. Schließlich gab ich auf, griff nach dem Telefon und wählte Anitas Durchwahl. Ich ließ es lang klingeln, aber sie ging nicht ran.

Kurz nach sieben gelang es mir nicht länger, gegen die Müdigkeit anzukämpfen. Nach der langen Strecke im Reifrock, der ungewohnten Sauerstoffzufuhr und meinem Einsatz als Servicekraft hatte sich mein Gehirn in den Energiesparmodus verabschiedet. Doch bevor ich mich aufs Sofa legen konnte, musste ich noch zu meiner Mutter.

Ich packte meine Sachen zusammen, verabschiedete mich und verließ Hohlbergs Reich. Auf dem Parkplatz stieg ich in den Corsa und drehte den Schlüssel im Anlasser. Der Motor gab keinen Mucks von sich. Ich versuchte es noch ein paarmal, aber er sprang nicht an. Ausgerechnet heute! Was sollte ich tun? Jeannette brauchte ihren Wagen selbst, sie war heute Abend verabredet. Teddy brauchte ich gar nicht zu fragen. Sein weißer Alfa war ihm heilig. Er würde nie jemand anderen auf dem Fahrersitz dulden. Ein Taxi war zu teuer. Also die Stadtbahn nach Leinfelden. Vielleicht hatte der Corsa ja später ein Einsehen und würde anspringen.

Mein Auto war bereits älter und entsprechend anfällig für Wehwehchen. Daher war ich es gewohnt, alle paar Wochen die öffentlichen Verkehrsmittel zu benutzen. Missmutig trottete ich die dicht befahrene Weinsteige hinunter Richtung Kessel und inhalierte eine gesundheitsbedenkliche Menge an Abgasen. Als kleiner Trost unterhielt mich der Abendhimmel über dem Westen mit einem unwirklichen, seltsam blass violetten Farbton, der von grauen Wolkenbändern durchzogen war.

Ich durchquerte den unteren Weißenburgpark und kam an der Etzelstraße heraus, fast unmittelbar vor der Haltestelle Bopser. Laut elektronischer Anzeige dauerte es noch zehn Minuten, bis die U 5 nach Leinfelden kam. Auf der Sitzbank war kein Platz mehr frei. Müde lehnte ich mich gegen die Glasscheibe der Informationskästen mit Fahrplänen. Auch auf dem Gleis gegenüber drängten sich die Fahrgäste. Manche kamen in der ungewöhnlich warmen Witterung nur mit Pulli oder Hemd aus, andere trugen Jacken oder Mäntel. Unter den Wartenden entdeckte ich sogar einen Mann mit Hut.

Eine schlanke blonde Frau stand dicht an der Bahnsteigkante vor dem Tunnel, aus dem die Bahnen stadteinwärts in die Haltestelle einfuhren. Sie trug ein schwarzes Kleid und schaute auf die Schienen und das Gleisbett. Es war Anita. Wieso hatte ich sie auf dem Weg von der Agentur hierher nicht bemerkt? Sie musste unmittelbar vor mir gegangen sein. Sobald sie aufsah, wollte ich ihr zuwinken. Doch sie schien in Gedanken versunken und schenkte ihrer Umgebung keine Aufmerksamkeit. Kurz überlegte ich, ob ich zu ihr hinübergehen sollte. Meine Bahn ließ noch ein paar Minuten auf sich warten. Aber vielleicht wollte sie lieber allein sein.

Ein kühler Luftzug wehte aus dem Tunnel, begleitet vom charakteristischen Dröhnen der Stadtbahn. Gegenüber kam Bewegung in die Menge. Wartende erhoben sich von der Sitzbank, nahmen ihre abgestellten Taschen hoch und drückten Zigaretten in dem dafür vorgesehenen Metallbehälter aus. Anita sah auf. Sie drehte den Kopf in Richtung Tunnel und trat näher zur Bahnsteigkante.

Aus dem Augenwinkel sah ich die gelbe Front der Stadtbahn im Tunnel aufblitzen. Anita wandte ihren Blick von der einfahrenden Bahn ab und schaute wieder hinunter auf die Gleise. Und dann sah ich, wie sie plötzlich von der Bahnsteigkante kippte. Blonde Haare wirbelten durch die Luft, der schwarze Stoff ihres Rocks bauschte sich auf. Nur eine Sekunde später raste die Bahn in die Haltestelle. Ein Warnsignal ertönte, dann ein ohrenbetäubendes Quietschen, als der Fahrer bremste. Aber es war zu spät. Die Bahn überrollte Anita.

Der Schreck fuhr mir in alle Glieder, ich war wie gelähmt. Die Welt um mich herum hielt inne, als hätte jemand den Pausenknopf gedrückt. Das Einzige, was ich hörte, war mein Herzschlag. Da-dumm, da-dumm, da-dumm.

Dann plötzlich Schreie, eine Frau kreischte. Durch die Glasscheiben der Stadtbahn konnte ich verfolgen, was auf dem gegenüberliegenden Gleis passierte. Einige wichen schockiert vom Bahnsteig zurück. Eine ältere Frau mit grauen Haaren schlug die Hände vors Gesicht. Ein Mann im Anzug redete in sein Handy und deutete auf die Bahn.

Wie von selbst begannen meine Füße, sich in Bewegung zu setzen. Ohne nachzudenken, lief ich die Stufen zur Straßenebene hinauf. An dem bepflanzten Grünbeet vorbei rannte ich hinüber zur Treppe, die aufs andere Gleis führte. Nach unten nahm ich immer zwei Stufen auf einmal. Menschen kamen voller Panik die Treppe hochgerannt, wollten weg, weg von dem schrecklichen Geschehen auf dem Gleis. Ich wich ihnen aus und war schon fast angekommen, da traf mich ein harter Stoß an der Schulter. Ich kam ins Taumeln. Mein Blick landete auf einem groß gewachsenen Mann unmittelbar neben mir. Hatte er mich angerempelt? Sein Gesicht konnte ich nicht sehen, weil der Hut tief in die Stirn gezogen war. Blauer Trenchcoat, registrierte ich. Ohne ein Wort der Entschuldigung stürmte der Mann an mir vorbei und verschwand.

Als ich auf dem Bahnsteig ankam, hatte der Fahrer die Stadtbahn ein Stück zurückgesetzt. Vor der Front des Fahrzeugs stand ein Pulk aus Menschen. Alle sahen in dieselbe Richtung. Starrten wie gebannt auf die Gleise hinunter und verdeckten mir die Sicht.

Von der Hohenheimer Straße ertönte das Signal eines Notarztwagens. Viele im Pulk sahen auf und nickten sich gegenseitig zu, so als würde jetzt alles gut werden.

Ohne Rücksicht zu nehmen, drängte ich mich durch die Menge, nur vorwärts. Schubste Körper zur Seite und rief: »Anita,

Anita!« Vielleicht war das alles nur ein böser Traum, und ich würde gleich aufwachen, daheim, in meinem Bett, in Sicherheit.

Zur Bahnsteigkante vorgedrungen, sah ich hinunter aufs Gleisbett. Überall war Blut. Neben einer der Schienen lag ein schwarzer Pumps, ein Stück weiter Anitas Handtasche. Der Verschluss war aufgegangen. Taschentücher, Schlüsselbund, ein graues Halstuch und ein paar Euroscheine waren auf den Schottersteinen verstreut.

Anita lag auf dem Rücken. Ihr linkes Bein war verdreht. Das rechte endete irgendwo unterhalb des Knies. Schnell wendete ich mich ab und sah in ihr Gesicht. Ihre Haut war blass, wie so oft in letzter Zeit. Die Augen waren geöffnet. Sie sah an den Oberleitungen vorbei in den violett-grauen Himmel über uns, der ringsum von den Betoneinfassungen der Haltestelle begrenzt war.

Ich folgte ihrem Blick nach oben und dachte: »Warum nur? Warum hat sie das getan?«

Plötzlich ging ein Raunen durch die Menge um mich herum.

»Sie lebt!«, stieß ein älterer Mann neben mir aus. Sein Atem roch nach Knoblauch.

»Wo bleibt der Notarzt?«, rief eine Frau hinter mir.

Als ich zurück zu Anita sah, wurde mir heiß und kalt zugleich. Ihre Augen fixierten mich. Sie bewegte die Lippen, als versuche sie, ein Wort zu formen.

Schnell sprang ich hinunter auf die Schottersteine und kniete mich neben sie. Deutlich spürte ich die scharfen Kanten der Steine an meinen Knien.

»Anita!« Meine Stimme klang fremd in meinen Ohren.

Wieder bewegten sich Anitas Lippen. Sie trägt keinen Lippenstift, dachte ich zusammenhangslos.

»Ich bin bei dir«, sagte ich und nahm ihre Hand. Die Finger waren kalt wie die Steine unter mir.

Ich beugte mich tiefer, bis mein Gesicht direkt über ihrem war. »Bea«, hörte ich sie leise sagen.

Der Kloß in meinem Hals wurde riesig. Mühsam schluckte ich ihn hinunter und rief den anderen auf dem Bahnsteig zu: »Bitte seien Sie still. Sie will etwas sagen.«

Sofort verstummte das Gemurmel.

»Anita, was möchtest du sagen?« Ich drehte den Kopf seitlich, um sie besser hören zu können.

Ich vernahm ein Keuchen. Anita rang nach Luft und stieß einen Laut aus. Es klang wie ein T oder ein P. Ihre Finger krallten sich fest um meine Hand. Sie schien alle Kraft zusammenzunehmen. Ihre Lungen rasselten, als sie einatmete. Dann flüsterte sie ein Wort: »Peter.«

In meinen Ohren begann das Blut zu rauschen. Wieso sagte sie ausgerechnet den Namen meines Vaters? Hatte ich mich verhört?

Wieder flüsterte sie etwas. Diesmal waren es drei Wörter. Ich verstand sie klar und deutlich.

»Peter war es ...«

So lauteten ihre letzten Worte.

Nur wenige Sekunden danach ertönten Stimmen. Hastige Schritte waren zu hören. Schottersteine knirschten, als jemand unmittelbar neben mir auf das Gleisbett heruntersprang. Es waren zwei Notärzte in orangefarbenen Jacken. Sie klappten silbergraue Notfallkoffer auf und kümmerten sich um Anita, ohne mich zu beachten.

Ich löste meine Hand sachte aus ihrer Umklammerung. Meine Knie waren steif geworden. Es dauerte eine Weile, bis sie mir gehorchten und ich aufstehen konnte. Nach ein paar vorsichtigen Schritten stützte ich mich auf der Bahnsteigkante ab und versuchte hinaufzuklettern. Ich schaffte es nicht. Ein Sanitäter half mir.

Eine halbe Stunde später kauerte ich in eine kratzige Wolldecke gehüllt auf der Sitzbank am Bahnsteig. Einige Feuerwehrleute hatten um die Unglücksstelle einen kreisförmigen Sichtschutz aus Plastik aufgestellt. Wegen der polizeilichen Ermittlungen war die Strecke bis auf Weiteres gesperrt. Auch auf dem Gleis gegenüber war seit Anitas Tod keine Stadtbahn gefahren.

Meine Hände hielten sich an einem Plastikbecher mit Hagebuttentee fest, der inzwischen nur noch lauwarm war. Ein Notfallseelsorger hatte ihn mir gegeben, nachdem ich dem Notarzt und einem Polizisten erzählt hatte, was geschehen war. Oder besser gesagt, was ich gesehen hatte. Ich hatte alles wahrheitsgemäß geschildert. Nur ein Detail hatte ich für mich behalten. Es waren die vier Worte, die Anita mir vor ihrem Tod zugeflüstert hatte: »Peter. Peter war es.«

War es ein Instinkt, der mich dazu anhielt, meinen Vater zu beschützen beziehungsweise nicht noch mehr zu belasten? Er war bereits der Hauptverdächtige und wurde in der Justizvollzugsanstalt Stammheim festgehalten. Anitas nochmaliger Hinweis, er habe die Ölflaschen vor dem Live-Cooking vertauscht, war keine Neuigkeit. Offenbar war ihr das so wichtig gewesen, dass sie es noch einmal bekräftigen wollte, bevor sie starb.

Einige der Zeugen, die Anita und mich vom Bahnsteig aus beobachtet hatten, erzählten den Polizisten, die Selbstmörderin hätte vor ihrem Tod noch etwas zu mir gesagt. Es kostete mich keine große Schauspielkunst zu behaupten, es wären nur unzusammenhängende Laute gewesen, die keinen Sinn ergaben. Der Polizist, der mich befragte, glaubte mir. Zumindest äußerte er kein Misstrauen, sondern schrieb pflichtbewusst mit.

Mehr als diese kleine Unwahrheit beschäftigte mich meine gestrige Auseinandersetzung mit Anita. Wieso hatte ich ihr nur so vehement zugesetzt? Warum hatte ich sie derart bedrängt und behauptet, sie hätte sich an Hohlberg rächen wollen? Rückblickend verstand ich mein Verhalten selbst nicht mehr und machte mir große Vorwürfe. Ich war mit daran schuld, dass sie sich das Leben genommen hatte.

Wieder und wieder kreiste in meinem Kopf ein Satz, den Anita gestern gesagt hatte. Bisher hatte ich ihm kaum Beachtung geschenkt, aber nun holte er mich mit voller Wucht ein. Anita hatte mir gesagt, sie hätte Jens geliebt. Jemand hätte den Mann, den sie liebte, vor ihren Augen ermordet. Anscheinend war sie darüber nicht hinweggekommen.

Ein Mann von der Notfallseelsorge setzte sich neben mich und wollte wissen, wie es mir ging.

»Einigermaßen, danke. Der Tee hat gutgetan.«

»Kannten Sie die Frau?«

Nachdenklich sah ich in den Plastikbecher, auf dessen Boden ein Rest blassroter Flüssigkeit stand. »Eigentlich kaum. Wir sind … wir waren Kolleginnen. Aber wir haben nie ein privates Wort miteinander gewechselt.« Fast nie. Doch das, was ich privat von ihr wusste, behielt ich lieber für mich.

Plötzlich wollte ich nur noch fort von hier. Als ich aufstand, sackten meine Knie unter mir weg. Unsanft landete ich wieder auf der Bank.

»Sie sollten besser nicht allein sein«, sagte der Seelsorger und musterte mein Gesicht. Wahrscheinlich um festzustellen, wie groß mein Schock war und ob ich geistig noch alle beieinander-hatte. »Gibt es jemand, zu dem Sie gehen können? Ihre Eltern? Eine Freundin oder vielleicht Ihr Lebenspartner?«

Ich überlegte, an wen ich mich wenden konnte. Wer würde sich um mich kümmern? Am besten war es, ich kehrte zurück in die Agentur. Vielleicht waren Jeannette und Teddy noch dort.

Nachdem ich dem Seelsorger erklärt hatte, was ich vorhatte, bot er an, mich zu begleiten.

»Danke, nett von Ihnen. Aber den kurzen Weg bis zur Agentur schaffe ich schon, keine Sorge.«

Ich trank den kalten Tee aus, faltete die Decke zusammen und verließ die Haltestelle. Auf der Treppe kamen mir zwei Sanitäter entgegen, die einen Sarg trugen. Abrupt wandte ich mich ab und suchte Halt an der Betonwand. Als sie vorüber waren, brauchte ich eine ganze Zeit lang, bis meine Beine die restlichen Stufen nach oben schafften.

Der Himmel über Stuttgart war grau geworden. Keine Spur mehr von Violett. In bedächtigen Schritten lief ich dieselbe Strecke zurück, die ich erst vor einer Stunde gegangen war. Dieses Mal nahm ich jede Kleinigkeit bewusst wahr. Das Bellen des beleib-ten Dackels, der auf seinen kurzen Beinen um den Pavillon im Bopserpark hoppelte. Die Motorengeräusche von der B 27. Die Frau im grünen Jogginganzug, die mich bergauf überholte und bei jedem zweiten Schritt stoßweise ausatmete.

Mir wurde leichter ums Herz, als ich Teddys weißen Alfa auf dem Agenturparkplatz stehen sah. Wir würden den Abend und die Nacht zusammen verbringen können. Das war gut, denn vor den Bildern, die mich vielleicht einholen würden, fürchtete ich mich.

Zehn Minuten später weinte ich hemmungslos in Teddys Armen. Als ich wieder reden konnte, erzählte ich stockend, was ich eben miterlebt hatte.

Teddy konnte es nicht glauben. »Anita hat sich das Leben genommen? Auf so brutale Weise? Wieso hat sie das nur getan?«, sagte er bestürzt.

Genau dasselbe fragte ich mich auch. Aber anders als Teddy wusste ich von ihrer Affäre mit Hohlberg. Dass der Chef diese Beziehung vor Kurzem beendet hatte, war sicher einer der Gründe für Anitas Entscheidung. Ich fand, es war an der Zeit, Teddy davon zu erzählen.

Nachdem ich ihn eingeweiht hatte, ließ er die Arme sinken und hörte auf, mir tröstend über den Rücken zu streicheln. Eine Weile war er still und starrte vor sich hin ins Leere. »Wie lang weißt du schon von den beiden?«

»Noch nicht lang. Ein paar Tage vielleicht.«

Teddys Kieferknochen malmten aufeinander, als versuche er, mit einem dicken Brocken fertigzuwerden. Dass ich dieser dicke Brocken war, ging mir erst auf, als er weitersprach.

»Bea, warum hast du das die ganze Zeit über für dich behalten? Wir sind jetzt wieder zusammen. Verstehst du, wir sind ein Paar. Paare erzählen sich alles, was sie bewegt. Wie zum Teufel soll ich sonst wissen, was in dir vorgeht?«

Mein Schweigen schien ihn schwer getroffen zu haben. Verzweifelt suchte ich nach einer schlüssigen Erklärung. »Sie hat es mir im Vertrauen erzählt«, sagte ich nicht ganz wahrheitsgemäß. »Weißt du, ich hatte einfach das Gefühl, ich müsste es für mich behalten.«

Teddy nickte und wirkte dennoch distanziert. »Alles klar. So bist du nun mal. Du machst ganz schön viel mit dir allein aus.« Das klang wie ein Vorwurf.

»Was willst du damit sagen?«

Er überlegte kurz. »Denk zum Beispiel an unser Gespräch gestern im Atelier. Du warst mit den Gedanken woanders und hast gesagt, Anita hätte Hohlberg geliebt. Als ich nachgehakt habe, hättest du mir die ganze Geschichte erzählen können. Aber du hast so getan, als hättest du dich versprochen und eigentlich Britta gemeint.«

Verblüfft registrierte ich, wie genau er sich daran erinnerte.

»Aber Teddy, deine Kollegen saßen nur ein paar Meter von uns weg. Ich wollte nicht riskieren, dass die beiden etwas mitbekommen. Ich meine, schließlich war es eine private Angelegenheit.«

»Tja. Das ist es nun nicht mehr. Die Kripo wird bald hier auftauchen, um herauszufinden, warum Anita sich umgebracht hat.« Er zog die Brauen hoch und machte keine Anstalten, mich wieder in den Arm zu nehmen.

Ich fühlte mich von ihm alleingelassen. Warum hatte unser Gespräch eine so unerwartete Wendung genommen? Auf dem Weg hierher hatte ich gehofft, er würde mich einfach umarmen und alles würde wieder gut werden. Und nun musste ich mich rechtfertigen.

»Was für ein schrecklicher Tod, sich vor den Zug zu werfen«, sagte Teddy. »Dazu gehört viel Mut. Oder eher Verzweiflung. Ja, das trifft es besser. Anita muss sehr verzweifelt gewesen sein.«

»Daran bin auch ich schuld«, gestand ich ein. »Ich habe sie gestern ziemlich in die Mangel genommen. Sie sollte zugeben, dass sie die Flaschen in der Markthalle vertauscht hat und nicht mein Vater.«

»Wolltest du dem Kommissar Arbeit abnehmen?« Teddy küsste eine Träne von meiner Wange und legte den Arm wieder um mich. Unsere kleine Krise schien überstanden.

Ich hätte ihm gern auch von Anitas Schwangerschaft erzählt. Denn möglicherweise hatte sie sich deshalb das Leben genommen. Weil sie es sich nicht zutraute, das Kind allein auf die Welt zu bringen und großzuziehen. Aber dann hätte ich eingestehen müssen, dass ich auch hiervon schon länger wusste und ihre Schwangerschaft genau wie ihre Affäre mit Hohlberg für mich behalten hatte. Teddy würde sich dadurch nur bestätigt fühlen.

Müde schmiegte ich mich an seine Brust. Warum war das Leben nur derart kompliziert? Je älter ich wurde, desto schwieriger gestaltete es sich. Würde das immer so weitergehen?

»Das mit deinem Vater jagt dir ziemliche Angst ein, hab ich

recht?«, sagte Teddy. »Du hast so lang ohne ihn gelebt. Dann taucht er plötzlich wieder auf, und kaum fängst du an, dich an ihn zu gewöhnen, entpuppt er sich als Mörder.«

»Mein Vater ist kein Mörder«, erwiderte ich bestimmt. »Auch wenn die Polizei ihn verdächtigt, glaube ich, dass er unschuldig ist.« Das glaubte ich wirklich, auch wenn Anita ihn vor ihrem Tod belastet hatte.

»Das ginge mir genauso, wenn es mein Vater wäre. Aber wenn Peter die Flaschen nicht vertauscht hat, wer war es dann? Anita? Glaubst du, sie wollte Hohlbergs Kocherei torpedieren, um ihm eins auszuwischen?«

»Vielleicht hat sie gehofft, er würde Britta verlassen und bei ihr bleiben. Und als er sich anders entschieden hat …«

»Da hat sie einen perfiden Racheplan ausgebrütet«, führte Teddy meinen Satz zu Ende. »Vor euch Frauen muss man sich in Acht nehmen.«

Seine Worte wirkten wie eine kalte Dusche auf mich. »Was meinst du damit?«

»Sie hätte doch genauso gut Geld unterschlagen oder seine Lieblingskunden abwerben und mit ihnen zu einer anderen Agentur wechseln können. Wenn du ein paar potente Kunden mitbringst, steigert das deinen Marktwert enorm. Stattdessen trifft sie Jens dort, wo er am empfindlichsten war. An seinem Ego. Jetzt denkt jeder, er wäre ein mieser Koch gewesen.«

»War er doch auch, wenn man den Testessern glaubt. Sogar du hast an seinem Essen herumgemeckert.«

»Stimmt. Aber es war trotzdem besser als das, was ich so am Herd fabriziere.« Teddy seufzte und sah auf seine Uhr. »Schon bald zehn. Wir sollten was essen, auch wenn mir nicht danach zumute ist. Lass uns nach Hause fahren.« Auf meinen fragenden Blick hin fügte er hinzu: »Nach Cannstatt. Zu mir. Ich koch dir ein Süppchen, und dann bekommst du ein großes Bier.«

»Hört sich gut an. Jeannette hat ein Date. Wer weiß, wann sie heimkommt. Mir wäre es lieb, wenn ich nicht allein sein müsste.«

»Mir auch«, sagte Teddy und deutete ein Lächeln an. Neben seinen Mundwinkeln erschienen die kommaförmigen Grübchen.

Ein gutes Zeichen. Wenigstens würde dieser schreckliche Tag in netter Gesellschaft zu Ende gehen.

»Außer uns ist niemand mehr in der Agentur, oder?«

»Nein. Jeannette ist kurz nach dir los. Nikolas ist schon länger weg, Svea ging vor 'ner Stunde, und meine Kollegen haben sich nach einem Chill-out-Drink in den ›Keller Klub‹ verabschiedet.«

»Gut. Ich schaue nur kurz, ob Jeannette mir eine Nachricht hinterlassen hat wegen der Broschüre für Wolfssohn. Wenn es blöd läuft, will er die Texte schon am Montag sehen.«

Vor Anitas Tür verlangsamten sich meine Schritte, als würde ich von einer höheren Macht ferngesteuert. Meinem Gefühl folgend, betrat ich ihr Büro und schaltete die Deckenlampe ein. Nichts wies darauf hin, was heute geschehen war. Der Raum wirkte wie an jedem anderen Tag.

Ich sah hinüber zu der Wand, an der Teddys preisgekrönte Layouts für das Frankfurter Bankhaus hingen. War mein Streit mit Anita tatsächlich erst gestern gewesen? Es kam mir so vor, als läge unser Gespräch schon Tage zurück. So viel hatte sich seitdem ereignet.

Zögernd trat ich an den Tisch, an dem Anita noch vor wenigen Stunden gearbeitet hatte, und strich über die Lehne ihres Stuhls. Hier würde sie nie mehr sitzen. Auf dem schwarzen Bezugsstoff entdeckte ich ein paar ihrer blonden Haare.

Neben ihrer Maus stand eine Kaffeetasse mit eingetrockneten braunen Resten. Der Arbeitsplatz wirkte aufgeräumt. Ein paar Ausdrucke lagen in einem Stapel neben ihrer Tastatur. Obenauf eine Liste der aktuellen Aufträge von Hohlbergs Reich. Hatte Anita alles noch geordnet, bevor sie zum Bopser gelaufen war? Weil sie wusste, sie würde nie mehr zurückkehren? Was war ihr unterwegs durch den Kopf gegangen? Hatte sie wie ich vorhin alles bewusster wahrgenommen als sonst, weil sie diese Strecke zum letzten Mal in ihrem Leben ging?

Als ich mich schon abwenden wollte, bemerkte ich einen weißen Briefumschlag, der an ihrem Bildschirm lehnte. Er war unfrankiert. Eine Rechnung für einen Kunden, die sie noch fertiggestellt hatte? Unwahrscheinlich. Aber woher konnte ich wissen, was in Anita vorgegangen war? Vielleicht war es ihr wichtig gewesen, diesen Auftrag noch zu Ende zu bringen.

Mit einem mulmigen Gefühl nahm ich den Umschlag in die Hand.

Er war offen. Ein weißer Bogen steckte darin. Es war nicht das Briefpapier der Agentur. Ich faltete das Blatt auf. Es enthielt nur wenige Zeilen, die mit dem Computer geschrieben waren. Kein Adressat, keine Anrede.

Ohne Jens will ich nicht mehr weiterleben. Ich habe ihn geliebt und wollte ihn nicht umbringen. Mein Plan war es, die Veranstaltung zu stören, an der ihm so viel lag. Deshalb habe ich das Öl vor dem Live-Cooking vertauscht. Ich wollte nicht ihm, sondern seiner Agentur schaden. Sie war ihm immer wichtiger als ich. Dass er gestorben ist, tut mir sehr leid. Ich hoffe, seine Freunde und Angehörigen werden mir verzeihen. Anita Severin

Noch einmal las ich die Zeilen, diesmal sorgfältig und Wort für Wort. Als ich den Ausdruck sinken ließ, raste mein Herz wie verrückt.

Also hatte sie es doch getan! Gestern hatte ich noch mit allen Mitteln versucht, sie zu einem Geständnis zu bewegen. Nun hielt ich es schwarz auf weiß in der Hand: Mein Vater wurde zu Unrecht verdächtigt. Er war unschuldig und würde freikommen. Genau wie ich gehofft hatte.

Das waren gute Neuigkeiten. Eigentlich hätte ich mich freuen müssen. Aber ich hatte einen schalen Geschmack im Mund. Kurz vor ihrem tragischen Tod hatte Anita zu mir gesagt, mein Vater hätte Hohlberg umgebracht. Ihre letzten Worte passten nicht zu dem, was sie in ihrem Abschiedsbrief schrieb. Und auch neulich in der Küche hatte ich sie zu Nikolaus sagen hören, sie glaube an Vaters Unschuld. Aber vielleicht war ich einfach zu müde, um die Zusammenhänge zu verstehen. Möglicherweise ergab das alles doch einen Sinn.

Ein drittes Mal las ich die letzten Sätze, die Anita in ihrem Leben geschrieben hatte. Der Widerspruch blieb. Und noch etwas kam mir seltsam vor an dem Schreiben. Aber auch das konnte ich nicht richtig greifen, es war mehr ein Gefühl.

»Bea, bist du so weit?«, hörte ich Teddy vom Flur aus rufen.

Ich schreckte zusammen, als wäre ich bei etwas Verbotenem erwischt worden.

»Ja, ich komme sofort«, gab ich zurück. Ich faltete den Abschiedsbrief zusammen und steckte ihn wieder in den Umschlag. Meine Umhängetasche stand im Flur. Als Teddy zur Toilette ging, nutzte ich die Gelegenheit und ließ den Brief im vorderen Fach meiner Tasche verschwinden.

Teddy sah mich aufmunternd an, als er zurückkam.

»Und, was gefunden von Jeannette?«, fragte er und zog mich an sich.

»Nein, alles in Ordnung«, sagte ich schnell. »Sieht so aus, als müsste ich am Wochenende nicht arbeiten.«

»Gut. Das heißt, wir haben Zeit für uns.«

Arm in Arm verließen Teddy und ich die Agentur. Meinen Fund behielt ich erst einmal für mich.

Samstag

Nach einer Tomatensuppe aus der Tüte und zwei Flaschen Guinness gingen Teddy und ich zu Bett. Ich schmiegte mich in seinen Arm und schloss die Augen. Sofort sah ich einen schwarzen Pumps vor mir. Er lag in einer Blutlache zwischen Schottersteinen. Ich versuchte, an etwas anderes zu denken. Vergeblich. Ich wandte mich Teddy zu, der sich erfreut zu mir drehte. Wir schmusten eine Weile, aber ich fühlte nichts.

Teddy spürte, wie mir zumute war, und wollte mich auf andere Gedanken bringen. Er erzählte von unserem letzten Urlaub. Einem Spaziergang am Strand in der untergehenden Sonne. Unserem Ausflug mit einem Boot, durch dessen gläsernen Boden wir exotische Fische beobachtet hatten.

Irgendwann musste ich eingeschlafen sein. Als ich aus einem schlimmen Traum aufschreckte, zeigten die roten Ziffern des Radioweckers kurz nach vier. Teddy lag auf dem Rücken und schnarchte gedämpft. Von seinem Bett aus konnte man durch ein Dachfenster in den Himmel über der Cannstatter Altstadt sehen. Die Nacht war klar. Ein paar Sterne funkelten von weit her. Von der Gasse vor dem Haus drangen Stimmen herauf. Letzte Gäste, die sich aus der Weinstube nebenan auf den Heimweg machten. Ihre Schritte auf dem Kopfsteinpflaster verklangen. Nach einer Weile fuhr ein Auto langsam am Haus vorbei.

Der typische Geräuschmix von Teddys neuer Wohnung wirkte sonst beruhigend auf mich. Aber heute Nacht gab es kein Entkommen vor den grauenhaften inneren Bildern. Leise erhob ich mich und verließ das winzige Eckzimmer, in das nur ein Bett und ein schmaler Kleiderschrank passten. Ich trank ein Glas Wasser und setzte mich an den Couchtisch im Wohnzimmer, auf dem Teddys Laptop stand.

Das Passwort kannte ich, es war sein Kosename für mich: Pelzchen. So verniedlichte er manchmal meinen Nachnamen Pelzer. In meinen E-Mails war keine Nachricht von Jeannette. Ich rief die Onlineseite der Stuttgarter Zeitung auf. Gleich der erste

Artikel berichtete über das Unglück am Bopser. »Junge Frau wirft sich vor die Stadtbahn«, lautete die Überschrift. »Strecke mehr als zwei Stunden gesperrt«. Das fand ich reichlich geschmacklos. Ein Mensch war gestorben, der Zugführer war traumatisiert, und die entsetzlichen Erinnerungen würden uns Augenzeugen noch jahrelang verfolgen. Wen interessierte es da, wie lang es auf der Strecke zu Behinderungen gekommen war?

»Das 27-jährige Opfer war von einer Stadtbahn der Linie 6 erfasst worden. Nach bisherigem Ermittlungsstand geht die Kriminalpolizei von Suizid aus. Wie ein Sprecher der VVS berichtete, ereignete sich der tragische Vorfall gegen 19.26 Uhr. Solange die Person geborgen wurde, blieb die Strecke zwischen Degerloch und Olgaeck bis 20.15 Uhr voll gesperrt.«

In einem Nachrichtenportal entdeckte ich eine Meldung, die einen Zusammenhang zum noch ungeklärten Todesfall in der Markthalle herstellte. Der Verfasser hatte recherchiert, dass Anita in Hohlbergs Werbeagentur gearbeitet hatte. Einen direkten Bezug zu dessen gewaltsamem Tod deutete er an, ohne konkrete Hinweise zu geben. Sein Artikel endete mit dem Satz, er bleibe dran und würde die Leser des Portals auf dem Laufenden halten.

Ich suchte noch eine Weile nach anderen Berichten. Schließlich schaltete ich den Rechner aus und holte Anitas Abschiedsbrief aus meiner Tasche. Was sie schrieb, war eindeutig. Sie gab zu, die Ölflaschen vertauscht zu haben und deshalb schuld an Jens' Tod zu sein. Aber warum hatte sie dann zu mir gesagt, mein Vater sei es gewesen?

Als ich den Brief in meine Tasche zurücklegte, hörte ich mein Handy piepsen. Ich kontrollierte das Display. Meine Mutter hatte mehrmals versucht, mich zu erreichen. Jetzt war es zu spät, um sie zurückzurufen. Das hatte Zeit bis morgen. Noch jemand hatte angerufen. Eine Mobilnummer, die ich nicht kannte. Ich schaltete das Handy aus und schlüpfte zurück ins Bett. Teddy zog mich an seinen warmen Körper, küsste mich und schlief sofort wieder ein. Bei mir dauerte es länger. Erst als der Himmel sich aufhellte und die Sterne verblassten, kam ich zur Ruhe.

Sonntag

Wir schliefen lang und spazierten am Neckarufer entlang bis zum Max-Eyth-See. Auf dem Rückweg tranken wir unterwegs einen Kaffee. Wir sprachen wenig. Teddy erwähnte das Thema Anita nicht. Ich tat es ihm gleich, auch wenn mein Kopf keine Ruhe gab. Ich wollte nur einen friedlichen Tag mit meinem Freund verbringen. Mein Handy schaltete ich erst gar nicht ein. Mutter musste ohne mich auskommen. Jeannette würde sich sowieso denken, wo ich war.

Als Teddy gegen Abend die Wohnung verließ, um an einer Tankstelle ein paar Flaschen Bier zu besorgen, schaltete ich seinen Laptop noch einmal ein. Ich scannte Anitas Abschiedsbrief ein, druckte ihn aus und löschte die Datei wieder von der Festplatte. Das Original verstaute ich in einer braunen Versandtasche, die ich in Teddys Arbeitsecke fand. Anitas Geständnis würde meinen Vater entlasten. Er würde freikommen, sobald ich ihren Abschiedsbrief Kommissar Gabriel übergab.

Teddy und ich machten uns einen ruhigen Abend auf dem Sofa. Wir hörten Musik, blätterten im »lift« und genossen es, eine kleine, heile Welt für uns zu haben. Die Realität würde früh genug über uns hereinbrechen.

Montag

Kurz nach acht stiegen wir in den Alfa und machten uns auf den Weg in die Agentur. Ich bat Teddy, einen Umweg über die Pragstraße zu nehmen und beim Polizeipräsidium zu stoppen.

Teddy fragte nicht, was ich dort wollte. Er sah mich nur eindringlich an und meinte: »Hast du wieder Geheimnisse vor mir?«

Ich nickte und streichelte über seine Hand auf dem Schaltknüppel. Wie gut es sich anfühlte, in dem ganzen Durcheinander jemand an der Seite zu haben, auf den ich mich verlassen konnte. Der mich so akzeptierte, wie ich war. Mit allen Geheimnissen.

»Da hast du Glück«, sagte Teddy, als habe er meine Gedanken gelesen. »Ich steh auf geheimnisvolle Frauen.«

Meter für Meter quälten wir uns durch den dichten Verkehr die Pragstraße hoch. Am Pragsattel bog Teddy in die Hahnemannstraße ein. Ich stieg aus und drückte die Klingel des Polizeipräsidiums.

»Ja?«

»Beatrix Pelzer. Ich habe hier etwas für Kommissar Gabriel. Dezernat für Tötungsdelikte.«

»Kommissar Gabriel ist bei Ermittlungen unterwegs.«

»Gut, dann hinterlasse ich eine Nachricht für ihn im Briefkasten. Würden Sie dafür sorgen, dass der Kommissar sie bekommt?«

»Machen wir.«

Ich kramte einen Stift aus meiner Tasche, schrieb den Namen des Kommissars auf den braunen Umschlag und auf die Rückseite meinen Absender. Dann warf ich die Botschaft ein. Sobald ich in der Agentur war, wollte ich Gabriel eine Nachricht auf die Mailbox sprechen und erklären, was es damit auf sich hatte.

Kaum hatten wir Hohlbergs Reich betreten, begegnete uns Nikolas auf dem Flur. Der Controller kniff die Augen zusammen, als er Teddy und mich in trauter Zweisamkeit sah. Nikolas war ein Zahlenmensch und gehörte nicht zu den Einfühlsamsten. Trotzdem schien er die besondere Chemie zwischen Teddy und mir zu spüren. Nach unserem gemeinsamen Sonntag fühlte ich eine starke innere Verbindung. Meine Entscheidung, Teddy noch eine letzte Chance zu geben, war richtig gewesen, das spürte ich. Nach jahrelangem Hin und Her hatten wir endlich zueinander gefunden.

Nikolas sparte sich seinen Kommentar, was mir nur recht war. Schließlich ging ihn mein Privatleben nichts an.

Mit einem knappen Nicken verabschiedete sich Teddy von mir und betrat das Grafikatelier.

Ich wandte mich Nikolas zu. Der Controller ließ die Schultern hängen. Die Falten auf seiner Stirn waren deutlich ausgeprägter als sonst. Augenscheinlich hatte er bereits von Anitas Tod gehört. Wie sich herausstellte, hatte er auch schon Pläne geschmiedet, wie es in der Agentur nach dem Ausfall eines Mitarbeiters weitergehen sollte.

»Bea, du springst ab sofort für Anita ein«, wies er mich an. »Setz dich rüber in ihr Büro. Keine Erklärungen den Kunden gegenüber, nur auf Nachfrage. Unsere Außenwirkung muss so professionell wie immer sein.«

Hohlberg hätte sich gefreut. Das Wohl der Agentur ging Nikolas nach wie vor über alles. Mir passte seine Umstellung nicht, aber er hatte jetzt hier das Sagen. Zumindest bis Vater zurückkam. Nun, wo ich Anitas Abschiedsbrief an die Kripo übergeben hatte, konnte das nicht mehr lang dauern.

Nikolas wollte sich schon abwenden, als ich Bedenken anmeldete.

»Was ist mit der Broschüre für Wolfssohn?«, fragte ich. »Er will die Texte vorab sehen, bevor sie ins Layout eingebaut werden. Eigentlich sollte ich sie ihm heute mailen. Jeannette hat morgen ein Meeting und will sie mit ihm durchsprechen.«

»Wo ist das Problem?«, gab Nikolas verständnislos zurück. »Du kannst doch texten und nebenher das Telefon betreuen. Oder überfordert dich das?« Ohne meine Antwort abzuwarten, bog er in die Küche ab. Ich hätte gewettet, dass er sich an den langsam zur Neige gehenden Delikatessen in Hohlbergs Luxusschrank bediente.

Mit gemischten Gefühlen trottete ich zu Anitas Platz. Die

langen blonden Haare auf ihrer Lehne waren noch da. Ich überlegte, ob ich meinen Bürostuhl von drüben holen oder mich auf ihren setzen sollte, da klingelte das Telefon. Dies war nicht der erste Anrufer heute. Auf dem Anrufbeantworter blinkte in leuchtendem Rot die Zahl sieben. Dabei war es noch nicht einmal neun Uhr früh. Hoffentlich kam ich überhaupt zum Schreiben.

»Werbeagentur Hohlbergs Reich. Mein Name ist Beatrix Pelzer, was kann ich für Sie tun?«

»Fischerling, guten Tag. Ich habe am Freitag neue Vorschläge für mein Logo bekommen. Kann ich mit Teddy Ternes sprechen?«

»Guten Tag, Frau Fischerling. Selbstverständlich. Einen Augenblick, ich stelle Sie in die Grafik durch.«

Kaum hatte ich die Kundin an Teddy weiterverbunden, rief der Nächste an.

Zwei Stunden später war ich noch nicht dazu gekommen, die Nachrichten auf dem Anrufbeantworter abzuhören. Und ich hatte keine einzige Zeile an der Broschüre geschrieben. Wenigstens blieb es mir erspart, die Paketboten an der Eingangstür zu empfangen. Das übernahm Svea.

Langsam wurde ich wütend auf Nikolas. Mein Beruf war es, Texte zu verfassen. Ich war keine Kontakterin, die Betreuung von Kunden bereitete mir körperliches Unbehagen. Diese unkalkulierbare Mischung aus Small Talk, Unterwürfigkeit und zeitweiliger Bestimmtheit dann, wenn es nötig war, lag mir nicht. Und eine Telefonmaus war ich schon dreimal nicht. Wie sollte ich die Texte für Wolfssohn heute fertig bekommen, wenn das so weiterging?

Als ich endlich den Anrufbeantworter abgehört hatte, ertönte Jeannettes Stimme auf dem Flur. Ein paar Sekunden später stürmte sie herein.

»Bea, das ist ja schrecklich, was mit Anita passiert ist!« Sie trat zu mir und legte mitfühlend die Hand auf meinen Arm. »Hast du davon gewusst?«

»Ich bin dabei gewesen, als sie starb«, entgegnete ich und machte ihr ein Zeichen, die Zimmertür hinter sich zu schließen.

Ein paar Minuten später wusste Jeannette, was am Freitagabend geschehen war. Auch von Anitas Abschiedsbrief erzählte ich ihr. Wie durch ein Wunder störte uns kein Anrufer.

Jeannette sank auf Sveas Platz und sah mich entgeistert an. »Warum hast du mich nicht angerufen? Ich hab mir Sorgen gemacht.«

»Du hattest doch ein Date, da wollte ich nicht stören. Außerdem war mir nicht nach Reden zumute.«

»Verstehe.« Jeannette schüttelte den Kopf, als könne sie immer noch nicht glauben, was ich ihr erzählt hatte. »Du warst also tatsächlich der letzte Mensch, mit dem Anita gesprochen hat? Das muss schrecklich für dich gewesen sein. Ich meine, mitten auf den Schienen und umgeben von Blut und … Konntest du überhaupt schlafen?«

»Es ging. Ich war bei Teddy. Wollte niemanden sehen und hören.«

»Gute Entscheidung, unterzutauchen. Deine Mutter hat ständig daheim angerufen und wollte dich sprechen. Sie konnte dich per Handy nicht erreichen und dachte, du wärst unter die Räder gekommen.« Sie wurde blass, als sie merkte, wie deplatziert ihre Metapher war. »Das war blöd ausgedrückt.«

Das Telefon klingelte. Britta wollte dringend mit Nikolas sprechen. Kommentarlos stellte ich sie durch.

»Hat sich Kommissar Gabriel schon bei dir gemeldet?«, fragte Jeannette. »Jetzt, wo er eine neue Hauptverdächtige hat, muss er deinen Vater schleunigst laufen lassen. Leider kann er Anita nicht mehr verhaften, die hat sich schon selbst bestraft. Wetten, Gabriel kreuzt bald auf und befragt uns erneut?«

Jeannette sprach damit ein Thema an, das mir einiges Kopfzerbrechen bereitete. »Findest du, ich sollte dem Kommissar erzählen, was Anita vor ihrem Tod zu mir gesagt hat?«, fragte ich sie. »Du weißt schon, was ich meine. Dass sie meinen Vater beschuldigt hat.«

Meine Freundin hob die Schultern und ließ sie wieder fallen. »Was soll ich dazu sagen? Keine Ahnung, was ich dir raten soll. Wäre das nicht Unterschlagung von Beweismaterial? Oder Behinderung einer polizeilichen Ermittlung?«

»Du machst mir Angst«, sagte ich und spürte, wie mein Hals

sich zuschnürte. »Ich will keinen Ärger mit der Polizei bekommen.«

Die Tür ging auf, und Svea war im Begriff hereinzukommen. Als sie Jeannette mit mürrischer Miene auf ihrem Platz sitzen sah, stoppte sie und fragte verschüchtert: »Störe ich?«

»Ja, du störst uns, Svea«, gab Jeannette zurück. »Geh mit den Grafikern spielen.«

Wie der Blitz duckte sich Svea und zog die Tür hinter sich zu.

»Das war ein bisschen hart, Jeannette.«

»Eine Werbeagentur ist kein Ponyhof. Ist nur gut für die Kleine, wenn sie das gleich mitbekommt. So kann sie sich noch rechtzeitig einen vernünftigen Beruf suchen. Stewardess zum Beispiel oder Altenpflegerin.« Jeannette schnaubte. »Für uns ist dieser Zug ja leider schon abgefahren. Ach, entschuldige die Formulierung. Schon wieder eine Fehlschaltung in meinem Gehirn.« Sie schürzte die Lippen und überlegte. »An deiner Stelle würde ich das mit Peter erst mal für mich behalten und abwarten. Vorausgesetzt natürlich, es hat wirklich niemand außer dir mitbekommen, was Anita gesagt hat.«

Entschieden verneinte ich. »Nein, die anderen standen oben auf dem Bahnsteig. Sie waren viel zu weit weg. Der Polizei habe ich gesagt, ich hätte kaum was verstehen können, sie hätte nur unzusammenhängende Laute von sich gegeben.«

»Schlau von dir. Bewundernswert, wie du in so einer schrecklichen Situation die Nerven behalten konntest.«

»Mir haben die Knie geschlottert, das kannst du mir glauben.«

»Okay.« Jeannette stand auf. »So wie ich das hier einschätze, dauert es noch eine Weile, bis du mit den Texten für Wolfssohn fertig wirst. Am besten, ich vertröste ihn gleich auf morgen.«

»Danke, du bist ein Schatz.«

»Ja, da hast du recht. Mein Date am Freitag war anderer Meinung. Aber der Typ war sowieso zu einfach gestrickt für mich schlaues Mädchen.«

Als Jeannette verschwunden war, blieb ich fast eine Stunde ungestört. Ich kopierte die Datei, in der ich textete, auf Anitas Rechner und schrieb an der Broschüre für den Bauunternehmer weiter. Gerade als ich richtig im Fluss war und kapiert hatte, worum es auf der letzten Doppelseite ging, startete der Anruf-terror erneut. Diesmal ließ er bis zum Abend nicht mehr nach.

Gegen Viertel vor acht machten Jeannette und ich Feierabend. Mein Corsa verweigerte nach wie vor den Dienst. Da ich zu erschöpft war, um den ADAC zu rufen und auf Hilfe zu warten, fuhr ich bei Jeannette mit.

Wir waren noch keine hundert Meter weit gekommen, als sie begann, mich aufzuziehen. »Wie ich gehört habe, war dein Event im Marmorsaal ziemlich amüsant«, sagte sie mit ironischem Unterton.

»Amüsant? Na ja. Wer hat das gesagt?«

Jeannette sah verschwörerisch zu mir herüber. »Ein gut aussehender, charmanter und äußerst talentierter Koch namens Tim. Er hat vorhin angerufen und wollte dich sprechen. Ich habe gesagt, du wärst beschäftigt.« Sie bog in die Immenhofer Straße ein.

»Wollte er die nächste Veranstaltung besprechen, oder warum hat er angerufen?«

»Er hat von Anitas Tod gehört und wollte sich einfach bei uns melden. Beziehungsweise bei dir. Zumindest hat er das gesagt. Aber ich glaube, das war nicht der wahre Grund seines Anrufs.«

»Jeannette, du sprichst in Rätseln.«

Meine Freundin lächelte durchtrieben. Unsere Unterhaltung schien ihr großen Spaß zu bereiten. »Wir haben ein wenig geplaudert, der gute Tim und ich. Über Anita und wie sich die Reihen unserer Agentur lichten. Über die Genießerevents. Und als wir uns warmgeredet hatten, ist er endlich mit der Sprache rausgerückt. Er wollte wissen, ob du solo bist.«

»Das hat er wirklich gefragt?« Bedauerlich, dass ich ausgerechnet heute in Anitas Büro Telefondienst hatte.

»Hat er. Wörtlich.«

»Ich bin vergeben«, sagte ich mit fester Stimme. Insgeheim aber gefiel mir der Gedanke an Tims vergissmeinnichtblaue Augen.

Vor der Ampel am Österreichischen Platz warteten wir auf Grün.

»Gleich acht. Lass uns Nachrichten hören.« Jeannette schaltete ihr Autoradio ein.

Der Nachrichtensprecher verkündete eine derart aufsehenerregende Meldung über Anitas Tod, dass wir beinahe die Grünphase verpasst hätten. Erst als hinter uns ein Hupkonzert losging, gab Jeannette Gas und schoss über die Kreuzung.

»Wie die Kriminalpolizei erst heute mitteilte, gibt es neue Hinweise im Fall der jungen Frau, die am Freitag bei einem Stadtbahnunfall am Bopser ums Leben kam. Bisher ging die Polizei von einem Suizid aus. Am Samstag hat sich ein Zeuge gemeldet, der gesehen haben will, wie jemand die Frau vor die Bahn gestoßen hat.«

Jeannette verstand schneller als ich, was das bedeutete. »Anita ist ermordet worden!«, rief sie und trat vor Aufregung das Gaspedal durch. Um ein Haar wäre sie auf den Polo vor uns geknallt.

Der Nachrichtensprecher fuhr fort: »Die Polizei wertet nun die Bänder der Überwachungskameras aus und hofft auf sachdienliche Hinweise.«

»Sachdienliche Hinweise«, wiederholte Jeannette. »Wie das klingt! Genauso grausig wie die Briefe, die ich vom Finanzamt bekomme. Sag mal, Bea, du warst doch hautnah dabei am Freitag. Ist dir nichts aufgefallen?«

Jemand hatte Anita umgebracht! Der Schreck fuhr mir in die Eingeweide und setzte sich dort fest, als hätte ich einen riesigen Stein verschluckt. Sofort sah ich die Szenerie am Bopser wieder vor mir. Anita in ihrem schwarzen Kleid am Bahnsteig. Die einfahrende Stadtbahn, das Quietschen der Bremsen. Schreie, Menschen, die in Panik davonliefen. Das Blut auf den Schottersteinen. Ihre kalten Finger. Ich musste ein paarmal durchatmen, bis ich in der Lage war zu antworten.

»Ich hab gesehen, wie sie am Bahnsteig gegenüber gewartet hat. Und dann ist sie plötzlich auf die Gleise gestürzt, nur eine Sekunde, bevor die Stadtbahn einfuhr. Es ging alles so schnell.«

»War sie allein?«

»Ich glaube ja. Aber um sie herum standen bestimmt mehr als zwanzig Leute.«

»Dann muss einer von denen es gewesen sein. Hat sie sich mit jemandem unterhalten?«

»Nein. Sie war in Gedanken.«

Schweigend bogen wir von der Paulinenstraße ab und reihten uns in den Verkehrsstrom auf der Rotebühlstraße Richtung Westen ein. Nur langsam ließ der schmerzhafte Druck in meinem Bauch nach.

Ein ganzes Stück von unserem Haus entfernt parkten wir. Jeannette schaltete den Motor aus und warf mir einen ernsten Blick zu. Im Licht der Straßenlaterne wirkte ihr Gesicht maskenhaft bleich. »Zuerst wird Hohlberg ermordet. Und jetzt Anita. Sieht so aus, als hätte es jemand auf die Agentur abgesehen. Fragt sich nur, wer das nächste Opfer sein wird.«

Dienstag

Aus den Stuttgarter Nachrichten erfuhr ich, was die Auswertung der Überwachungskameras ergeben hatte. Wie jeden Morgen lag unsere Tageszeitung genau wie ein paar andere Blätter, die Hohlberg abonniert hatte, neben der Papiertüte mit den belegten Brötchen in der Agenturküche. Das Abo der Stuttgarter Zeitung hatte Hohlberg wutentbrannt gekündigt, weil die Redaktion sich geweigert hatte, schon im Vorfeld über seine Veranstaltung in der Markthalle zu berichten.

Auf der Titelseite wurde der Augenzeuge zitiert. Er sei direkt nach dem Unglück unter Schock gestanden und hätte sich erst Stunden später wieder an alles erinnert. Noch am Samstag hatte die Kripo die Bänder der Überwachungskameras sichergestellt und gesichtet. Darauf war zu sehen, wie sich unmittelbar vor dem Einfahren der Bahn eine Person der vermeintlichen Selbstmörderin näherte und ihr einen kräftigen Stoß gab, woraufhin das Opfer vom Bahnsteig stürzte.

Der Täter oder die Täterin war ungefähr eins achtzig bis eins fünfundachtzig groß und hatte einen Trenchcoat und einen Hut getragen.

Eine genauere Beschreibung war wegen der schlechten Bildqualität noch nicht möglich. Um weitere Hinweise zu bekommen, analysierten Experten die Bänder nun mit der neuesten Software.

Trenchcoat und Hut! Mein Herz trommelte in der Brust. Auf der Treppe zum Bahnsteig hatte mich eine Gestalt in einem blauen Trenchcoat und mit Filzhut angerempelt. Das hatte ich in der Aufregung völlig vergessen, aber jetzt erinnerte ich mich. Ob es ein Mann oder eine Frau gewesen war? Aufgrund der Kleidung hatte ich automatisch auf einen Mann geschlossen. Das Gesicht hatte ich nicht gesehen, weil der Hut tief in die Stirn gezogen war. Die Kripo hatte nun die Fahndung nach dem oder der Unbekannten eingeleitet.

Jeannettes Meeting mit Wolfssohn war auf morgen verlegt worden. Trotzdem sollte ich den Text noch heute fertigstellen, damit der Kunde ihn bis dahin prüfen konnte. Den ganzen Tag über wechselte ich zwischen Kundenbetreuung am Telefon und der Broschüre. Von der vielen Telefoniererei dröhnte mir bald der Kopf. Jedes Mal, wenn ich gerade den roten Faden meines Textes wiedergefunden hatte, klingelte es erneut.

In dem ganzen Hin und Her vergaß ich, Kommissar Gabriel anzurufen. Am Nachmittag hatte ich dennoch Gelegenheit, ihm zu erklären, wie ich an Anitas Abschiedsbrief gekommen war.

Ich beruhigte gerade einen Kunden, der sich über die schlechte Druckqualität seines Flyers beschwerte, als es klopfte und der Kommissar vor mir stand. Vor Schreck fiel mir der Hörer aus der Hand und knallte auf den Fußboden.

»Guten Tag, Frau Pelzer«, sagte Gabriel. »Ich bin hier wegen der Nachricht, die Sie mir haben zukommen lassen.« Der Kommissar zog den braunen Umschlag aus seiner Lederjacke, den ich gestern Morgen im Polizeipräsidium eingeworfen hatte.

»Einen Moment bitte«, sagte ich und tastete unter dem Tisch nach dem Hörer. Ich entschuldigte mich beim Kunden für die Unterbrechung und versprach zurückzurufen.

Bevor ich ein Wort mit dem Kommissar wechseln konnte, klingelte es erneut. Diesmal war es meine Mutter.

»Kind, wo steckst du nur? Ich habe mir solche Sorgen gemacht. Wieso hast du dich das ganze Wochenende über nicht gemeldet? Du wolltest mir doch mit den Vorhängen helfen!«

Von Wollen war keine Rede. Anscheinend konnte ich von meiner Mutter noch eine Menge über das Thema Suggestion lernen.

»Mutter, ich rufe dich zurück, ja? Im Augenblick kann ich nicht reden.«

»Du meldest dich nachher?«

»Ja, mach ich.«

»Sicher?«

»Versprochen.«

Nachdem ich den Telefondienst kurzerhand an Svea übergeben

hatte, zogen Gabriel und ich uns ins Besprechungszimmer zurück. Dort konnten wir ungestört reden.

Ohne Umschweife kam der Kommissar zur Sache. »Was ihre Agenturkollegin angeht, sind wir bisher von Fremdeinwirkung ausgegangen. Also einem Tötungsdelikt. Sie wissen sicher, dass sich am Samstag ein Augenzeuge bei uns gemeldet hat. Seiner Aussage nach hat jemand das Opfer vor die Stadtbahn gestoßen.«

»Davon habe ich erst gestern Abend aus dem Radio erfahren. Sonst hätte ich Ihnen den Brief schon früher übergeben.«

»Woher haben Sie ihn?«

»Er lag auf Anitas Schreibtisch. Hier in der Agentur.« Vage deutete ich in Richtung ihres Büros. »Ich habe ihn am Freitagabend gefunden.«

»Freitagabend bereits?« Der Kommissar runzelte die Stirn. »Nach dem Tod Ihrer Kollegin?«

»Ja. Danach bin ich in die Agentur zurück. Ich wollte nicht allein sein.«

»Und dann haben Sie den Brief gefunden?«

»Genau.«

»Meine Kollegen vor Ort sagten, Sie hätten als Letzte mit dem Opfer gesprochen.«

»Eigentlich habe ich nicht wirklich mit ihr gesprochen. Ich habe ihre Hand gehalten.«

Der Kommissar ließ mich keine Sekunde aus den Augen. »Was genau hat sie zu Ihnen gesagt?«

Ich gab mir Mühe, nach außen hin ruhig zu wirken, aber in meinem Inneren überschlugen sich die Gedanken. Jetzt wäre der richtige Moment, Gabriel zu schildern, wie Anita meinen Vater beschuldigt hatte. Alles in mir sträubte sich dagegen. Aber machte ich mich nicht strafbar, wenn ich dem Kommissar ihre letzten Worte verschwieg? Vermutlich ja. Andererseits war ich die Einzige, die sie gehört hatte. Und wie hieß es so schön: Wo kein Kläger, da kein Richter.

»Ich konnte nicht verstehen, was sie sagte«, meinte ich schließlich. »Das Sprechen fiel ihr schwer. Es waren nur unzusammenhängende Laute.«

»Unzusammenhängende Laute?« Der Kommissar holte tief

Luft und fuhr schwerere Geschütze auf. »Frau Pelzer, Sie waren Zeugin, als die Frau starb, und Sie haben ihren Abschiedsbrief gefunden. Auch beim Tod Ihres Chefs in der Markthalle waren Sie vor Ort.«

Das hörte sich an, als wäre ich die Hauptverdächtige. Musste ich mich jetzt verteidigen? »Das stimmt«, sagte ich zögernd. »Aber das war reiner Zufall. Wir arbeiten in derselben Agentur. Oder glauben Sie ernsthaft, ich habe etwas mit dem Tod meiner beiden Kollegen zu tun?«

»Ich glaube nicht, ich ermittle, Frau Pelzer«, erwiderte der Kommissar. Seine Stimme war eiskalt wie seine hellen Augen. »Innerhalb kurzer Zeit sind zwei Menschen in Ihrem direkten Umfeld eines nicht natürlichen Todes gestorben. Wir müssen jeder Spur nachgehen.«

»Verstehe. Leider habe ich keine Ahnung, wie ich Ihnen weiterhelfen könnte.«

»Warum haben Sie mich nicht gleich benachrichtigt, als Sie den Abschiedsbrief gefunden haben? Ihnen war doch hoffentlich klar, wie wichtig dieses Dokument ist?«

Es dauerte ein paar Sekunden, bis ich mir eine Erklärung zurechtgelegt hatte. »Anita und ich waren keine Freundinnen«, erwiderte ich. »Aber wir kannten uns schon ein paar Jahre und haben eng zusammengearbeitet. Sie da liegen zu sehen in ihrem Blut, das war schrecklich. Ich stand unter Schock.« In meinen Ohren hörten sich meine Worte glaubwürdig an. So ähnlich hatte auch der Augenzeuge seine Gedächtnislücke plausibel gemacht.

»Sie haben den Brief einfach vergessen«, stellte der Kommissar fest und verschränkte die Arme.

»Ich habe ihn eingesteckt und dann nicht mehr daran gedacht. Erst am Sonntag konnte ich wieder einen klaren Gedanken fassen. Daher habe ich Ihnen den Brief gleich gestern Morgen zukommen lassen.« Was ich da sagte, klang für mich wenig überzeugend. Aber vielleicht genügte es dem Kommissar als Begründung.

Gabriel ließ sich nicht anmerken, ob dem so war. Er stand auf und steckte den braunen Umschlag in seine Jacke zurück. »Danke, dass Sie sich Zeit genommen haben, Frau Pelzer. Sie hören von uns.« Sprach's und verschwand.

Wie lang ich im Besprechungszimmer blieb und um Fassung rang, wusste ich nicht. Irgendwann kam Jeannette herein und setzte sich neben mich.

»Du siehst aus, als hätte Gabriel dir lebenslange Haft bei Wasser und Brot angedroht«, wollte sie mich aufheitern.

Ich fand den Auftritt des Kommissars weniger spaßig. »Er denkt, ich hätte was mit dem Tod unserer Kollegen tun«, sagte ich tonlos und kämpfte mit den Tränen.

»Ach, Bea, nimm dir das nicht so zu Herzen«, tröstete mich Jeannette. »Leute in die Mangel zu nehmen ist nun einmal sein Job. Und du musst zugeben, er hat einen guten Instinkt. Schließlich weißt du mehr über Anitas Tod, als du ihm gesagt hast.« Sie musterte mich forschend. »Oder hast du ihm doch erzählt, wie sie Peter wegen der vertauschten Ölflaschen beschuldigt hat?«

Wortlos schüttelte ich den Kopf.

»Gut. Ich hätte genauso gehandelt, wenn es mein Vater wäre.« Jeannette öffnete eine der kleinen blauen Mineralwasserflaschen, die in der Tischmitte aufgereiht waren, und goss mir ein Glas voll. »Nimm einen Schluck, das wird dir guttun.«

Erst jetzt merkte ich, wie ausgetrocknet meine Kehle war. Ich leerte das Glas in einem Zug.

»Hat der Kommissar was über deinen Vater gesagt?«, fragte Jeannette.

»Nein, kein Wort. Die ganze Zeit ging es nur um mich. Der Kommissar misstraut mir, weil ich dabei war, als Hohlberg und Anita starben. Und er findet es verdächtig, dass ausgerechnet ich auch noch ihren Abschiedsbrief entdeckt habe. Als hätte ich sie auf dem Gewissen.«

»Beruhige dich, Bea. Du kannst Anita gar nicht umgebracht haben. Das wäre doch auf den Bändern der Überwachungskameras zu sehen.«

»Danke, Jeannette. Dein Vertrauen ehrt mich«, gab ich gereizt zurück, weil ich mich von ihr nicht ernst genommen fühlte. »Wenn es dich interessiert: Ich hätte auch überhaupt kein Motiv.«

Jeannette wirkte nicht restlos überzeugt. »Sagen wir, besonders hieb- und stichfest wäre es nicht. Du hast genau wie alle hier Anita schon mehrfach verflucht und ihr die Pest an den Hals gewünscht. Aber du hast recht. Es gibt andere Kandidaten, die schwerwiegendere Gründe hätten.«

Eine Weile saßen wir schweigend nebeneinander. Dann hatten wir den gleichen Gedanken und sahen uns verblüfft an.

»Britta!«, rief ich. »Britta hätte ein Motiv für beide Morde. Ihr Freund hat sie hintergangen und betrogen …«

»… und zwar mit Anita«, beendete Jeannette meinen Satz. Ihre Augen wurden größer und größer. »Mensch, Bea, du hast doch selbst gehört, wie sie Hohlberg um Verzeihung gebeten hat. Im Krankenhaus, als er im Koma lag.«

»Ja, stimmt. Das habe ich völlig vergessen. Aber ich habe nicht mitbekommen, was er ihr verzeihen sollte.«

Jeannette tippte sich mit dem Zeigefinger auf die Nasenspitze und überlegte. »Britta hat den anaphylaktischen Schock bei Hohlberg ausgelöst, um sich für den Seitensprung zu rächen«, begann sie zu kombinieren. »Dummerweise war der Schock zu stark und hat ihn umgebracht. Aus Verzweiflung hat sich Britta dann ihre Nebenbuhlerin Anita vorgenommen. Schließlich war sie der Auslöser für das ganze Dilemma. Letztendlich auch für Hohlbergs tragischen Tod.«

»Genau! So könnte es gewesen sein.« Ich rutschte auf meinem Stuhl hin und her. »Britta hätte beide Morde begehen können.«

»Sie hatte auch ein überzeugendes Motiv: Eifersucht«, ergänzte Jeannette. Doch an ihrem zweifelnden Gesichtsausdruck las ich ab, dass sie einen Haken in unserer Argumentation entdeckt hatte. Wie ich gleich erfuhr, waren es sogar zwei Haken.

»Leider passt Anitas Abschiedsbrief nicht in unsere schöne Theorie«, wandte sie ein. »Außerdem ist Britta viel zu eitel, um sich einen weiten Trenchcoat anzuziehen und ihre Löwenmähne unter einem hässlichen Männerhut zu verbergen.«

Jeannettes Charakterisierung von Britta war schlüssig. Gerade deshalb brachte sie mich auf eine Idee. »So wie du denken doch alle, nicht wahr?«, sagte ich und spürte, wie sich mein Puls beschleunigte. »Es wäre sehr raffiniert von Britta, genau das Gegenteil zu tun. Also etwas, das niemand von ihr erwartet hätte.«

Mein Corsa hatte ein Einsehen und sprang an, als ich ihm am Abend gut zuredete. Nach dem Essen legte ich mich im Wohnzimmer aufs Sofa. Der Feierabendverkehr auf der Reinsburg- und Schwabstraße dröhnte kaum mehr, trotzdem fand ich keine Ruhe. Mich plagte mein schlechtes Gewissen gegenüber Gerit. Ich hätte mich schon längst bei ihr nach meinem Vater erkundigen sollen. Aber seit ich sie vor dem Hotel mit Nikolas gesehen hatte, schob ich diesen Anruf vor mir her. Höchste Zeit, mich endlich zu melden.

Es klingelte lang. Ich wollte schon aufgeben, da wurde abgenommen.

Gerit war dran. Sie atmete stoßweise, als wäre sie zum Telefon gerannt.

»Hallo, Gerit. Hier ist Bea. Störe ich dich?«

»Bea! Nein, du störst nicht. Ich freue mich über deinen Anruf. Wie geht es dir?«

»Ach, es geht, danke. Wir haben eine Menge zu tun in der Agentur. Du, ich wollte fragen, wie es Vater geht. Und dir«, schob ich schnell nach.

»Viel besser, nachdem wir diese schlimme Zeit überstanden haben. Ich bin so froh, dass Peter wieder zu Hause ist.«

Das erstaunte mich. Wieso hatte der Kommissar nichts davon gesagt?

»Wurde er aus der U-Haft entlassen?«

»Ja, sein Anwalt hat wirklich großartige Arbeit geleistet. Hast du noch nicht mit Peter gesprochen? Er hat am Wochenende versucht, dich auf dem Handy zu erreichen.«

»Wirklich? Das Handy hatte ich ausgeschaltet. Ich war bei meinem Freund und wollte einfach nur meine Ruhe haben.«

»Das kann ich gut verstehen. Bei der ganzen Aufregung.«

Sollte ich Gerit erzählen, dass ich dabei gewesen war, als Anita starb? Nein, entschied ich. Es tat mir nicht gut, diese schrecklichen Erinnerungen und Bilder wieder aufzuwühlen. »In der Agentur geht es drunter und drüber. Wir haben eine Art Notbesetzung. Heute habe ich Anita vertreten.«

»Ach, das arme Mädchen«, sagte Gerit. »Sie hat mir so leidgetan, als ich von ihrem Tod gelesen habe.«

»Ja, wir sind alle fassungslos über das, was geschehen ist.« Ich flüchtete mich in einen Allgemeinplatz, weil ich nicht recht wusste, wie ich mit Gerit umgehen sollte und wie weit ich ihr vertrauen konnte. Vater war das Einzige, was uns verband. Aber nach der Beobachtung vor dem Hotel neulich war ich unsicher, wie Gerit wirklich zu ihm stand.

»Die Polizei fahndet nach einem Verdächtigen«, sagte Gerit. »Das habe ich heute in der Zeitung gelesen.«

»Ja, hab ich auch gehört.« Ich räusperte mich. »Wann kommt Vater wieder in die Agentur zurück?«

»Morgen oder übermorgen, soweit ich weiß. Er hat einige Termine in München. Außerdem ist er dabei, ein paar private Angelegenheiten zu klären.«

Private Angelegenheiten? Warum drückte sich Gerit derart unverbindlich aus? Als würde auch sie mir ausweichen.

Wir wechselten zu einem unverfänglichen Thema. Gerit erzählte mir von einer Reportage über das neue Geschäftszentrum im Gerberviertel, an der sie schrieb. Im Gegenzug berichtete ich von der Broschüre für Wolfssohn und was ich dabei über die hiesige Immobilienszene mitbekam.

»Peter und ich würden uns freuen, wenn du bald zum Essen vorbeikommst«, sagte Gerit schließlich.

»Ja, das wäre schön.«

»Mach doch am besten einen Abend mit ihm aus, wenn er wieder in der Agentur ist.«

»Gute Idee. Wir sehen uns bald.«

Nachdem wir uns verabschiedet hatten, sichtete ich die Anrufe auf meinem Handy. Ich entdeckte eine unbekannte Mobilnummer in der Liste vom Samstag. Derselbe Anrufer hatte es am Sonntag erneut versucht, aber beide Male nichts auf die Mailbox gesprochen.

Ich drückte die Rückruftaste. Die Verbindung wurde aufgebaut. Dann sagte eine männliche Stimme: »Peter Herzog. Hinterlassen Sie mir eine Nachricht. Ich rufe Sie so schnell wie möglich zurück.«

Vater hatte also tatsächlich versucht, mich am Wochenende zu erreichen.

Ich beendete die Verbindung, ohne etwas aufs Band zu sprechen.

Erst kurz vor dem Schlafengehen fiel mir ein, dass ich meiner Mutter versprochen hatte, sie heute noch zurückzurufen. Es war bereits kurz vor elf. Zu spät für meinen Anruf.

Frau Fischerling und das Team ihrer Personalagentur waren von Teddys neuem Logo begeistert. Deshalb hatte sie den Etat für die geplante Werbekampagne freigegeben. Nun war es an Teddy und mir, zugkräftige Ideen für Plakate und Anzeigen zu entwickeln. Daran feilten wir den Morgen über im Grafikatelier, während Svea das Telefon betreute. Wie ich bereits vermutet hatte, war Britta wie von Zauberhand wieder als Model für sämtliche Werbemittel vorgesehen. Gegen zwölf brachen Jeannette und Teddy zum Arbeitsessen bei Wolfssohn auf. Heute Mittag wollten wir unsere Ideen Nikolas vorstellen. Wenn er sie guthieß, würden Teddy und Werner mit Britta ein paar beispielhafte Motive shooten, um die Bildwelt der Kampagne festzulegen.

Statt Mittagspause zu machen, musste ich eine Reihe von Kunden zurückrufen, deren Anrufe Svea entgegengenommen hatte. Die Praktikantin hatte pflichtbewusst alle Namen und Projekte notiert, um die es ging. Mehr als zwei Stunden hing ich am Telefon und schrieb Unmengen von E-Mails. Mein Kopf war kurz davor, auseinanderzuplatzen. Mit jeder Stunde, die ich Anita vertrat, stieg mein Respekt. Bisher hatte ich sie für eine bessere Tippse gehalten, die gerne Small Talk machte, statt ernsthaft zu arbeiten. Nun stellte ich fest, wie anspruchsvoll ihr Job tatsächlich war. Eine anstrengende Mischung aus höherer Diplomatie, Schleimerei und Durchsetzungskraft.

Als Jeannette und Teddy gegen vier noch nicht zurück waren, setzte ich mich allein mit Nikolas zusammen und präsentierte ihm unsere Ideen für die Fischerling-Kampagne. Nikolas war kein kreativer Kopf, dennoch hatte er ein paar bedenkenswerte Einwände. Besonders wichtig war ihm die Frage, ob wir für jede Zielgruppe eine andere Bildwelt verwenden sollten.

»IT-Spezialisten reagieren auf andere Eyecatcher als Ärzte oder Juristen«, erklärte er mir in gewohnt überheblichem Ton. »Überall einen Laptop, ein iPad und ein Flipchart abzubilden, ist wenig sinnvoll. Was euch fehlt, ist eine genaue Zielgruppenanalyse.«

Während er sich daranmachte, die möglichen Zielgruppen zu definieren, musterte ich ihn insgeheim. Mein Typ war der Controller nicht. Trotzdem besaß Nikolas eine gewisse Attraktivität. Er wirkte sportlich, verströmte eine Aura von Erfolg und Zielstrebigkeit, und er verstand es, sich geschmackvoll zu kleiden. Grips hatte er außerdem, das schadete nie bei einem Mann. Vater war ein Bauchmensch, Nikolas eher kopflastig. Hatte Gerit dies an unserem Controller gereizt? Hatte sie sich mit ihm eingelassen, weil er so anders war als mein Vater?

Nikolas und ich diskutierten gerade, ob wir für Plakate und Anzeigen dieselben Motive verwenden sollten, als Jeannette hereinplatzte. Sie hatte ihre Ledermappe noch unter dem Arm und trug den schwarzen Blazer, den sie nach Kundenterminen sofort in die Garderobe verbannte, weil sie Schwarz nicht ausstehen konnte.

Mir sank der Mut. Hatte Wolfssohn Kleinholz aus meinen Texten gemacht, und ich musste von vorn beginnen?

»Bea, dein Vater ist verhaftet worden!«, rief Jeannette. Ihre Tasche landete mit lautem Plumps auf dem Stuhl neben mir. »Hab ich eben im Autoradio gehört.«

»Verhaftet? Das kann nicht sein, er ist doch gerade erst aus der U-Haft entlassen worden«, erwiderte ich verwirrt. »Vielleicht hast du dich verhört.«

Jeannette stemmte die Arme in die Taille. »Bea, meine Ohren sind völlig in Ordnung. Glaub mir, der Sprecher hat den Namen deines Vaters erwähnt. Ein Medienspezialist aus München, hat er gesagt.«

Ich konnte es einfach nicht glauben. »Erst gestern Abend habe ich mit Gerit über ihn gesprochen. Sie hat gesagt, er sei wieder auf freiem Fuß.«

»Tja, jetzt nicht mehr. Dieses Mal wird ihn sein Anwalt nicht rauspauken können. Diesmal geht es um Mord.«

»Mord?«, wiederholte Nikolas und schob seine Brille hoch. »Aber ich dachte, die Kripo ginge davon aus, dass Jens nicht vorsätzlich umgebracht wurde.«

»Ich spreche nicht von Jens, sondern von Anita. Peter steht unter Verdacht, sie vor die Bahn gestoßen zu haben.«

»Aber er ist doch erst seit Samstag wieder frei«, sagte ich. »An dem Tag hat er versucht, mich auf dem Handy zu erreichen.«

Jeannette schüttelte den Kopf. »Wenn die Bullen ihn wegen Mordverdacht an Anita verhaften, saß er am Freitag bestimmt nicht mehr in Stammheim. Darauf kannst du Gift nehmen.«

»Dann muss die Polizei ihn auf den Bändern der Überwachungskameras identifiziert haben.«

»Oder sie haben einen anderen Grund, um ihn zu verknacken«, brummte Jeannette. »Der Nachrichtensprecher hat keine Videobänder erwähnt. Wie auch immer, Bea. Du solltest ernsthaft überlegen, ob du der Polizei nicht doch von Anitas Tod erzählen willst.«

»Das hab ich doch schon«, verteidigte ich mich. »Die haben ein ausführliches Protokoll geschrieben. Und gestern habe ich dem Kommissar erklärt, wo und wie ich Anitas Abschiedsbrief gefunden habe.«

»Bea, ich meine das, was Anita am Bopser zu dir gesagt hat. Bevor sie gestorben ist. Verstehst du?« Ihr eindringlicher Blick bohrte sich förmlich in meinen. Schließlich kapierte ich, was sie meinte und warum sie nicht konkreter wurde. Weil Nikolas neben uns saß.

Der hatte unseren Wortwechsel schweigend verfolgt. Nun meldete er sich erstaunt zu Wort. »Du warst dabei, als Anita gestorben ist? Und sie hat vorher noch mit dir gesprochen? Davon wusste ich nichts.«

Ich bedachte Jeannette mit einem vorwurfsvollen Blick und nickte in Nikolas' Richtung. »Sie hat noch etwas gesagt, aber ich konnte es nicht verstehen«, sagte ich zur Erklärung. »Es waren nur unzusammenhängende Laute.« Damit blieb ich bei der Fassung, die ich der Polizei erzählt hatte. Nur Jeannette wusste, dass Anita mit ihren letzten Worten meinen Vater beschuldigt hatte.

Die Frage war nur, welches Vergehen sie gemeint hatte. Bisher war ich davon ausgegangen, dass sie vom tragischen Tod ihres Geliebten gesprochen hatte. Jetzt war ich mir nicht mehr sicher. Angenommen, Anita hatte ihren Mörder noch identifizieren können, bevor sie starb. Und hatte mir dieses Wissen mit letzter Kraft anvertraut. Dann wäre es an mir zu entscheiden, was ich damit anfing.

Jeannette und ich gingen in die Küche, um ungestört reden zu können.

»Ich kriege das alles nicht mehr auf die Reihe«, jammerte ich und fasste mir an den Kopf. »Erst soll mein Vater Hohlberg umgebracht haben, dann kommt er frei. Und jetzt soll er Anita auf dem Gewissen haben?«

Jeannette machte ein betroffenes Gesicht. »Das muss schrecklich für dich sein. Ich kann mir vorstellen, wie dir zumute ist.« Sie streichelte mir über die Wange. »Du armes Ding.«

Die Berührung war mir unangenehm. Ich wich zurück. »Welchen Grund hätte er gehabt, Anita zu ermorden?«, fragte ich sie. »Von Hohlbergs Tod profitiert er als Partner, das leuchtet mir ein. Umsatzbeteiligung, Provisionen, neue Kunden, sprich neue Etats, und so weiter. Aber Anita? Sie war doch nur eine einfache Kundenberaterin und spielte nicht in seiner Liga.«

Neben mir seufzte es ausgiebig. »Genau dasselbe habe ich mich auf dem Weg hierher gefragt. Ich sage es nur ungern, das kannst du mir glauben. Aber auch Anitas Tod könnte deinem Vater nützen.«

»Ach ja?« Mein Kopf war schwer wie Blei. Am liebsten wäre ich nach Hause gegangen und hätte mich im Bett verkrochen. Widerwillig sah ich bei Jeannettes Worten auf.

»Nehmen wir an«, fuhr sie fort, »Peter hat von Hohlbergs Nussallergie gewusst und vor dem Event in der Markthalle das Öl vertauscht.«

»Du meinst, weil die Kripo die richtige Flasche bei ihm zu Hause gefunden hat?«

»Genau. Nehmen wir weiter an, Anita hat herausgefunden, dass Peter hinter dem Anschlag auf Hohlberg steckte. Dann hätte Peter tatsächlich allen Grund, sie zum Schweigen zu bringen.«

Eine Stunde später war ich noch immer nicht in der Lage, wieder einigermaßen klar zu denken. Geschweige denn die zahlreichen

Anfragen, Beschwerden oder Wünsche von Kunden abzuarbeiten, die alle paar Minuten eingingen. Wie ein Roboter nahm ich Anrufe entgegen, notierte Stichworte und versprach zurückzurufen.

Als Ausrede schob ich abwechselnd ein internes Meeting oder Probleme mit dem Server vor. Vom vielen Telefonieren glühte meine Ohrmuschel inzwischen, als wäre sie entzündet.

Es klingelte schon wieder. »Pelzer, Hohlbergs Reich«, verkürzte ich die übliche Ansage auf das Minimum.

»Guten Tag. Westermann.« Die Verbindung war schlecht und von Knistern begleitet. Es hörte sich an, als redete der Mann über eine Freisprechanlage mit mir. Vermutlich rief er vom Auto aus an.

»Ich hätte gern Frau Pelzer gesprochen.«

»Am Apparat«, sagte ich. Aber geistig abwesend, fügte ich in Gedanken hinzu.

»Ihr Vater hat mir diese Nummer gegeben, Frau Pelzer.«

»Mein Vater?«, wiederholte ich und war sofort bei der Sache. Der saß doch in Untersuchungshaft! Ich streckte den Rücken durch und schickte ein Stoßgebet zum Himmel. Bitte keine weiteren Hiobsbotschaften.

»Ich bin sein Anwalt. Andreas Westermann. Ich würde gern mit Ihnen sprechen. Es geht um, nun ja, um eine ziemlich heikle Angelegenheit.«

Alles, was meinen Vater betraf, war mittlerweile heikel.

»Es wäre gut, wenn Sie ein paar Minuten Zeit für mich hätten. Unter vier Augen, wenn Sie verstehen. Es ist dringend.«

»Ich bin hier mindestens noch bis acht beschäftigt. Ungestört sind wir leider nicht. Wir könnten uns irgendwo in der Nähe kurz treffen.«

»Gut. Ich bin im Auto unterwegs und fahre gerade Richtung Süden. Treffen wir uns auf dem Parkplatz vor Ihrer Agentur? In fünf Minuten bin ich da.«

Nach drei Tagen Telefondienst waren Svea und ich ein eingespieltes Team. Die Praktikantin war im Grafikatelier damit beschäftigt, Farbmuster zu sortieren. Ich bat sie, mich eine Zeit lang zu vertreten, und ging hinunter auf den Parkplatz vor der Villa.

Im Westen hing die Abendsonne über dem Haigst. Auf dem steilen Bergrücken wechselten ehrwürdige alte Bürgerhäuser mit modernen weiß verputzten Kästen. Der Himmel darüber hatte den satten Blauton einer Mülltüte. Wie auf einem Gemälde von Tiepolo schwebten ein paar weiße Tupfer über dem markanten schwarzen Turmhelm der Haigstkirche. Feierabendstimmung, wenn auch noch nicht für mich. Für andere schon. Auf der Weinsteige reihte sich ein Auto ans andere. Motorengeräusche und ein durchdringender Abgasgeruch hingen über dem Parkplatz. Sonst nervte mich beides, aber heute schien mir alles besser als das andauernde Telefongeklingel in Anitas Büro. Hoffentlich konnte ich bald wieder in mein friedliches Texterzimmer zurückkehren, das mir neuerdings wie ein Reservat vorkam.

Es dauerte keine drei Minuten, bis ein dunkelgrüner Jaguar blinkte und aus der Autokolonne auf der Weinsteige ausscherte. Der Fahrer stellte den Wagen neben meinem Corsa ab und winkte mir beim Aussteigen zu.

Vaters Anwalt trug Anzug und Krawatte, polierte schwarze Lederschuhe und hatte eine Designer-Aktentasche unterm Arm, wie ich sie nur von Schaufenstern in der Calwer Straße oder bei Breuninger kannte. Er strahlte dieselbe Aura von Erfolg und Macht aus wie mein Vater oder Nikolas. Eine Ausstrahlung, die ich mir auch durch noch so viele Coachings nie würde aneignen können.

»Frau Pelzer?« Westermann kam eloquenten Schrittes auf mich zugeeilt und schüttelte mir die Hand. »Bitte, gehen wir dort hinüber.« Als wäre er der Hausherr, wies er auf die kleine Sitzecke, von der aus ein Fußweg in den Garten führte. Wir ließen uns auf der Sitzbank nieder. Auch hier hing Abgasgeruch in der Luft. Westermann zog eine Visitenkarte aus seiner Jackentasche und reichte sie mir.

Dunkelgrau auf Weiß, hochwertiges Papier, seriös wirkendes Logo, registrierte ich automatisch. Westermanns Kanzlei residierte im Gerichtsviertel, das sich hinter dem Landgericht hangaufwärts ausbreitete.

Nervös drehte ich die Visitenkarte hin und her. »Wie geht es meinem Vater?«, fragte ich.

Westermann zuckte mit den Achseln. »Der Verdacht, Ihre Kollegin ermordet zu haben, hat ihn sehr mitgenommen. Innerhalb kurzer Zeit zum zweiten Mal in Untersuchungshaft, das ist kein Honigschlecken. Zumal Peter versichert, er hätte nichts mit ihrem Tod zu tun.«

Ich hielt dem Blick des Anwalts stand, ohne »natürlich« oder eine ähnliche Höflichkeitsfloskel zu äußern. Inzwischen glaubte ich nichts und niemandem mehr.

»Sie sehen Ihrem Vater ähnlich.« Westermann deutete auf meine schulterlangen braunen Haarkringel. »Bis vor ein paar Jahren hatte er dieselbe Haarfarbe. Und er hat graublaue Augen wie Sie.«

Ich fragte mich, was das werden sollte. Wollte der Anwalt mich für bevorstehende schlechte Nachrichten wappnen oder nur nett sein?

»Ihr Vater hat mich gebeten, mit Ihnen zu sprechen. Telefonate sind nicht gestattet. Das gilt auch für Besuche«, kam der Anwalt zur Sache. Er beugte sich zu mir herüber. Ein dezentes Herrenparfüm machte dem Abgasgeruch Konkurrenz.

»Peter hat eine dringende Bitte an Sie. Es geht um Ihre Mutter.«

»Meine Mutter?« Unwillkürlich rutschte ich ein paar Zentimeter zur Seite.

Der Anwalt merkte, wie ich auf Distanz ging. Er lächelte vertrauenerweckend. »Ich kenne Ihre Familiengeschichte, Frau Pelzer. Oder besser gesagt, ich kenne Peters Version. Ich weiß, Sie beide hatten lang keinen Kontakt. Die letzten Tage müssen für Sie ein Wechselbad der Gefühle gewesen sein.«

Falls es das Ziel des Anwalts war, Emotionen zu erzeugen, machte er das ziemlich gut. »Worum geht's genau?«, fragte ich ruppig, um mir keine Schwäche anmerken zu lassen.

Westermann räusperte sich. »Eine Frau der Tat. Nicht anders zu erwarten bei diesem Vater.«

Das Wort Tat verstörte mich im Zusammenhang mit meinem Vater ein wenig.

»Frau Pelzer, Peter wird beschuldigt, Ihre Kollegin Anita Severin ermordet zu haben. Gegenüber der Polizei schweigt er, doch nach dem, was er mir gesagt hat, kann er die Tat nicht begangen haben. Er sagte, er sei zur Tatzeit in Leinfelden gewesen.«

»Leinfelden? Wollen Sie andeuten, er war bei meiner Mutter?«

»Exakt.« Der Anwalt nickte. »Leider weigert sie sich, mit mir zu sprechen.«

»Und ausgerechnet ich soll sie davon überzeugen, ihre Meinung zu ändern?« Ich schnaubte wenig ladylike. »Meine Mutter hat einen eisernen Willen.«

Westermanns Mundwinkel zuckten. »Den haben Sie doch gewiss von ihr geerbt. Ihr Vater braucht Ihre Hilfe, Frau Pelzer.«

»Und wann soll ich …«

»So schnell wie möglich. Am besten heute noch.« Westermann sah auf seine ausladende Armbanduhr und stand auf. »Entschuldigen Sie mein Drängen. Aber Sie verstehen sicher, wie ernst die Situation Ihres Vaters ist.«

Mir blieb nichts anderes übrig, als ebenfalls aufzustehen.

»Leider muss ich los. Ein Abendtermin.« Der Anwalt reichte mir die Hand, eilte zu seinem Jaguar und rollte vom Parkplatz.

Einen Abendtermin würde ich heute auch haben. Einen von der weniger angenehmen Sorte.

Wenn ich mich beeilte und der Verkehr stadtauswärts sich nicht staute, würde ich Mutter noch in ihrer Praxis in Echterdingen erwischen. Meine Chancen auf ein halbwegs ernsthaftes Gespräch standen dort besser als zu Hause. Im Leinfeldener Bungalow genügte ein strenger Blick von ihr, um mich in ein kleines Mädchen mit Piepsstimme zu verwandeln.

Also los. Zurück in der Agentur, stürmte ich in die Kundenberatung.

Erschrocken sah Svea von ihrer Telefonliste auf. Sie machte Anstalten, den Stuhl zu räumen.

»Bleib sitzen.« Ich holte meine Tasche aus dem Rollcontainer. »Du musst mich vertreten. Eine dringende Familienangelegenheit.«

Svea nickte ernst. »Verstehe. Es geht um deinen Vater. Viel Glück.«

Überrascht hielt ich in der Bewegung inne. Bisher hatte ich unsere blutjunge Praktikantin für ziemlich einfältig gehalten. Vielleicht täuschte ich mich. Seit Daniela Katzenberger ihre raffinierte Strategie »Sei schlau, stell dich dumm« an ihre Geschlechtsgenossinnen ausgegeben hatte, begegneten mir mehr und mehr Frauen, die sich daran zu orientieren schienen.

»Danke. Bis morgen.« Schon halb auf dem Flur, fügte ich hinzu: »Ach ja. Könntest du den anderen sagen, dass ich wegmusste? Und richte Jeannette aus, ich wäre nach Echterdingen gefahren.«

Die Vorzeichen waren gut. Der Verkehr auf der B 27 in Richtung Echterdingen lief, und da die Praxis meiner Mutter mittwochnachmittags offiziell geschlossen war, konnte ich direkt vor dem Haus parken. Mutter nutzte diese Zeit, um Berichte für Kollegen und die Krankenkasse zu schreiben.

»Hallo, Petra«, begrüßte ich die mollige Sprechstundenhilfe hinter der Theke, die schon seit Ewigkeiten hier arbeitete. »Ich muss mit Mutter sprechen. Du brauchst mich nicht anzukündigen.« Ohne meinen Schritt zu verlangsamen, lief ich an der verdutzten Arzthelferin vorbei auf das Sprechzimmer zu. Manchmal war Überrumpelung die beste Strategie.

Meine Mutter lehnte in einem weißen Arztkittel am Fenster und studierte eine Patientenakte. Als ich ohne Anklopfen eintrat, schaute sie verärgert auf. Bei meinem Anblick hellten sich ihre Züge minimal auf. »Kind, du kommst reichlich spät! Seit gestern warte ich auf deinen Rückruf. Aber du hast wohl Besseres zu tun.« Sie schloss die Akte und zog vorwurfsvoll die Brauen zusammen. Eine Sekunde später entspannte sie ihr Gesicht wieder, um keine weiteren Falten zu riskieren.

»Ehrlich gesagt hatte ich tatsächlich Besseres zu tun«, erklärte ich. »Zum Beispiel mit Vaters Anwalt zu sprechen.«

»Seinem Anwalt?« Auf Mutters Stirn erschienen erneut Falten. Diesmal blieben sie. Mutter stieß sich vom Fenster ab und kam auf mich zu. »Wegen der Sache mit deinem Chef?«

»Nein, es geht um Anita. Meine Kollegin aus der Agentur.«

»Die Blonde, mit der du ständig aneinandergerätst?«

Zwischen den Zeilen schwang hörbare Kritik mit. Daran war ich gewöhnt. Meine Mutter sah mich in erster Linie als fehlerhaftes Wesen, das nichts in seinem Leben richtig machte.

»Sie ist am Freitag gestorben. Der Unfall am Bopser, du hast wahrscheinlich davon in der Zeitung gelesen.«

»Diese junge Frau, die sich vor die Bahn geworfen hat?« Nun wirkte Mutter ehrlich betroffen. »Was für eine fürchterliche Art zu sterben. Und das war diese Anita?«

Kurz und prägnant teilte ich ihr die Fakten mit und meinte: »Nur dass sie sich in Wahrheit gar nicht umgebracht hat. Jemand hat sie vom Bahnsteig gestoßen. Die Polizei denkt, es war Vater. Sie haben ihn verhaftet.«

Mutter schlug die Hände vor den Mund.

»Der Anwalt hat gesagt, er wäre an diesem Abend bei dir gewesen.«

»An welchem Abend? Als deine Kollegin starb?«

»Ja. Freitag.« Ich ließ Mutter nicht aus den Augen.

Sie schob die Hände in die Taschen ihres Arztkittels. »Ja, Peter war bei mir.«

Mein Puls dröhnte laut. Ich konnte ihn bis in den Schädel hinein hören.

Mutter musterte mich mit einem abfälligen Ausdruck, der wahrscheinlich weniger mir galt als ihrem Exmann. »Er wollte sich aussprechen«, sagte sie mit Spott in der Stimme. »Absurde Idee, ich meine, nach so vielen Jahren. Wieso sollten wir auf einmal Freunde werden?«

»Vater war also tatsächlich bei dir? Den ganzen Abend über?«

»Nein, ich habe ihn weggeschickt. Und dann habe ich wie üblich die ›heute‹-Nachrichten im Zweiten gesehen. Es muss so gegen sieben Uhr gewesen sein, als er ging.«

Anita war um halb acht gestorben. Wenn Vater gegen sieben hier losgefahren war, hätte er genug Zeit gehabt, um von Leinfelden aus rechtzeitig zum Bopser zu gelangen. Dort stieg Anita nach Feierabend in die U-Bahn, wie er leicht hätte vorher herausfinden können.

»Wieso weigerst du dich, mit seinem Anwalt zu sprechen?«, wollte ich wissen.

»Das tue ich doch gar nicht«, gab Mutter entschieden zurück. Sie trat näher und strich mir eine Haarsträhne aus der Stirn. »Aber er hat heute Mittag hier in der Praxis angerufen. Ich hatte gerade einen Notfall. Ein kleines Mädchen hatte eine Murmel verschluckt. Da muss er sich doch nicht wundern, wenn ich für Privatgespräche keine Zeit habe.«

»Hast du ihn zurückgerufen?«

»Er hat nicht darum gebeten.«

»Dann mach das bitte. Du kannst ihn auch mobil erreichen. Warte.« Ich zog die Visitenkarte des Anwalts aus meiner Hosentasche, trat an Mutters Schreibtisch und riss einen Zettel von ihrem Notizblock. Darauf schrieb ich Westermanns Namen mit seiner Festnetz- und Handynummer. »Hier. Ruf ihn am besten heute noch an. Es ist dringend. Ja?«

Mutter nickte. »Gut, wenn dir das so wichtig ist.«

Auf der Rückfahrt nach Stuttgart ging ich unser Gespräch in Gedanken erneut durch. Vater war am Freitag bei ihr gewesen, das hatte sie bestätigt. Aber er war bereits vor neunzehn Uhr wieder gegangen. Vermutlich nachdem die beiden in Streit geraten waren.

Westermann hatte gesagt, Mutter könne Vater ein Alibi für die Tatzeit geben. Die lag deutlich später. So gegen halb acht. Wenn Mutter die Wahrheit sagte, war er um diese Zeit schon nicht mehr in ihrem Haus gewesen. Irgendetwas passte da nicht zusammen. Vielleicht war es das Beste, noch einmal mit dem Anwalt zu sprechen. Möglicherweise hatte ich ihn nur missverstanden. Das wäre die angenehmere Alternative. Oder einer der beiden sagte nicht die Wahrheit. Beziehungsweise ging sehr kreativ damit um.

In Sonnenberg bog ich von der B 27 Richtung Stuttgart-Süd ab. Von Heslach aus wollte ich den Schwabtunnel nehmen, das war der direkteste Weg in den Westen. Während ich an einer Ampel am Ortsrand von Sonnenberg auf Grün wartete, fragte ich mich, was die beiden am Freitag besprochen hatten. Der Anwalt hatte darüber leider kein Wort verloren. Nach Mutters

Darstellung wollte Vater sich mit ihr aussöhnen. Sie hatte das als lächerliches Anliegen dargestellt. Das fand ich glaubhaft. Nach allem, was zwischen den beiden vorgefallen war, hätte er sich schon vor ihr auf den Boden werfen und auf Knien um Vergebung betteln müssen. Als ich mir das bildlich vorstellte, musste ich lachen. Es fühlte sich reichlich ungewohnt an. Seit Tagen war mir eher nach Heulen zumute.

Grün. Ich gab Gas und folgte der Heinestraße am Waldrand entlang bergabwärts. In der engen Rechtskurve oberhalb des Waldfriedhofs hörte ich ein merkwürdiges klapperndes Geräusch. Ich warf einen Blick in den Rückspiegel. Keiner hinter mir. Ich trat leicht auf die Bremse und lauschte. Das Klappern wurde stärker. Nur Sekunden später hatte ich das Gefühl, als würde der Wagen mir nicht mehr gehorchen. Ich drehte am Lenkrad. Der Corsa folgte meiner Richtungsänderung, aber mit deutlicher Verzögerung.

Als ich die Kreuzung vor mir sah, von der nach rechts und links Zufahrtsstraßen zu den beiden Friedhöfen abgingen, überlegte ich, ob ich lieber anhalten sollte. Aber um mich herum war nichts als Wald. Was, wenn ein übler Zeitgenosse stoppte und mich verschleppte? Niemand würde mir zu Hilfe kommen. Ich entschied mich fürs Weiterfahren.

In der nächsten Kurve ging mir auf, wie falsch dies gewesen war. Um der Straße zu folgen, steuerte ich nach links. Der Wagen reagierte nicht. Es war, als hätte ich keine Gewalt mehr über ihn. Der Corsa schlingerte hin und her, schoss über die Fahrbahnbegrenzung und raste geradeaus in den Wald. Auf der holprigen Böschung wurde ich ordentlich durchgeschüttelt. Niedrig hängende Äste peitschten gegen die Frontscheibe. Mit einem Knall klappte der rechte Seitenspiegel zurück. Instinktiv hob ich die Arme vors Gesicht, um mich zu schützen. Der Wagen sackte vorne links ab, und der Sicherheitsgurt schnitt in meine Brust. Nur einen Sekundenbruchteil später prallte ich gegen einen Baum. In meinem Nacken knackte es. Ein stechender Schmerz schoss an meinem Rückgrat entlang. Ich schrie auf. Dann war es auf einmal still. Vor meinen Augen wurde es schwarz.

Mein Vater hatte die Arme um mich gelegt. Ich saß auf seinem Schoß und lauschte aufmerksam seinen Versen.

»Hoppe, hoppe, Reiter«, sang er und ließ mich im Takt auf seinen Knien auf und ab hüpfen. »Wenn er fällt, dann schreit er. Fällt er in den Graben …« Vater ließ die Arme in meinem Rücken nach hinten gleiten. Ich beugte mich über seine Knie zurück. »Dann fressen ihn die Raben.« Er zog mich wieder nach vorn, bis ich gerade saß. Auf und ab ging es auf seinen Knien. Vater sang weiter und zog dabei spaßige Grimassen.

»Fällt er in den Sumpf …« Unter mir öffneten sich seine Schenkel. Ich spürte mit leichtem Gruseln, wie ich tiefer rutschte. »Dann macht der Reiter …«

»Plumps«, rief ich und quietschte vor Vergnügen, als ich Richtung Boden sackte. Ich hatte überhaupt keine Angst. Er würde mich auffangen, das wusste ich. Und so war es auch. Seine starken Arme spannten sich rechtzeitig um mich, bevor ich auf dem Boden landete.

»Ach, Peter«, hörte ich von weit her eine Stimme. »Mach doch nicht so einen Unsinn mit der Kleinen.«

Das Lächeln verschwand aus Vaters Gesicht.

»Bea, Bea!«, rief meine Mutter.

Als ich nicht reagierte, wurde die Stimme mit jedem Wort tiefer. »Bea! Wach auf, Kleines. Sieh mich an!«

Irgendetwas regte sich in meinem Inneren, als ich den Klang dieser Stimme hörte. Das war nicht meine Mutter.

Eine Hand streichelte meine Wange. Die warme Berührung tat gut. Genauso wie der Kuss auf meinen Lippen. Ich wollte den Kopf heben, aber es klappte nur ein paar Zentimeter. Ein Gewicht hielt ihn fest.

Das Auto!, schoss es mir durch den Kopf. Ich war im Auto eingeklemmt!

Plötzlich fiel mir alles wieder ein. Die Rückfahrt von Echterdingen, der Wagen, der mir nicht mehr gehorchen wollte. Wie ich von der Straße abkam, in den Wald raste. Der ohrenbetäubende Knall, als ich auf den Baumstamm krachte.

Panisch riss ich die Augen auf. Helles Licht blendete mich. Ich lag auf dem Rücken. Über mir war eine weiße Zimmerdecke.

Vor mir baumelte eine merkwürdige graue Dreieckskonstruktion mit einem Griff.

»Hallo, mein Schatz«, hörte ich eine Männerstimme an meinem Ohr. »Wach auf. Alles wird gut.«

Aus irgendeinem Grund konnte ich den Kopf nicht drehen. Ich ließ meine Augen in die Richtung wandern, aus der die Stimme kam.

Dunkelblaue Augen. Bartstoppeln. Zerwühlte schwarze Haare.

»Teddy«, sagte ich und atmete auf. Ich war nicht im Auto eingeklemmt. Der Alptraum war vorbei. Aber wo war ich dann? Ohne den Kopf zu bewegen, sah ich mich um.

»Du bist im Marienhospital. Alles in Ordnung, Pelzchen.« Teddy küsste mich erneut. Seine Bartstoppeln kratzten über meine Haut. Was mich sonst störte, stimmte mich heute froh. »Du hast einen Unfall gehabt«, sagte er zärtlich. »Ein Baum stand dir im Weg.«

»Wieso bist …« Meine Stimme krächzte. Ich musste husten. Teddy setzte mir ein Glas Wasser an die Lippen. Es fühlte sich kühl an. Die Flüssigkeit war erfrischend. Gleich hatte ich ein besseres Gefühl im Mund. Ich schluckte und versuchte es erneut. »Wieso bist du hier?«

Teddy lächelte. Um seine Augen bildete sich ein Netz aus feinen Linien. »Du hast meine Telefonnummer in deinem Geldbeutel. ›Im Notfall benachrichtigen‹, steht auf dem Zettel. Weißt du noch?«

Ja, ich erinnerte mich. Als wir vor ein paar Monaten wieder ein Paar wurden, hatten wir uns gegenseitig diese Adresszettel für den Notfall geschrieben. Eine gute Idee, wie sich nun herausstellte.

»Was ist passiert?«, fragte ich und befeuchtete meine Lippen mit der Zunge. Jede Stelle meines Körpers schmerzte.

Teddys Miene verdüsterte sich. »Dein linkes Vorderrad hat sich selbstständig gemacht. Dadurch hast du die Kontrolle über den Wagen verloren.« Seine Kiefer malmten aufeinander. »Wenn ich den erwische, der dir das angetan hat! Aus dem mache ich Hackfleisch, das verspreche ich dir.«

»Was ist mit meinem Auto?«

»Der Corsa? Den kannst du vergessen. Schrottplatz. Ich kümmere mich darum, mach dir keine Sorgen.«

Als ich mich aufzurichten versuchte, spürte ich einen Widerstand um den Hals. Ich tastete mit den Fingern danach. Etwas Hartes, Schweres war um meinen Hals befestigt. An manchen Stellen fühlte sich das Ding weich an wie Schaumgummi.

»Die Docs haben dir eine Halskrause verpasst«, sagte Teddy. »Damit du deine Halswirbel schonst.«

Sofort hörte ich wie ein Echo den lauten Knacks in meinem Nacken, als mein Auto auf den Baumstamm geknallt war. »Ist es schlimm?«

Teddy wiegte den Kopf hin und her. »Du hast Glück gehabt. Ein leichtes Schleudertrauma. Wie es aussieht, reicht's noch nicht für die Invalidenrente.« Er lächelte kurz, dann wurde sein Gesicht wieder ernst. »Du hättest bei dem Crash mit der Buche draufgehen können, Bea!«

»Ganz schön hart, so eine Buche.«

»Du, mir ist nicht nach Scherzen zumute. Die Polizei hat bisher nur zwei der fünf Radschrauben von deinem Vorderrad gefunden. Sieht aus, als hätte jemand an deinem Auto herummanipuliert.«

Mit der Halskrause und Tabletten gegen Schmerzen und zur Muskelentspannung verließ ich gegen Mitternacht das Marienhospital. Teddy hakte meinen Arm unter und warnte mich vor jedem kleinen Stein auf dem Gehsteig, als wäre ich eine alte Oma. Ich war zwar wackelig auf den Beinen und durch die Halskrause eingeschränkt, aber laufen konnte ich noch.

Trotzdem ließ ich ihn gewähren. Ehrlich gesagt war ich erleichtert, nicht allein sein zu müssen. Der Schreck über meine rasante Schussfahrt in den Wald saß mir noch in den Knochen.

»Kopf ducken, Kleines«, sagte Teddy und legte mir beim Einsteigen schützend die Hand auf den Scheitel.

Ohne zu fragen, ob mir das recht war, kutschierte er mich nach Cannstatt. Wenig später saß ich in eine Wolldecke gehüllt auf seinem Sofa und bekam einen scheußlich schmeckenden Kräutertee mit ein paar Salzcrackern serviert. Teddy sah zu, wie ich eine Tablette zur Muskelentspannung schluckte.

So viel Fürsorglichkeit war ich von ihm nicht gewohnt. Ich genoss jede Sekunde und versuchte, mich möglichst wenig zu bewegen. Alles tat mir weh. Mein Körper fühlte sich an, als hätte ich innerlich überall blaue Flecken.

»Ist das okay für heute Nacht?« Teddy schwenkte ein langärmeliges T-Shirt mit dem Logo von Linkin Park. »Der Ausschnitt ist ausgeleiert. Du müsstest es also gut über die Halskrause bekommen. Sonst habe ich noch eins mit Knöpfen.«

»Das passt schon, danke. Bist du so nett und bringst mir mein Handy?«

Teddy sah mich an, als traue er seinen Ohren nicht. »Was hast du vor? Der Arzt hat gesagt, du sollst dich schonen. Jeannette weiß Bescheid. Die habe ich vom Marienhospital aus informiert.«

»Ich muss Westermann anrufen. Er weiß vielleicht, wann genau Vater am Freitag aus Leinfelden weggegangen ist.«

Im Krankenhaus und auf der Fahrt hierher hatte ich Teddy von meiner Unterhaltung mit dem Anwalt und meinem Besuch in Mutters Praxis erzählt.

»Bist du verrückt geworden? Du rufst heute niemand mehr an. Mach lieber die Übungen, die der Arzt dir gezeigt hat.«

»Aber es ist dringend«, rebellierte ich gegen seine Bevormundung. »Mein Vater sitzt in U-Haft, da zählt jede Minute.«

»Bea, du hattest gerade einen schlimmen Autounfall. Jemand hat versucht, dich umzubringen!«

Der Unfall. Den hatte ich verdrängt. »Könnten sich die Radschrauben nicht aus Versehen gelockert haben?«, fragte ich kleinlaut. Der Gedanke, dass es jemand auf mich abgesehen hatte, ließ mich frösteln. Ich zog die Wolldecke enger um mich.

»Alle fünf auf einmal?«, kam es von Teddy. Er setzte sich neben mich aufs Sofa und nahm meine Hand in seine. »Bea, du musst endlich der Wahrheit ins Auge sehen. Zwei Morde und jetzt der Mordversuch an dir. Du solltest die Ermittlungen der Polizei überlassen.«

Natürlich hatte er recht. Aber genau wie die Kripo wusste auch er nichts von Anitas letzten Worten, mit denen sie meinen Vater beschuldigt hatte.

»Ich glaube, der Muskelentspanner wirkt langsam.« Meine

Arme wurden schwerer und schwerer. »Kannst du mich bitte kratzen? Hinter dem linken Ohr«, bat ich Teddy.

Sichtlich erleichtert über den Themenwechsel, folgte er meiner Bitte. »Ist es hier okay?«

»Tiefer. Die Halskrause juckt wie die Hölle. Mach sie bitte weg.«

Mit großem Vergnügen befreite Teddy meinen Hals, kratzte mich ausgiebig hinterm Ohr und begann sehr sanft meinen Nacken zu massieren. Als ich mich entspannte, wandte er sich südlich liegenderen Regionen zu.

Donnerstag

Am Morgen weckte mich der Geruch von frisch aufgebrühtem Kaffee. Schnuppernd öffnete ich die Augen. Ich lag auf dem Rücken, was ich eigentlich nie tat, und hatte alle viere von mir gestreckt. Meist schlief ich zusammengekauert, Beine und Arme an den Körper gezogen. Der Muskelentspanner hatte erstklassig gewirkt. Ebenso wie Teddys Massage. Durch das Dachfenster über mir beobachtete ich, wie ein Flieger hoch am Himmel durchs Blau kreuzte. Hinter ihm breitete sich eine Kondensspur aus Eiskristallen aus. Eigenartig, dass etwas so Schönes aus Triebwerksabgasen entstand.

»Morgen, Kleines.« Teddy hielt mir eine Tasse an den Mund, aus der ein köstlicher Duft aufstieg.

Nach einem Schluck fühlte ich mich gleich besser und konnte das Risiko eingehen, mich aufzusetzen.

Umgehend drückte mich Teddy an der Schulter zurück aufs Bett. »Wo willst du hin, Bea? Du bist den Rest der Woche krankgeschrieben. Der Kühlschrank ist voll, du kannst hierbleiben und dich erholen.«

»Aber ich muss doch ...«

»Du musst gar nichts«, schimpfte Teddy. Er klang ernsthaft sauer. »Ohne mich schon zweimal nicht, damit das klar ist. Und dein Handy, das gibst du besser mir. Du sollst dich schonen, schon vergessen?«

»Also gut, du hast ja recht«, gab ich nach und sank aufs Bett zurück. »Aber das Handy lässt du mir da, ja? Nur für den Notfall.« Davon gab es in letzter Zeit eine Menge in meinem Leben.

Das leuchtete Teddy ein. Er legte mein Handy neben die Halskrause auf den Nachttisch. »Du versprichst, dass du dich keinen Meter aus der Wohnung bewegst? Sonst ruf ich in der Agentur an und sag, ich hätte einen Infekt und müsste wie du daheimbleiben.« Sein Grinsen bekam eine anzügliche Note. »Unsere Kollegen werden eine Menge schweinischer Phantasien entwickeln. Damit wäre dein Ruf endgültig ruiniert.«

Die Drohung wirkte.

Ich versprach, seinen Anweisungen zu folgen und brav Gymnastikübungen zu machen.

»Schwöre es!«

Das tat ich.

Endlich schien Teddy beruhigt. Er küsste meine Stirn, deckte mich zu und machte sich auf den Weg in die Agentur.

Die über Kreuz geschlagenen Zeige- und Mittelfinger hinter meinem Rücken hatte er übersehen.

Kaum war die Tür hinter ihm ins Schloss gefallen, schaltete ich mein Handy ein und holte Westermanns Visitenkarte aus der Hosentasche meiner Jeans. Teddy hatte sie über einen Stuhl neben dem Bett gehängt.

Der Anwalt meldete sich nach dem zweiten Klingeln. Ich erzählte ihm von meinem Besuch bei Mutter und dass sie ihn zurückrufen würde.

Die Ungereimtheit wegen der Uhrzeit ließ ich unerwähnt. Ich erkundigte mich, wann Vater nach eigener Aussage vergangenen Freitag aus Leinfelden weggegangen war.

»Peter hat mir gesagt, er wäre fast den ganzen Abend über bei seiner Exfrau gewesen.«

»Bis wann ungefähr?«

»Das kann ich Ihnen nicht sagen, Frau Pelzer. Aber ich hatte den Eindruck, als wäre er erst spät heimgekommen.«

»Okay. Danke, Herr Westermann. Richten Sie Vater bitte einen Gruß von mir aus.«

»Mach ich.«

Mit gemischten Gefühlen legte ich auf. Jetzt war es amtlich. Entweder hatte mein Vater gelogen oder meine Mutter. Mir war klar, was ich nun zu tun hatte. Im Schneckentempo kroch ich aus dem Bett und zog mich an. Mein T-Shirt und mein Pulli von gestern waren verschwitzt, daher lieh ich mir ein schwarzes Sweatshirt von Teddy. Weil mein Nacken schmerzte und auch der Rest meines Körpers sich anfühlte wie gebraucht gekauft, nahm ich eine Schmerztablette und legte die Halskrause an. Von meinem Handy aus rief ich ein Taxi.

Als ich mit der Halskrause in Mutters Praxis erschien, ließen die Sprechstundenhilfen hinter der Empfangstheke alles stehen und liegen. Zu dritt kamen sie angerannt, umzingelten mich und wollten Einzelheiten wissen.

»Alles in Ordnung, nur ein kleiner Autounfall«, versuchte ich die besorgten Damen in Weiß zu beruhigen. »Mir geht es gut. Tut gar nicht weh.« Das war gelogen, aber ich wollte so schnell wie möglich zu meiner Mutter.

»Warte, ich sage Marlene Bescheid«, bot sich Petra an. »Deine Mutter ist mitten in einem Gespräch. Aber die Patientin hat nur eine Warze am Fuß. Da kann sie kurz unterbrechen und nach dir sehen.«

»Nein, danke«, erwiderte ich. »Ich kann warten, bis sie Zeit für mich hat. Welches Zimmer ist frei?«

Wenig später saß ich im Sprechzimmer und wappnete mich für das bevorstehende Gespräch. Eigentlich hatte ich vorgehabt, die Halskrause vorher abzunehmen, vergaß es aber.

Mutter kam herein und stockte, als sie die Manschette um meinen Hals sah. Sie stürzte auf mich zu, dass die Schöße ihres weißen Kittels hinter ihr herwehten.

»Kind, was ist passiert? Petra sagt, du hättest einen Autounfall gehabt.« Sie begutachtete den Sitz der Halskrause. »Sieht nach einer HWS-Distorsion aus.«

»Nur ein leichtes Schleudertrauma, haben die Ärzte im Marienhospital gesagt.«

»Das ist dasselbe«, murmelte sie und löste die Halskrause.

Ich war erleichtert, weil sie keine Details über den Unfall wissen wollte und wie es dazu gekommen war. Wenn es sich vermeiden ließ, wollte ich ihr nicht auf die Nase binden, dass jemand meinen Wagen manipuliert hatte.

»Ist dir schwindelig?«, fragte Mutter und tastete meine Nackenwirbel ab. »Hast du das Gefühl, dein Gesichtsfeld ist eingeschränkt?« Sie ließ die Finger prüfend über meine Arme wandern. »Hast du Schmerzen im Gesicht oder ein Kribbeln in den Armen?«

»Alles bestens. Mach dir keine Sorgen. Im Marienhospital haben sie alles durchgecheckt.«

Halbwegs beruhigt beendete Mutter ihre Untersuchung. Von Stoßseufzern begleitet, machte sie die Halskrause wieder fest und lehnte sich neben mir an den Schreibtisch. »Was machst du nur für Sachen? Seit du in der Werbung arbeitest, passieren dir ständig solche Missgeschicke.«

Ich verkniff mir einen Kommentar und kam zum eigentlichen Anliegen. »Mam, du weißt doch noch, warum ich gestern bei dir war?«

Entweder hatte sie die Frage überhört, oder sie tat nur so. »Du solltest diese Manschette nicht ständig tragen«, ermahnte sie mich und fingerte erneut an meinem Hals herum. »Durch die Schonhaltung verkümmert die Muskulatur. Mach lieber ein paar physiotherapeutische Übungen. Soll ich dir welche zeigen?«

»Mutter!«, sagte ich energisch und schob ihre Hände weg. »Lass das! Hör mir lieber zu.«

»Schon gut, Kind.« Sie wich zurück. »Ich höre dir doch zu. Worum geht es?«

»Um dein Gespräch mit Vater. Am vergangenen Freitag.«

Mutter verschränkte die Arme vor der Brust. »Deshalb warst du doch gestern bereits hier.«

»Genau. Gestern hast du gesagt, er wäre vor sieben wieder gegangen. Sein Anwalt aber meint, er wäre den ganzen Abend über bei dir gewesen.«

»Du hast mit seinem Anwalt gesprochen?« Mutter wirkte verärgert. »Glaubst du dem Paragrafenverdreher mehr als mir?«

»Bitte, Mam«, sagte ich in versöhnlichem Ton. »Es ist wichtig.«

»Ja, natürlich. Wenn es um Peter geht, ist alles immer gleich wichtig. Das war schon früher so. Die ganze Welt musste sich um ihn drehen.«

Wenn sie in ihre übliche Jammerei verfiel, würde ich kein vernünftiges Wort mehr aus ihr herausbekommen.

»War Vater länger bei dir als sieben Uhr?«, fragte ich erneut, und diesmal bestimmter.

»Kann sein. Ich erinnere mich nicht mehr.« Sie winkte ab. »Das liegt doch schon Tage zurück.«

»Bitte denk nach. Du weißt doch, dass er unter Mordverdacht steht.«

»Wieso setzt du dich plötzlich so für ihn ein? Hat er dich etwa auch bezirzt mit seinem weltmännischen Gehabe und seinen Schmeicheleien?«

»Nein, hat er nicht. Aber er ist nun einmal mein Vater. Ich kann einfach nicht glauben, dass er einen Menschen umgebracht haben soll.«

»Zwei«, kam es wie aus der Pistole geschossen. »Er hat zwei Menschen umgebracht.«

Ihre schnelle Richtigstellung irritierte mich. Offenbar war sie genauer über die Ermittlungen informiert, als sie vorgab. »Wenn du in Untersuchungshaft wärst, würde ich genauso an deine Unschuld glauben«, versicherte ich.

Mutter sah mich mit festem Blick an. »Davon gehe ich aus, mein Kind.«

Ich versuchte es auf die psychologische Tour. »Du verstehst doch, wie mir zumute ist, nicht wahr? Ich habe mit den beiden zusammengearbeitet. Die Sache geht mir einfach nahe.«

»Du hast dir diese zwielichtige Branche doch selbst ausgesucht. Hättest du dein Studium abgeschlossen, würdest du jetzt für eine renommierte Zeitung schreiben oder Karriere an der Uni machen.«

Ich biss mir auf die Lippen und zählte im Stillen bis zehn, damit mir nicht der Kragen platzte.

»War Vater am Freitag länger bei dir oder nicht?«

»Er nutzt dich aus, Bea. Das macht er immer so. Er zieht die Menschen auf seine Seite, und dann nutzt er sie aus.« Mutter sah mich eindringlich an. »Mit mir hat er das auch so gemacht. Und dann hat er sich eine Jüngere gesucht und mich mit dir alleingelassen.«

Das hatte ich bereits tausendfach gehört. Heute wollte ich mich damit nicht abspeisen lassen. »Aber er war ein guter Vater, oder? Er hat sich doch um mich gekümmert? Ich erinnere mich an das Hoppe-hoppe-Reiter-Spiel, bei dem wir so viel Spaß hatten.« Nach meinem Traum neulich Nacht hatte ich mich daran wieder erinnert.

»Kindereien«, kam es abschätzig von Mutter. »Wenn es darum ging, Verantwortung zu übernehmen, hat er sich gedrückt. Für ihn zählte nur seine Arbeit.«

»Warum willst du dich nicht endlich mit ihm aussöhnen? Kannst du ihm auch nach so vielen Jahren nicht verzeihen? Vielleicht hat er sich wirklich geändert.«

»Das ist Wunschdenken, Bea. Dein Vater wird sich nie ändern, glaub mir.« Sie streichelte mir tröstend übers Haar.

Weil ich ihre Berührung nicht ertragen konnte, stand ich auf und löste die Manschette um meinen Hals. »Jeder Mensch hat eine zweite Chance verdient«, sagte ich und stopfte die Halskrause in meine Umhängetasche.

Ein paar Sekunden schwieg Mutter. »Dein Vater hatte viele zweite Chancen, Kind«, sagte sie dann leise und wirkte wie die Ruhe selbst. »Glaubst du tatsächlich, ich hätte unsere Familie so einfach aufgegeben?« Sie strich sich ein paar Strähnen hinters Ohr und schaute auf ihre weißen Gesundheitsschuhe.

Im grellen Licht der Neonröhren fiel mir auf, wie alt Mutter geworden war. Sie sah erschöpft aus und müde. Wenn nur die Hälfte von dem stimmte, was sie über meinen Vater sagte, hatte sie es wirklich nicht leicht gehabt. Aber möglicherweise war sie so verbittert, dass sie es gar nicht mehr schaffte, die schwarze Brille abzusetzen, durch die sie ihn sah. Wie eine schlechte Gewohnheit, die man nicht mehr ablegen konnte.

»Ich muss weitermachen.« Sie straffte die Schultern und stieß sich vom Schreibtisch ab. »Das Wartezimmer ist voll.« Als wären wir ein Herz und eine Seele, tätschelte sie mir fürsorglich den Rücken. »Brauchst du ein Schmerzmittel?«

Von einer Sekunde auf die andere war ich so traurig, dass mir fast die Tränen kamen. Ich schüttelte den Kopf und verließ die Praxis ohne ein Wort des Abschieds.

Als ich die Echterdinger Hauptstraße Richtung S-Bahnhof entlanglief, tat mir jeder Knochen im Leib weh. In einer Bäckerei kaufte ich mir eine kleine Flasche Wasser und nahm eine Schmerztablette. Die würde zumindest gegen die Muskelschmerzen helfen. Mein Herz würde sich auch weiterhin wie durch die Mangel gedreht anfühlen. Fast wünschte ich mir, mein Vater wäre in München geblieben, statt plötzlich wieder in meinem Leben aufzutauchen. Und auch noch in derselben Agentur. Seit er nach Stuttgart gekommen war, war so viel geschehen. Hohlberg und Anita waren umgebracht worden, Vater stand unter Mordverdacht, und Georg hatte sich mit einer anderen Frau verlobt. Obwohl ich wieder mit Teddy zusammen war und unser neues Glück schätzte, fühlte ich mich tief im Inneren heimatloser denn je.

Ging es allen Scheidungskindern so? Jahrelang hatte ich jeden Gedanken an meine Kindheit verdrängt, weil ich gedacht hatte, ich wäre damals unglücklich gewesen. Doch in den letzten Tagen und Wochen kehrten auch schöne Erinnerungen zurück. Wie Vater mir abends am Bett noch vorgelesen hatte, wenn er von der Arbeit kam. Unser Hoppe-hoppe-Reiter-Spiel. Es konnte doch nicht alles so traurig und problematisch gewesen sein, wie Mutter mir weismachen wollte. Trotz aller Streitereien musste es auch glückliche Tage gegeben haben.

In der nächsten Bäckerei kaufte ich mir zum Trost ein Schokoladencroissant, das ich trotzig in mich reinstopfte. Danach fühlte ich mich besser. Oder wenigstens gestärkt genug, um mich endlich auf die Suche nach der Wahrheit zu machen. Über die Vergangenheit, die Trennung meiner Eltern und mein Verhältnis zu Vater. Mutter hatte ihre eigene Sicht der Dinge. Nur mit viel Alkohol oder unter Hypnose würde ich sie dazu bekommen, mir von den guten Zeiten mit Vater zu erzählen. Aber die musste es gegeben habe. Schließlich hatten die beiden sich einmal geliebt.

Um meinen Geldbeutel zu schonen, wollte ich eigentlich die S-Bahn nehmen. Doch als ich am Bahnhof ankam, fühlte ich mich zu gerädert für die öffentlichen Verkehrsmittel. Kurzerhand stieg ich in ein Taxi und gab Stuttgart als Ziel an. Wohin genau ich wollte, wusste ich noch nicht. Mit Vater würde ich nicht sprechen können. Tante Fanny, die Schwester meiner Mutter, lebte in Degerloch. Sie hatte die Ehe meiner Eltern hautnah miterlebt. Doch da sie die Rebellin unter den beiden Schwestern war, konnte sie mit der angepassten, an bürgerlichen Werten orientierten Marlene wenig anfangen. Ich bezweifelte, dass ich von Tante Fanny Gutes über meine Eltern zu hören bekommen würde. Plötzlich fiel mir jemand ein, der meinen Vater gut kannte. Viel besser als ich.

Während das Taxi auf der B 27 stadteinwärts fuhr, legte ich die

Halskrause wieder an. Ein bisschen Stütze und Halt konnten nicht schaden, auch wenn dieser Halt aus Plastik und Schaumgummi bestand.

»Wohin genau?«, erkundigte sich der Taxifahrer. »Die Zentrale fragt nach.«

»Killesberg«, sagte ich und lehnte mich in die Polster zurück. »Lassen Sie mich an der Killesberghöhe aussteigen.«

Vor Vaters Haus nahm ich die Halskrause ab und ließ sie in meiner Tasche verschwinden, um Gerit nicht zu beunruhigen. Meine Absicht war, mit ihr über meinen Vater zu sprechen, nicht über den Unfall. Ich hatte Glück. Gerit war zu Hause und hatte Zeit für mich. Wir setzten uns mit einer Tasse Kaffee ins Wohnzimmer und tauschten Neuigkeiten aus. Gerit hatte Vater seit seiner erneuten Verhaftung noch nicht besucht und konnte nur über seinen Anwalt mit ihm Kontakt halten.

»Herr Westermann hat mir gesagt, Peter leide sehr unter den Anschuldigungen«, sagte Gerit und rührte Milch in ihren Kaffee. »Ich verstehe einfach nicht, warum die Polizei ihn verdächtigt. Nur weil auch er oft Hut und Trenchcoat trägt wie der Mann auf den Überwachungsbändern? Ich meine, er kennt Anita doch erst ein paar Wochen. Warum sollte er sie umbringen?«

»Hat die Kripo Vater deshalb wieder verhaftet? Wegen dem Hut und dem Trench?« Vor meinem inneren Auge sah ich die Gestalt, mit der ich an Anitas Todestag auf der Treppe der Haltestelle zusammengestoßen war.

Gerit nickte. »Es gab einen anonymen Hinweis per Telefon.«

»Schon wieder? Genau wie bei der ersten Verhaftung?«

»Es geht auch um Peters Alibi, hat mir der Anwalt gesagt. Da gibt es wohl Ungereimtheiten.«

Das sah ich auch so. »Gerit, ich würde dich gern etwas fragen.«

Durch meinen zögernden Tonfall aufmerksam geworden, sah sie mich neugierig an. »Ja?«

»Seit Vater in Stuttgart aufgetaucht ist, frage ich mich oft, wie es früher zwischen uns war. Ich meine, wie er als Vater war.«

»Bea, ich kenne Peter erst seit sechs Jahren. Über diese Phase seines Lebens weiß ich nur wenig«, sagte Gerit und knetete die Hände in ihrem Schoß. »Was genau interessiert dich denn?«

»Na ja …« Ich überlegte, wie ich es am besten formulieren sollte. »Meine Mutter stellt ihn oft als Rabenvater dar. Aber ich glaube … ich glaube, er hat seine Sache gut gemacht. Zumindest bis er uns verlassen hat.«

»Verlassen?«, wiederholte Gerit und hüstelte. »Ich würde eher sagen, er musste gehen.«

»Er musste gehen? Wie meinst du das?«

»Nun, ich war nicht dabei. Aber nach allem, was Peter mir erzählt hat, ist deine Mutter eine sehr, wie soll ich es ausdrücken … eine sehr einnehmende Person.«

Unwillkürlich nickte ich. Einnehmend, dieses Wort charakterisierte sie gut.

»Aber du solltest darüber lieber mit Peter sprechen«, sagte Gerit, die sich bei diesem Thema sichtlich unwohl fühlte. »Hoffentlich kommt er bald frei. Seine Verhaftung kann doch nur ein Missverständnis sein.« Sie biss sich auf die Lippen und schien nur mühsam die Tränen zurückhalten zu können.

»Ich kann mir vorstellen, wie unangenehm es für dich ist, über Vaters Exfrau zu sprechen. Es ist nur so …« Auf der Suche nach den richtigen Worten sah ich zur Decke. Einer meiner Halswirbel knackte, gleichzeitig schoss ein Schmerzimpuls wie ein Blitz in meinen Schädel. Vor meinen Augen flimmerten gleißend weiße Flecken. Ich blinzelte ein paarmal, bis sie verschwanden. »Ehrlich gesagt bin ich ziemlich durcheinander. Mutter behauptet, er habe sich nicht um mich gekümmert und alles ihr überlassen. Aber in letzter Zeit träume ich manchmal von früher. Von meiner Kindheit. Wie Vater und ich zusammen gespielt haben. Ich habe kein schlechtes Gefühl dabei, im Gegenteil. Es kommt mir vor, als hätte ich eine Menge guter Erinnerungen. Aber irgendwie schaffe ich es nicht, sie zu greifen. Verstehst du, was ich meine?«

Gerit nickte und legte ihre Hand auf meine. »Du möchtest wissen, ob Peter dich geliebt hat«, sagte sie verständnisvoll und lächelte. »Da kannst du sicher sein, Bea. Du warst und bist ihm wirklich sehr wichtig. Er hat so gelitten, weil er dich nicht mehr sehen konnte.«

»Weil er mich nicht mehr sehen konnte?« Was Gerit da sagte, brachte mich durcheinander. »Aber *er* war es doch, der den Kontakt abgebrochen hat. Er ist mit dieser anderen Frau und ihren Kindern nach München gezogen und hat sich nicht mehr um mich gekümmert.«

»Was für eine Frau?« Gerit stutzte und zog die Augenbrauen zusammen. Über ihrer Nasenwurzel bildete sich eine Linie. »Soweit ich weiß, gab es keine andere Frau. Er hat es einfach nicht mehr ausgehalten bei Marlene. Die ewigen Streitereien, ihre Unzufriedenheit. Glaub mir, es ist ihm sehr schwergefallen, dich zurückzulassen.«

»Er hat sich nicht für eine andere Familie entschieden?« Mein Herz schlug laut, als ich diesen Satz aussprach. Ich konnte noch immer das Gewicht spüren, das als Kind auf meinen Schultern gelastet hatte. »Ich habe geglaubt, er wäre auch wegen mir weggegangen.«

Gerit neigte sich zu mir. »Bea, so war das nicht. Hat deine Mutter dir das gesagt?«

Schweigend sahen wir uns an. Ich nickte kaum merklich. Das war nicht einfach, weil ich das Gefühl hatte, meine Mutter zu verraten.

»Peter hat oft in Leinfelden angerufen und wollte mit dir sprechen. Aber deine Mutter hat es nicht zugelassen«, erklärte Gerit. Schnell fügte sie hinzu: »Bitte denk nicht, ich will deine Mutter schlechtmachen. Eine Ehe hat ihre Höhen und Tiefen, das ist auch bei Peter und mir so. Es gibt gute und schlechte Tage.« Sie fuhr sich durch das kurze braune Haar und seufzte. »Hoffentlich kommen bei uns bald bessere Zeiten.«

»Von den guten Tagen meiner Eltern weiß ich nur wenig. Bei meiner Mutter beiße ich da auf Granit.«

»Sie schützt sich, Bea. Sie will keine alten Wunden aufreißen.«

»Und was ist mit meinen alten Wunden? Zählen die gar nicht? Seit Vater in Stuttgart ist, komme ich mir vor wie in einer emotionalen Achterbahn. Er will wieder einen Platz in meinem Leben, aber meine Mutter macht ihn ständig runter. Ich weiß nicht, wem ich glauben soll.«

Gerit legte mir die Hand auf den Arm. »Komm mit. Ich möchte dir etwas zeigen.« Sie forderte mich mit einer Geste auf, ihr zu folgen.

Wir gingen hoch in den ersten Stock. An der Wand im Treppenhaus hingen Architekturfotografien. Ob die Aufnahmen von Gerit stammten? Auf einem Foto erkannte ich den Aussichtsturm im Killesbergpark mit seiner kühnen Stahlnetzkonstruktion. Ein anderes zeigte die Allianz Arena in München.

Gerit und ich betraten ein Zimmer mit hellgrünem Teppichboden und weißen Wänden. Ein hohes Regal mit Kunstbänden, Sammelordnern und gestapelten Zeitschriften füllte eine ganze Wand. Vor dem Fenster standen ein grünes Ledersofa, ein Wassily-Schwingsessel und ein restaurierter Empire-Stuhl um einen Tisch, auf dem neben einem weißen Apple ein paar Computerausdrucke lagen. An einer Wand türmten sich Umzugskartons, die mit blauem Marker beschriftet waren.

»Das ist Peters Arbeitszimmer.« Gerit sah sich um. »Besser gesagt, das soll es werden. Zum Auspacken ist er noch nicht gekommen.« Sie deutete zum Sofa. »Setz dich. Ich mache mich gleich auf die Suche. Der Karton muss hier irgendwo sein.«

So sah also das Arbeitszimmer meines Vaters aus. Es wirkte freundlich durch die hellen Farben und trotz des Durcheinanders wohnlich. An Vaters Büro in Leinfelden hatte ich nur wenige Erinnerungen. Es war in dunklem Holz eingerichtet gewesen. Sein altmodischer Eichenschreibtisch war so riesig, dass ich zwischen den beiden Schrankfächern rechts und links genug Platz zum Spielen hatte. Dort saß ich oft mit Bauklötzen und baute Türme neben Vaters Füßen. Oder ich bemalte die Rückseite von Blättern aus dem Papierkorb. Vater hatte oft von oben heruntergeschaut und meine Gemälde kommentiert.

»Bea, setz dich ruhig. Ich bin gleich so weit.«

Gerits Stimme riss mich aus meinen Erinnerungen. Ich nahm auf dem Ledersofa Platz. So viele Jahre hatte ich nicht mehr an Vaters Büro gedacht. Wie oft ich dort zum Spielen war, hatte ich schlichtweg vergessen. Oder verdrängt. Nun war es, als käme in meinem Inneren etwas in Bewegung. Die Erinnerungen an meine Kindheit kehrten langsam zurück.

»Hier sind sie, wusste ich's doch!«, kam es triumphierend von oben.

Gerit stand auf dem Empire-Stuhl und sichtete die Kartons

in der obersten Reihe. Als sie sich vorbeugte und in einem der Kartons kramte, kippte der Stuhl auf zwei Beine, und sie geriet aus dem Gleichgewicht. Hilfesuchend wollte sie sich festhalten. Dabei rutschte der Umzugskarton, in dem sie gestöbert hatte, vom Stapel und fiel zu Boden. Sein Inhalt ergoss sich vor meine Füße.

Es waren alte Ausgaben der Werbermagazine »Kontakter« und »Horizont«. Und ein ganzer Stapel frankierter weißer Briefumschläge. Ein paar waren leicht verblichen, als wären sie schon viele Jahre alt. Als ich las, an wen die Briefe adressiert waren, hielt ich den Atem an. Mit blauem Füller geschrieben stand dort mein Name.

»Da sind sie ja!« Gerit stieg vom Stuhl und schob die verstreuten Briefe zusammen. »Schau, Bea, die wollte ich dir zeigen.«

Meine Finger zitterten, als ich nach den Umschlägen griff. Die Adresse war die meines Elternhauses in Leinfelden. Diese Handschrift hatte ich in den letzten Wochen oft gesehen. Sie gehörte meinem Vater. Ich drehte den obersten Umschlag um und sah mir den Absender an. Peter Herzog. Eine Münchner Adresse. Horscheltstraße. Lag die nicht in Schwabing?

Gerit setzte sich neben mich auf das Sofa. »Diese Briefe hat dir dein Vater von München aus geschrieben.«

»Die habe ich noch nie gesehen«, stotterte ich und sah mir die Poststempel an. Die Briefe datierten aus den ersten beiden Jahren, nachdem er Mutter und mich verlassen hatte. Beziehungsweise von uns weggegangen war.

»Peter hat anfangs jede Woche einen losgeschickt. Später schrieb er seltener. Du hast die Briefe nie bekommen.«

»Woher weißt du das?« Ich sah überrascht auf. Meine Halswirbel knackten laut.

Das hatte auch Gerit gehört. »Hast du einen steifen Nacken?«, fragte sie besorgt.

»Geht schon.« Ich hob beschwichtigend die Hand. »Woher weißt du, dass die Briefe mich nicht erreicht haben?«

Gerit fuhr sich verlegen durch die kurzen Haare. »Peter hat mir gesagt, sie seien zurückgekommen. Gebündelt in großen Versandtaschen.«

»Zurückgekommen?« Zuerst verstand ich nicht, warum sie sich so neutral ausdrückte. Dann zog sich mein Magen schmerzhaft zusammen, als hätte mir jemand einen Fausthieb verpasst. »Willst du damit sagen, meine Mutter hat sie zurückgeschickt?«

»Tut mir leid, dass du es von mir erfährst. Peter hatte vor, dir die Briefe bei unserem nächsten Abendessen mitzugeben.«

»Mutter hat die Briefe alle abgefangen?«, vergewisserte ich mich. Konnte sie mich tatsächlich so hintergangen haben?

»Damals lief die Scheidung noch«, sagte Gerit voller Verständnis, als wollte sie meine Mutter verteidigen. »Ich denke, sie war eifersüchtig auf Peter. Daher hat sie versucht, jeden Kontakt von seiner Seite aus zu verhindern.«

»Nimmst du sie etwa in Schutz? Du kennst sie doch gar nicht.«

»Vielleicht gerade deshalb. Wenn eine Liebe auseinandergeht, ist es schwer, vernünftig zu sein und den anderen nicht für alles verantwortlich zu machen. Jeder trägt seinen Teil zum Scheitern bei.«

Was sie sagte, leuchtete mir ein. Entgeistert starrte ich auf die Briefe. Sollte ich sie öffnen und lesen? Oder lieber warten, bis ich zu Hause war?

»Nimm sie mit, Bea. Peter wollte es so.«

Wir gingen zurück ins Wohnzimmer. Gerit lieh mir eine schwarze Einkaufstasche, in der ich die Briefe verstaute.

Eigentlich wollte ich jetzt lieber allein sein, aber ich schaffte es nicht aufzustehen. Ich hatte das Gefühl, als wäre ich über Gerit mit meinem Vater verbunden. In mir kämpften verschiedene Emotionen miteinander. Wut auf meine Mutter, weil sie mich in meiner Haltung gegenüber Vater manipuliert hatte. Traurigkeit, weil er und ich so viele Jahre vergeudet hatten. Und auch Wut auf mich selbst. Ich machte mir Vorwürfe, weil ich mich nicht bei ihm gemeldet hatte. Ein einziges Gespräch hätte vielleicht genügt, um eine neue Art von Bindung aufzubauen.

»Möchtest du noch was zu trinken?«, fragte Gerit. »Einen Tee vielleicht? Obwohl du eher wirkst, als könntest du einen Schnaps vertragen.«

»Sogar Alkohol könnte das ganze Chaos in meinem Leben nicht lösen. Außerdem habe ich Schmerzmittel genommen.«

»Schmerzmittel? Bist du krank?«

»Nein. Ich hatte gestern einen kleinen Autounfall.«

Gerit schnappte nach Luft.

»Nichts Schlimmes. Mir stand nur ein Baum im Weg«, tat ich harmlos. »Ein leichtes Schleudertrauma, haben die Ärzte gesagt.«

»Ach, du meine Güte«, rief Gerit und legte den Arm um mich. »Wie ist das denn passiert?«

Ich überlegte kurz, ob ich ihr von den gelockerten Radschrauben erzählen sollte. Aber Gerit hatte zurzeit schon Sorgen genug. »Ein Tier lief über die Straße, und ich bin ausgewichen. Dabei bin ich von der Fahrbahn abgekommen.«

»Glück gehabt. Das hätte auch böse ausgehen können.« Gerit atmete auf. »Ich habe mich schon gefragt, warum du heute nicht in der Agentur bist.«

»Krankgeschrieben. Weißt du, es ist, als läge ein Fluch auf dieser Agentur. Zuerst Hohlberg, dann Anita. Vater fehlt. Und nun falle ich auch noch aus. Ich überlege, ob ich nicht trotzdem zur Arbeit gehen soll.«

»Das finde ich nobel von dir«, erwiderte Gerit. »Aber überleg dir gut, ob du deine Gesundheit riskieren willst.«

»Mir tun die Kollegen leid. Wer noch da ist, muss für drei schuften. Die letzten Tage über habe ich Anita vertreten und versucht, in ihrem Büro zu texten. Aber ständig klingelt das Telefon, und wenn du abnimmst, weißt du nie, was dich erwartet. Meist mittlere bis größere Katastrophen. Bisher dachte ich, Anita wäre eine Art besser bezahlte Telefonistin. Ich hätte nie gedacht, dass ihr Job als Kontakterin derart anspruchsvoll ist.«

»Kann ich mir vorstellen. Während meines Studiums habe ich in einem Callcenter gejobbt. Danach stand fest: Vertrieb ist definitiv nichts für mich.«

»Geht mir genauso«, stimmte ich zu und freute mich, weil Gerit und ich uns so gut verstanden.

»Hoffentlich findet die Kripo bald heraus, warum sie sterben musste. Und wer sie wirklich umgebracht hat.« Gerit seufzte. »Dann bekomme ich Peter endlich zurück. Er fehlt mir so sehr.«

»Wie hat er sich eigentlich mit Anita verstanden?«, fragte ich.

Gerit überlegte.

»Er mochte sie, glaube ich. Und ich auch. Als sie das erste Mal hier war, dachte ich insgeheim, sie wäre nur so ein Modepüppchen, wie sich in den Medienberufen viele tummeln. Du weißt schon, hübsche Oberfläche, teure Markenkleider, aber nichts dahinter.«

»Als sie hier war?«, wiederholte ich. »Willst du damit sagen, Anita hat Vater hier besucht?«

»Ja, sie war zwei- oder dreimal mit Nikolas und Jens hier. Vor dem Event in der Markthalle. Die vier haben den Ablauf durchdacht und das Menü wieder und wieder probegekocht und daran gefeilt. Jens wollte, dass es alle überzeugt.«

Erstaunt nahm ich zur Kenntnis, dass meine Kollegen sich privat getroffen hatten. »Weißt du, wie Hohlberg und Vater sich kennengelernt haben? Und wie er ihn dazu bewegt hat, hierherzuziehen? Kaum jemand wechselt doch freiwillig von München nach Stuttgart.«

»Stimmt, meist ist es umgekehrt. Alle wollen nach München. Eine großartige Stadt mit vielen Facetten. Der einzige Makel ist die Lage: mitten in Bayern.« Sie lächelte. »Wenn man parteipolitisch woanders steht, so wie ich, eckt man beruflich oft an.«

»Das kenne ich«, brummte ich. »Das mit dem beruflichen Anecken.«

»Da haben wir noch was gemeinsam. Der Kontakt zu Peter kam über Nikolas zustande.«

»Nikolas?« Sofort erinnerte ich mich an die Szene neulich vor dem Hotel. Wie vertraut Gerit und Nikolas miteinander umgegangen waren.

»Ja, er und ich …« Gerit suchte nach den richtigen Worten. »Wir waren früher ein Paar. Bevor ich Peter kennengelernt habe.«

»Du und Nikolas, ihr wart zusammen?« Das überraschte mich sehr. Der reservierte Controller und die lebenslustige Gerit. Aber möglicherweise waren es genau diese Gegensätze, die sie aneinander fasziniert hatten.

»Er hat damals bei derselben Zeitung gearbeitet wie ich. Er im Wirtschaftsressort, ich habe als freie Mitarbeiterin fürs Feuilleton über Architektur geschrieben. Bei einer Weihnachtsfeier saßen wir uns gegenüber. Danach haben wir uns ein paarmal privat getroffen. Irgendwann konnte ich seinem kühlen Charme nicht mehr widerstehen.«

»Ich habe schon gehört, wie gefährlich die Weihnachtsfeiern in München sind«, bemerkte ich und spielte damit auf den FC Bayern an. Wenn ich mich richtig erinnerte, hatte Beckenbauer auf einer Weihnachtsfeier des Vereins eine Affäre angefangen, die durch die gesamte Presse gegangen war. Gefolgt von einer Scheidung.

»Du spielst auf Franz Beckenbauer an?« Gerit schmunzelte. »Damals war ich ein Fan von Bernstein und Woodward. Ich habe investigativ recherchiert und beim Caterer des FC Bayern als Bedienung gejobbt. Meine Reportage wartet noch heute auf den Pulitzerpreis.«

»Neulich habe ich dich in der Stadt gesehen. Mit Nikolas«, warf ich ein, um zu sehen, wie sie reagierte. Diese Begegnung lag mir schwer auf der Seele. »Vor einem Hotel im Westen.«

»Ein Hotel im Westen? Ach ja, richtig. Wir haben dort zusammen gegessen. Unser erstes Wiedersehen nach mehr als sechs Jahren. Warst du auch im Restaurant? Ich habe dich nicht bemerkt.«

»Nein, nein. Ich hatte in der Nähe geparkt und bin zufällig vorbeigekommen.«

»Warum hast du nicht Hallo gesagt?«

Beiläufig zuckte ich mit den Schultern. »Ich war schon spät dran. War abends verabredet.«

»Mit Teddy?« Gerit lächelte zweideutig.

Ich stöhnte auf. »Eigentlich dachte ich, niemand wüsste davon.«

»Deine Agentur ist das reinste Boulevardblatt. Klatsch, Tratsch, Affären und Gerüchte. Eure Liebschaft hat sich sogar bis zu mir herumgesprochen.«

Als ich in Teddys Wohnung zurückkam, war er noch nicht wieder da. Das kam mir entgegen. Jetzt konnte ich so tun, als wäre ich den ganzen Tag brav daheimgeblieben. Ich zog Teddys Jogginganzug über und legte die Halskrause an, weil mein Nacken schmerzte. Mit einem Tee und einem Salamibrot legte ich mich aufs Sofa.

Als ich neben mir eine Bewegung spürte, schreckte ich aus einem verstörenden Traum auf. Ich war in einem Kartenhaus gefangen. Es bestand nicht aus Assen, Buben und anderen Spielkarten, sondern aus Briefumschlägen. Auf allen stand in riesigen Großbuchstaben mein Name.

»Wie geht es dir, Kleines?« Teddy schmiegte sich an mich. Er roch nach Leder und Zigaretten.

»Habt ihr geraucht? Dann gab's wohl eine Katastrophe in der Agentur?«

»Bingo. Wolfssohn hat das Layout über den Haufen geworfen und wollte noch heute ein neues sehen. Wir mussten bei null ansetzen. Das haben wir nur mit Drogen geschafft. Außerdem brauchte ich was Anregendes. Ich wollte nämlich früh weg, um bei dir zu sein.«

»Das ist schön«, sagte ich und genoss Teddys Umarmung.

Er knabberte an meinem Hals. »Jeannette musste heute für dich einspringen und Anita vertreten.«

»Oje. Hat sie schon gekündigt?«

»Noch nicht. Aber sie ist nach jedem zweiten oder dritten Anruf durch die Agentur gerannt und hat Schimpfwörter gebrüllt. War ein großer Spaß. Wolfssohn hat sie als grapschgeiles Warzenschwein bezeichnet. Und wie war es bei dir? Wie oft hast du den Pizzaservice kommen lassen?«

»Salamibrot tat's auch.«

»Ich ziehe mich um, bin gleich wieder da.« Teddy stand auf. Die Polsterung des Sofas schwang nach und schaukelte mich, als läge ich in einer Wiege.

Ich schloss die Augen und genoss die friedliche Stimmung.

»Was ist das für 'ne Tasche hier?«, hörte ich Teddy im Flur sagen. Es raschelte ein paarmal. Dann hörte ich einen erstaunten Laut.

Erst als ich Gerits schwarze Einkaufstasche in seiner Hand sah, ging mir auf, was los war. Die hatte ich beim Reinkommen in den Flur gestellt und vergessen, sie verschwinden zu lassen.

Teddys Miene verdüsterte sich. »Da sind lauter Briefe an dich drin. Die wird kaum der Briefträger vorbeigebracht haben, oder?«

Mist. Mir fiel so schnell keine brauchbare Ausrede ein. »Ich war bei Gerit, um mich nach Vater zu erkundigen.«

»Du hättest sie genauso gut anrufen können.«

»Ich musste einfach raus. Mit jemandem über meinen Vater sprechen, verstehst du? Die Briefe hat sie mir mitgegeben.«

Als ich ihm schilderte, was geschehen war, vergaß er prompt, dass ich mich nicht an seine Anweisungen gehalten hatte.

»Wahnsinn«, sagte er und ließ sich aufs Sofa sacken. »Deine Mutter hat ihre Macken, aber diese Nummer hätte ich ihr nicht zugetraut.« Er griff nach einem der Umschläge und drehte ihn um. »Die sind ja noch zu. Willst du sie nicht lesen?«

»Schon. Aber ich habe Angst vor dem, was drinsteht. Weißt du, ich habe doch immer gedacht, mein Vater wäre ein Monster.«

Teddy steckte den Umschlag in die Tasche zurück. »Sieh es positiv. Du hast die Chance, mit ihm neu anzufangen.«

Mein Seufzer kam aus tiefster Seele. »Wenn er jemals wieder freikommt. Hoffentlich findet die Polizei bald den Täter. Ach, da fällt mir was ein. Gerit hat erzählt, Anita sei vor dem Event in der Markthalle ein paarmal bei Vater daheim gewesen. Ich vermute, dass sie bei einem dieser Treffen die Flasche mit dem Olivenöl, Hohlbergs Notfallmedikament und seinen Allergiepass dort versteckt hat.«

»Also hat sie Hohlberg tatsächlich umgebracht.« Teddy schnaubte ungläubig. »Das hätte ich dieser halben Portion nicht zugetraut.«

»Liebe macht blind. Und rachsüchtig. Meinst du, sie könnte auch hinter dem anonymen Anruf stecken? Du weißt schon, die Kripo hat daraufhin Vaters Haus durchsucht.«

»Kann sein. Wenn der Anrufer weiblich war«, erwiderte Teddy. »Komm, wir machen es uns gemütlich. Streck dich aus.«

Ich lümmelte mich in die Polster und rutschte dicht an die Lehne, damit Teddy neben mir Platz hatte.

»Eins verstehe ich noch nicht«, murmelte er in meinen Nacken.

Weil ich keinen anderen Platz dafür fand, schob ich meine Hand in die Spalte zwischen Sitzfläche und Lehne. Dort spürte ich einen harten Gegenstand. Was konnte das sein?

»Warum hätte dein Vater Anita umbringen sollen?«, rätselte Teddy neben mir. »Entweder war er ihr Komplize, oder es gibt eine andere Verbindung zwischen den beiden.«

In jeder anderen Situation hätte er meine volle Aufmerksamkeit gehabt. Aber das Ding in der Sofaspalte beschäftigte mich. Es war klein und annähernd rund. Die Oberfläche bestand aus lauter Knötchen. Daran hing etwas Dünnes, Langes. Ein Draht?

»Autsch«, entfuhr es mir, als der Draht mich pikste. Ich schob auch die andere Hand in die Spalte und zerrte das runde Ding heraus. Fassungslos starrte ich auf eine Erdbeere aus Plastik an einem silbernen Ohrbügel.

»Was ist los? Hab ich dich eingequetscht?« Teddy rutschte ein Stück von mir weg.

»Nein«, sagte ich tonlos und setzte mich auf. »Das da hab ich gerade in deinem Sofa gefunden.« Ich hob das Fundstück hoch und ließ es zwischen Daumen und Zeigefinger baumeln. Ein Ohrring in Form einer Erdbeere. Ich erkannte ihn sofort wieder.

Offenbar ging es Teddy genauso. Er wurde rot unter den Bartstoppeln und raufte sich die Haare. »Ach du Scheiße. Bea, ich kann dir das erklären. Warte doch!«

Aber ich war schon auf den Beinen und stand vor Wut zitternd vor dem Sofa.

»Wann?«, fragte ich nur.

Teddy richtete sich auf und wollte mich berühren. Ich schlug seine Hand weg und hätte ihm am liebsten auch ins Gesicht geschlagen. Mein ganzer Körper bebte, als hätte ich Schüttelfrost.

»Sei nicht albern, Bea. Setz dich zu mir, ich kann dir alles erklären. Komm!«

»Wann war das?«, wiederholte ich, obwohl es mir bereits klar war. Diesen geschmacklosen Ohrring hatte Britta beim Shooting in der Markthalle getragen.

Plötzlich bekam ich keine Luft mehr. Ich musste hier weg. Von diesem Sofa, von Teddy. Raus aus dieser Wohnung. Ich packte die schwarze Tasche, lief in den Flur und schlüpfte in meine Schuhe. In Windeseile warf ich meine Jacke und die Umhängetasche über und stürmte aus der Wohnung. Hinter mir knallte die Tür ins Schloss. Als ich ein Stockwerk tiefer war, hörte ich oben Schritte.

»Bea! Warte doch. Das war ein Fehler, glaub mir.« Teddy kam hinter mir her. »Wir hatten zu viel getrunken. Eins kam zum anderen. Das hatte nichts mit dir zu tun.«

Meine Knie waren weich, und ich zitterte. Trotzdem kam ich heil die Treppe hinunter.

Panisch rannte ich auf die enge Gasse hinaus. Ohne nachzudenken, wandte ich mich nach links und lief über das Kopfsteinpflaster, so schnell ich konnte. Meine Schuhsohlen machten laute Geräusche auf den Steinen.

»Bitte renn doch nicht weg. Lass es mich erklären!«, rief Teddy hinter mir her.

Als ich aus der Gasse auf eine größere Straße kam, verschwand ich in einem Hinterhof. Ich duckte mich hinter einer überquellenden Mülltonne und wartete, bis Teddys Rufe aufhörten. Ekelhaft stinkender Müllgeruch waberte mich ein. Das passte. Genauso kam ich mir auch vor. Wie Müll, den jemand achtlos fallen gelassen hatte.

Mein letztes Bargeld ging fürs Taxi drauf, das mich vom Wilhelmsplatz in den Westen brachte. Der Fahrer beäugte mich misstrauisch im Rückspiegel, weil ich noch immer in Teddys Jogginganzug steckte, der mir viel zu groß war. Das war mir egal. Mir war alles egal. Ich wollte nur noch heim.

Als ich die WG betrat, kam Jeannette gerade aus dem Bad. Sie trug einen Handtuchturban auf dem Kopf. Ihr Gesicht war mit einer grünen Feuchtigkeitsmaske bedeckt, die nur Mund, Augen und Nasenlöcher frei ließ. Schnell drehte ich mich weg, um mein verheultes Gesicht zu verbergen.

Jeannette hatte den Braten bereits gerochen. »Bea, was ist los? Tut's so weh?«, fragte sie voller Mitgefühl. Sie kam her und streichelte mir über den Hinterkopf.

Bei dieser liebevollen Berührung brach der letzte Damm, der meine Emotionen noch im Zaum gehalten hatte. Mit lautem Plumps fielen die Taschen zu Boden. Von Schluchzern geschüttelt, sackte ich in die Knie und heulte die ganze Enttäuschung und Demütigung raus.

»Soll ich den Arzt anrufen?«, fragte Jeannette. Sie nahm wohl an, ich hätte Schmerzen wegen des Autounfalls. »Oder dir eine Tablette holen?«

Ich schüttelte den Kopf und heulte weiter.

»Ach, Bea.« Meine Freundin hockte sich neben mich auf den Boden. »Wie gut, dass ich mein Date mit diesem sportverrückten Fitnesstrainer abgesagt habe. Stell dir vor, der wollte bei unserem ersten Treffen mit mir an den Bärenseen joggen gehen. Um diese Uhrzeit! Der hätte mich doch einfach hinter einen Busch zerren können. Nö, hab ich gesagt, heute mach ich Schönheitstag.«

Ihr harmloses Gerede tat mir gut. Langsam beruhigte ich mich.

Sie reichte mir ein Taschentuch. »Heute steht ein großer Artikel über deinen Unfall in den Stuttgarter Nachrichten. Mit Bild von deinem ramponierten Corsa, wie er um die Eiche gewickelt ist.«

»Buche. Es war eine Buche.«

»Gott sei Dank hast du wenigstens deinen Humor nicht verloren. Wegen deiner ständigen Heulerei wollte ich schon einen Eintrag im Guinnessbuch beantragen.«

Inzwischen hatte ich mich so weit beruhigt, dass ich aufstehen konnte.

Jeannette deutete auf die schwarze Einkaufstasche, die ich einfach hatte fallen lassen. »Warst du noch shoppen?«

»Nein, das sind Briefe von Gerit.«

»Gerit hat dir Briefe geschrieben?« Meine Freundin runzelte die Stirn. Ihre Maske bekam Risse. Ein paar grüne Bröckchen fielen auf das Laminat.

»Nein, die sind von Vater. Ist eine lange Geschichte.«

Ein paar Minuten später war sie auf dem Laufenden. Bis auf die Sache mit Teddy. Seit Jahren predigte mir Jeannette, er würde mir nicht guttun. Letzten Endes hatte sie recht behalten.

Sie ahnte schon, was der eigentliche Auslöser war, und deutete auf den Jogginganzug. »Teddy hat wieder über die Stränge geschlagen, stimmt's?«

»Wie kommst du darauf?« Erneut stiegen mir Tränen in die Augen. Ich wischte sie weg und entschied, dass es nun genug war mit dem Geheule.

»Keine große Kunst.« Jeannette winkte ab. »Dein Lover hat

vorhin angerufen. Er war so aufgedreht, als hätte er Kokain genommen. Hat was von einem Ohrring, Britta und dem Fehler seines Lebens gefaselt.«

»Ja, genau. Der bin ich. Der Fehler seines Lebens.«

Sie packte mich unter den Achseln und zog mich vom Boden hoch. »Teddy hat mit Britta geschlafen, hab ich recht?«

Mir gelang es zu nicken, ohne gleich wieder loszuheulen.

Meine Freundin bückte sich und las die grünen Bröckchen auf, die sie um uns herum verteilt hatte. »Sieh an. Davon hat Hohlberg bestimmt nichts gewusst, sonst hätte er Teddy hochkant rausgeworfen.« Jeannette hielt plötzlich in der Bewegung inne. Dann fragte sie aufgeregt: »Neulich hast du mir doch von deinem Besuch im Marienhospital erzählt. Bei unserem Chef. Hat Britta ihn da nicht um Verzeihung gebeten? Du weißt schon, als er im Koma lag.«

»Ja, so war es.« Ich las einen grünen Krümel auf, der auf meiner Schuhspitze gelandet war.

»Langsam schließt sich der Kreis.« Jeannette tippte sich mit dem Zeigefinger an die Nasenspitze. Eine Geste, die sie oft machte beim Nachdenken. »Anita hat die Ölflaschen vertauscht, und Britta hat Hohlberg betrogen mit … na ja, lassen wir das«, brach sie rücksichtsvoll ab und schüttelte den Kopf. Dabei löste sich ein großer grüner Brocken von ihrer Wange und klatschte auf den Boden.

»Ich sollte mir diesen Matsch vom Gesicht waschen, bevor die Sauerei noch größer wird. Eigentlich wollte ich gerade ein Bad nehmen. Aber wir können auch auf Schokoladenpudding umschwenken, wenn du Trost in Kalorienform brauchst.«

»Danke, das ist lieb von dir. Nimm ruhig dein Bad. Ich wollte sowieso allein sein.«

»Du springst nicht aus dem Fenster? Oder fährst zurück zu … du weißt schon, um ihm zu verzeihen?«

»Nein, keine Sorge. Ich habe vor, mir Vaters Briefe anzusehen. Das lenkt mich ab.«

»Okay. Ich geh zurück in den Schönheitssalon. Wenn du reden willst, komm einfach ins Bad.«

Ich zog den Jogginganzug aus und versenkte ihn im Restmüll.

Dann wickelte ich mich in meinen pastellgelben Bademantel, schenkte mir ein Bier ein und schlüpfte mit den Briefen ins Bett.

Nach einem großen Schluck sortierte ich die Briefe auf der Bettdecke anhand des Datums der Poststempel. Es waren über fünfzig. Schließlich hatte ich den am frühesten datierten Brief gefunden. Das musste der erste sein, den er mir aus München geschrieben hatte.

Mit einer Nagelfeile schlitzte ich den Umschlag auf. Er enthielt einen hellblauen Papierbogen, dessen Rand mit kleinen Engelsfiguren verziert war. Ob Vater das Papier damals extra für mich besorgt hatte? Als ich daran roch, glaubte ich, einen Hauch seines Rasierwassers zu wittern. Sicher bildete ich mir das nur ein. So lang haftete nicht mal das teuerste Duftwasser.

Blauer Füller. Derselbe wie auf dem Umschlag. Es war Vaters Handschrift. Kein Datum. Das war vielleicht auch nicht wichtig, wenn man seiner Tochter schrieb.

»Meine liebe kleine Malmaus«, stand als Anrede über den Zeilen. Ich schluckte heftig. Da waren doch noch ein paar Tränen in meinem Depot. Heftig blinzelnd las ich weiter.

»Du fehlst mir so sehr, meine Süße. Schon einen ganzen Monat haben wir uns nicht gesehen. Wie schade, dass wir nicht mehr in die Wilhelma zu den Seelöwen gehen konnten, wie ich es dir versprochen hatte. Ich schreibe dir aus München. Das ist eine große Stadt, in der die Menschen gern Feste feiern. Hier gibt es viele Kunstmuseen, in denen Bilder hängen, so wie in Stuttgart. Ich hoffe, du besuchst mich bald. Dann schauen wir uns Bilder mit gelben und blauen Pferden an, so wie du sie auch gern malst.«

Als ich vor Tränen nichts mehr sehen konnte, legte ich den Brief weg. Vielleicht war es doch keine so gute Idee, Vaters Briefe heute Abend zu lesen. Eigenartig, welch große Rolle Briefe in letzter Zeit in meinem Leben spielten. Ich selbst hatte schon jahrelang keinen mehr geschrieben. Nur ein paar Weihnachtskarten. Sonst nur noch E-Mails und SMS. Aber das war einfach nicht das Gleiche. Wer hatte mir den letzten Brief geschrieben?, überlegte ich und hörte schlagartig auf zu weinen. Anita! Anitas Abschiedsbrief war zumindest der letzte, den ich gelesen hatte. Auch wenn er nicht ausdrücklich an mich adressiert gewesen war.

In drei Sekunden war ich aus dem Bett und holte meine Umhängetasche aus dem Flur. Irgendwo hier drin musste er sein. Ich erinnerte mich noch, wie ich ihn in diese Tasche gesteckt hatte. Seitdem hatte ich nicht mehr daran gedacht, weil sich die Ereignisse überschlagen hatten. In einem Seitenfach, das ich nur selten benutzte, wurde ich fündig. Noch ein Brief, der große Bedeutung hatte. Ich kehrte ins Bett zurück und las ihn erneut.

Ohne Jens will ich nicht mehr weiterleben. Ich habe ihn geliebt und wollte ihn nicht umbringen. Mein Plan war es, die Veranstaltung zu stören, an der ihm so viel lag. Deshalb habe ich das Öl vor dem Live-Cooking vertauscht. Ich wollte nicht ihm, sondern seiner Agentur schaden. Sie war ihm immer wichtiger als ich. Dass er gestorben ist, tut mir sehr leid. Ich hoffe, seine Freunde und Angehörigen werden mir verzeihen. Anita Severin

Dies waren die letzten Zeilen, die Anita in ihrem Leben geschrieben hatte. Ich ließ den Brief sinken und nippte an meinem Bier. Was würde ich schreiben? Und vor allem wem? Diese Frage schob ich schnell von mir, darüber wollte ich nach der schrecklichen Entdeckung in Teddys Sofa lieber nicht nachdenken. Auf jeden Fall würde ich weniger Rechtschreibfehler machen, das war sicher. Anita brachte es sogar fertig, Dateibezeichnungen falsch zu schreiben.

Bei diesem Gedanken überkam mich ein Frösteln. Erneut überflog ich den Brief – und traute meinen Augen nicht. Das konnte doch nicht sein, oder? Noch einmal studierte ich das Schreiben, diesmal Wort für Wort. Einigermaßen fassungslos schüttelte ich den Kopf. Dieser Brief enthielt keinen einzigen Rechtschreibfehler. Alle Satzzeichen waren an der richtigen Stelle. Sogar der Stil war makellos. So als hätte ich ihn geschrieben. Oder jemand anders, der mit dem Duden nicht auf Kriegsfuß stand. Aber auf keinen Fall Anita!

Ich versuchte zu rekonstruieren, wie die letzten Stunden ihres Lebens abgelaufen sein mochten. Anita hatte den Brief auf ihrem Tisch deponiert, bevor sie zum Bopser gelaufen war, um sich das Leben zu nehmen. Falsch, korrigierte ich mich, und gleich in zweierlei Hinsicht. Erstens hatte sie sich nicht das Leben genommen, sondern war heimtückisch ermordet worden. Und zweitens gab es keinen Beweis dafür, dass sie den Brief dort hingelegt hatte. Es gab nicht einmal einen Beweis dafür, dass sie ihn selbst geschrieben hatte. Was ich da in der Hand hielt, war ein Computerausdruck, wie ihn jeder hätte anfertigen können. Jeder, der ein Interesse daran hatte, Anita den Mord an Hohlberg in die Schuhe zu schieben und dafür zu sorgen, dass sie sich dagegen nicht mehr wehren konnte: der wahre Mörder unseres Chefs! Wenn ich den fand, könnte ich Vater entlasten, ohne Mutter wegen des strittigen Alibis bloßzustellen.

Ich sprang aus dem Bett, zog mich an und nahm Jeannettes Autoschlüssel aus der Schale in der Garderobe. Auf den Gedanken, ihr Bescheid zu geben, kam ich gar nicht.

Eine halbe Stunde später saß ich an Anitas Rechner und sichtete ihre Dateien. Ein paar Verzeichnisse waren mit Passwörtern gesichert, zum Beispiel Verträge mit Kunden oder Mitarbeitern. Ebenso die Buchhaltung. Meine Suche galt der Datei mit dem Abschiedsbrief. Sie musste hier irgendwo auf der Festplatte sein.

Während ich mich durchklickte, kreisten meine Überlegungen um Anitas Brief. Mittlerweile war ich mir sicher, dass jemand diesen Brief in ihrem Namen verfasst hatte, um ihr so den Mord an Hohlberg anzulasten. Und um ihren Tod wie einen Selbstmord aussehen zu lassen. Aber wer? Auf jeden Fall musste es jemand aus der Agentur gewesen sein. Oder jemand, der Zugang zu unseren Räumen hatte. Nur so hatte er oder sie den Brief in Anitas Büro deponieren können, wo ich Unglücksrabe ihn gefunden hatte.

Doch ich konnte das Manuskript ihres Abschiedsbriefes hier nirgends finden. Schon wieder ein Denkfehler, merkte ich dann. Warum ging ich davon aus, dass der Brief hier auf ihrem PC geschrieben worden war?

Als das Telefon klingelte, fuhr mir der Schreck bis ins Mark. Es war kurz nach elf Uhr nachts. Wer sollte um diese Zeit hier noch anrufen? Und wieso sprang der Anrufbeantworter nicht an? Jeannette musste vergessen haben, ihn einzuschalten, nachdem sie mich heute vertreten hatte. Was sollte ich tun? Den Anruf ignorieren? Oder rangehen? Vielleicht war es wichtig.

Ich nahm ab. »Ja?«, sagte ich und schraubte meine Stimme tiefer, falls es ein Perverser war, der wahllos Nummern durchtelefonierte, bis er eine Frau an der Strippe hatte, die er belästigen konnte.

»Bea! Endlich. Bin ich erleichtert, deine Stimme zu hören.« Das war der letzte Mensch auf diesem Planeten, mit dem ich sprechen wollte. Teddy.

»Das bist doch du, oder? Sag was, Bea. Bitte!«

»Du bist falsch verbunden, Teddy«, entgegnete ich erstaunlich gelassen. Trotzdem brachte ich es nicht fertig, sofort aufzulegen. Meine Neugier war zu groß. Außerdem wollte ich ihm wenigstens einen Teil des Schmerzes zurückgeben, den er mir zugefügt hatte.

»Du, seit Stunden telefoniere ich alle Freunde und Verwandten von dir durch«, sagte er aufgebracht. »Ich habe mir Sorgen um dich gemacht. Bei euch in der WG ging niemand ran. Da dachte ich, ich versuch's in der Agentur.«

Teddy hatte meine Freunde und Verwandten durchtelefoniert? Ich wollte lieber nicht wissen, was er denen erzählt hatte.

»Teddy?«

»Ja?«

»Ich sage es nur einmal. Also hör mir gut zu.«

»Ja?«, kam es erwartungsvoll zurück.

»Ruf mich nicht noch einmal an! Lass mich in Ruhe! Sonst kriegst du eine einstweilige Verfügung an den Hals, darauf kannst du wetten.« Mit einem energischen Druck auf die entsprechende Taste beendete ich die Verbindung. War doch gar nicht so schwer, redete ich mir gut zu. Meine Hände zitterten dennoch. So machst du das jetzt immer, wenn du einen Mann loswerden willst, sagte ich mir.

Erneut wandte ich mich Anitas Rechner zu. Kurz vor Teddys Anruf hatte ich etwas entdeckt, das mir interessant erschienen war. Welche Datei war das gewesen? Ich überflog die entsprechende Spalte. Da! Die Datei mit der Bezeichnung »privat«. Ich klickte auf das Symbol. Mist. Der Rechner wollte ein Passwort von mir. Ich probierte alles, was mir einfiel. Anitas Name, Hohlbergs Name, ihr Geburtsdatum. Aber ich hatte kein Glück. Was war ihr wichtig gewesen außer Jens?, überlegte ich. Nagellack. Markenklamotten. Schuhe. Damit kannte ich mich nicht aus. Ich wusste nur, dass sie gern bei Nexx einkaufte. Das war einer unserer Agenturkunden. Nexx stellte Lifestyle-Produkte her. Aber auch das Wort Nexx gab mir keinen Zugang. Wäre auch zu einfach gewesen.

Apropos einfach. Ich versuchte es mit: »AnitaundJens«. Wenig originell, aber es klappte. Die Datei ging auf. Sie enthielt kurze Einträge mit Datum, einem Tagebuch ähnlich. Zuerst hatte ich Skrupel, doch dann begann ich zu lesen. Schließlich war ich einem Mörder auf der Spur.

Wie es schien, ging es in ihren Einträgen um die Affäre mit Hohlberg. Anita schilderte, wie Jens und sie sich in Frankfurt nach dem Meeting in der Bank nähergekommen waren. Der Abend in der Hotelbar. Ihre erste gemeinsame Nacht. Eigentlich wollte ich das alles nicht so genau wissen. Was mich interessierte, waren die letzten Tage vor ihrem Tod. Ich scrollte zum Ende der Datei und dann ein paar Einträge zurück. Hier beschrieb Anita, wie Hohlberg sich von ihr getrennt hatte. Sogar unser kleines Gespräch in der Agenturtoilette hatte sie dokumentiert. Erstaunlicherweise ohne mich als Kuh oder ähnlich Abschätziges zu beschimpfen.

Ein dumpfer Laut aus der unteren Etage ließ mich aufhorchen. Was war das? Klang, als würde die Haustür der Villa ins Schloss fallen. Das war sicher der Hausmeister. Er lebte mit seiner Frau und zwei Katzen im Erdgeschoss.

Nachdem ich die folgenden Einträge überflogen hatte – die Vorbereitungen in der Markthalle, das Event, Hohlbergs tragischer Tod nach dem anaphylaktischen Schock –, scrollte ich ans Ende. Dem Datum nach stammte der letzte Eintrag von dem Tag, an dem sie gestorben war. Er drehte sich um ein Gespräch und lautete:

»Heute mit X gesprochen. Ihm auf den Kopf zugesagt, ich wüsste, dass er die Ölflasche bei Peter versteckt hat.«

Mein Hals schnürte sich zu. Anita hatte gewusst, wer Hohlbergs Mörder war! Auf jeden Fall war es ein Mann. Wer verbarg sich hinter dem X? Hastig überflog ich die nächsten Zeilen.

»Nur er und ich waren mit Jens in Peters Haus. X hat alles geleugnet. Dann hat er mir Geld geboten, wenn ich schweige.«

Ich sah auf und ballte unwillkürlich die Faust. Das würde sogar den misstrauischsten Polizisten überzeugen! Ich musste dieses Tagebuch unbedingt für den Kommissar ausdrucken. Aber zuerst wollte ich auch den Rest noch lesen.

»Für das Kind, hat er gesagt. Weiß nicht, woher er davon wusste. Ist auch egal. Meine Periode war nur verspätet.«

Anita war gar nicht schwanger gewesen? Es erleichterte mich, das zu wissen. Der Mörder hätte sonst nicht nur sie, sondern auch ihr ungeborenes Kind auf dem Gewissen gehabt. Erst im Nachhinein wurde mir bewusst, dass eine Schwangerschaft in den Medien nie erwähnt worden war.

Einen Teil des Gesprächs, über das Anita hier schrieb, hatte ich mitbekommen. Sie hatte sich in der Agenturküche mit jemandem gestritten. Einem unserer Kollegen. Konnte es tatsächlich sein, dass der die beiden Morde verübt hatte?

Bisher hatte ich diesen Mann als Täter nie in Erwägung gezogen. Seit Anitas letzten Worten – »Peter war es« – hatte ich meinen Vater im Verdacht gehabt, auch wenn sich alles in mir dagegen gesträubt hatte. Was hatte Anita mir damals wirklich sagen wollen? Nach allem, was ich jetzt wusste, hatte nicht mein Vater sie vor die Bahn gestoßen. Warum hatte sie ihn dann mit letzter Kraft beschuldigt?

Mit letzter Kraft, wiederholte mein Gehirn ohne mein Zutun. Wie elektrisiert richtete ich mich auf. Plötzlich war mir klar, wie es gewesen sein konnte. Genau das musste des Rätsels Lösung sein. Anita hatte kurz vor ihrem Tod einfach nicht mehr genug Kraft gehabt, um noch ein entscheidendes letztes Wort hinzuzufügen. Ein harmloses »nicht«, und der Sinn war gänzlich anders: »Peter war es nicht.« Das hatte sie mir mitteilen wollen! Wieso hatte ich das nicht früher kapiert? Sie musste erkannt haben, dass nicht mein Vater in dem Trenchcoat steckte, sondern jemand anders. Und dieser Jemand hatte mit der Verkleidung den Verdacht auf meinen Vater lenken wollen. Was ihm auch gelungen war.

Erneut fiel im Erdgeschoss die Haustür ins Schloss. Der Haus-meister war nachtaktiv, so viel stand fest. Oder es war Teddy. Hoffentlich nicht. Ihn wollte ich nicht sehen. Außerdem hatte ich im Moment Wichtigeres zu tun, als mir seine Entschuldigungen anzuhören.

Als ich Anitas private Datei für den Kommissar ausgedruckt hatte, ging ich hinüber in das Büro des Kollegen, den sie beschuldigt hatte.

Weiße Designermöbel, schwarz gebeiztes Eichenparkett. Ni-kolas' Stil war ebenso farblos wie er selbst. Besser gesagt, wie ich ihn bisher empfunden hatte. Wie ich nun wusste, hatte der Con-troller die ganze Zeit über ein doppeltes Spiel gespielt. Wonach suchte ich hier eigentlich?, fragte ich mich. Die Antwort blieb ich mir schuldig. Vielleicht das Manuskript zu Anitas Abschiedsbrief? Das würde ich hier nicht finden. Der Laptop, an dem Nikolas arbeitete, stand nicht auf dem ausladenden Tisch in der Mitte des Raumes. Er hatte ihn mit nach Hause genommen. Das war nicht weiter bedauerlich. Sein Passwort hätte ich nicht so einfach geknackt.

Meine Mission war beendet. Alles, was ich wissen wollte, hatte ich erfahren. Nun würde ich meine Erkenntnisse Kom-missar Gabriel mitteilen und ihm den Ausdruck des Tagebuches übergeben. Morgen würde mein Vater wieder auf freiem Fuß sein. Der ganze hässliche Spuk wäre zu Ende, sobald der wahre Mörder von Hohlberg und Anita verhaftet war.

Bevor ich die Agentur verließ, sah ich mich in Nikolas' Zim-mer noch ein wenig um. Hier drin war ich nur selten gewesen. Nikolas zog es vor, das Besprechungszimmer für Gespräche zu nutzen. Dieser Raum hier war so etwas wie sein Allerheiligstes. Niedrige Arbeitsbienen wie ich hatten nur ausnahmsweise Zu-gang. Ich war neugierig auf den Menschen, dem es gelungen war, mich und die Polizei so lang an der Nase herumzuführen.

Nach einer Runde durch den Raum wusste ich kaum mehr über ihn. Es gab nur wenige private Gegenstände. Ein paar Druckgrafiken an den Wänden, die geometrische Formen zeig-ten. Avantgardisten aus der Zeit der Russischen Revolution, schätzte ich. Kühl, zurückhaltend, konstruiert. Die Bilder passten zu Nikolas. Sein Schreibtisch war leer bis auf eine flache Schale mit schwarzen Bleistiften und einem Füller. Alle Unterlagen und was er sonst zum Arbeiten brauchte, waren in dem wandfüllenden weißen Schrank verborgen. Versuchsweise öffnete ich eines der Fächer. Weiße Aktenordner, deren Rückenschilder keinerlei Informationen außer schwarzen Zahlen enthielten, die fortlaufend nummeriert waren. Andere Fächer enthielten branchenübliche Zeitschriften, ordentlich in Stehordnern gebündelt. Ein paar Jobmappen mit Layouts und Textentwürfen in verschiedenen Stadien. Enttäuscht wandte ich mich den unteren Fächern zu. Irgendwo musste Nikolas doch seine Leichen versteckt haben!

Ein vergleichsweise unordentlicher Haufen entpuppte sich als Porsche-Kundenzeitschriften. Nikolas sammelte sie wohl wegen seines Autos, einem Porsche Boxster. Was mich überraschte, waren einige Bücher übers Bergsteigen, die deutliche Lesespuren zeigten. Im Fach daneben fand ich eine Yogamatte, eine Nackenrolle und eine kleine silberne Buddha-Figur. Sie war ziemlich schwer, stellte ich beim Herausnehmen fest. Ob sie aus massivem Silber war? Als ich die Statue ins Fach zurückstellte, erklang ein helles Geräusch, wie wenn Metall auf Metall schlägt.

Ich ging auf die Knie und warf einen Blick ins Fach. Bis hierher reichte das Licht des Deckenfluters leider nicht. Behutsam schob ich die Hand ins Fach und ertastete die glatte Oberfläche des Bodens. Da war nichts. Gerade wollte ich die Hand zurückziehen, als ich etwas Kühles an meinen Fingerspitzen spürte. Es knisterte. Da war etwas hinter dem Buddha versteckt! Ich griff danach und zog es heraus. Bei Licht besehen, war mein Fund wenig spektakulär. Geradezu banal. Eine kleine weißlich transparente Plastiktüte, wie ich sie zum Verpacken von Vesperbroten verwendete. Darin waren zwei Metallgegenstände, mit denen ich nichts anzufangen wusste. Sie waren schwer. Ich trat näher zum Deckenfluter und sah mir den Inhalt der Tüte genauer an. Dunkelgraue Gebilde, an einem Ende sechseckig, am anderen ähnelten sie einer Schraube. Als mir endlich aufging, was ich da in Händen hielt, rief ich verblüfft: »Das gibt's doch nicht!«

Eine Sekunde später fiel im Zimmer nebenan etwas zu Boden.

War noch jemand in der Agentur? Im angrenzenden Raum hatte Hohlberg residiert. Der konnte es kaum sein, es sei denn, er war als Geist wiedergekehrt. Da ich nur ungern beim Spionieren in Nikolas' Büro entdeckt werden wollte, schlich ich auf Zehenspitzen zur Tür und schaltete den Deckenfluter aus.

Gerade noch rechtzeitig, denn kurz darauf wurde die Klinke heruntergedrückt. Die Tür schwang auf. Schritte. Atemgeräusche.

Ich duckte mich hinter der Tür und zog das Genick ein. Keine gute Idee. Ein greller Schmerz zuckte in meinen Schädel, der so heftig war, dass ich kurz taumelte. Als ich mir reflexartig an den Kopf griff, ließ ich aus Versehen die Plastiktüte mit den Metallgebilden fallen. Deutlich hörbar schlugen sie auf dem Parkett auf. Ich erstarrte mitten in der Bewegung.

Die Tür wurde zurückgezogen. Eine hochgewachsene Gestalt erschien. Mein Kollege Nikolas. Sein Blick galt mir, dann der Tüte auf dem Boden. In diesem Moment erinnerte ich mich daran, wo ich die beiden Metalldinger schon einmal gesehen hatte. Es waren Radschrauben. Und ich war mir sicher, dass sie vom Vorderrad meines Corsa stammten.

»Verflucht! Ich hätte wissen müssen, dass du keine Ruhe gibst«, stieß Nikolas hervor und packte meinen Arm. »Komm aus deinem Versteck raus.«

Instinktiv ging ich in die Knie und schaffte es, seinem Griff zu entkommen. Ich krabbelte um ihn herum, kam wieder auf die Beine und rannte über den Flur Richtung Ausgang. Als ich an der Tür zu Hohlbergs hell erleuchtetem Büro vorbeikam, registrierte ich, dass die Tresortür offen stand. Wie es aussah, war Nikolas beim Ausräumen gewesen, als ihn das Geräusch auf mich aufmerksam gemacht hatte.

Zum zweiten Mal an diesem Tag rannte ich vor einem Mann weg. Diesmal gab es keinen Hof. Keine Mülltonne, hinter der ich mich verstecken konnte.

In meinem Rücken keuchte Nikolas. »Bleib stehen!«, rief er. »Du hast sowieso keine Chance.«

Wenn er mich in die Hände bekam, war ich geliefert. Nikolas war deutlich größer als ich, er war ein Mann, und er war aggressiv.

Und er hatte nichts zu verlieren. Eine Leiche mehr oder weniger, das machte keinen Unterschied für ihn.

Mit einem Blick zurück sah ich, dass er nur ein paar Meter entfernt war und näher kam. Die Eingangstür würde ich nicht mehr erreichen. Wohin dann? Vielleicht zur Toilette. Dort konnte ich mich in eine der Kabinen einschließen. Aber was brachte das? Ich würde in einer Falle sitzen, aus der es keinen Ausweg gab. Nikolas würde nicht davor zurückschrecken, die Tür aufzubrechen. Die Küche fiel mir ein. In der Tür steckte ein Schlüssel. Wenn ich es schaffte, den herumzudrehen, konnte ich über das Rankgitter am Balkon ins Erdgeschoss gelangen und fliehen. Ich musste nur schnell genug sein.

Vor der Küche bog ich vom Flur ab und warf die Tür hinter mir zu. Meine Hände zitterten, als ich nach dem Schlüssel fasste. Umdrehen, umdrehen, befahl ich meinen Fingern, aber das Schloss klemmte. Plötzlich krachte mir die Tür vor die Stirn. Vor Schmerz schrie ich auf und verlor das Gleichgewicht. Halt suchend krallten sich meine Finger um die oberste Sprosse einer Stuhllehne. Nikolas kam hereingestürzt, das Gesicht zu einer Grimasse verzerrt. Ich hob den Stuhl hoch und warf ihn in seine Richtung. Darauf war er nicht gefasst gewesen. Er ging zu Boden.

Etwas Feuchtes, Warmes lief mir übers Gesicht. Meine Stirn tat höllisch weh. Das musste eine Platzwunde sein. Egal, nur raus hier! Ich riss die Balkontür auf und lief hinaus ins Freie. Kühle Luft umfing mich. Über dem Garten lagen Nebelschwaden.

Inzwischen war Nikolas wieder auf den Beinen und warf den Stuhl von sich. Er krachte gegen ein Regal und zerschlug eine Glastür. Scherben fielen klirrend zu Boden.

Mein Verfolger setzte sich in Bewegung. »Ich krieg dich, und dann mach ich dich kalt«, brüllte er.

Voller Entsetzen sah ich übers Balkongeländer. Bis runter zur Terrasse des Hausmeisters waren es bestimmt gute fünf Meter. Aber ich hatte keine Wahl. Nikolas schob bereits die Balkontür auf und setzte mir nach.

Rasch schwang ich ein Bein über das Geländer, suchte Halt auf dem Rankgerüst und zog das andere Bein nach. Blut aus meiner Stirnwunde lief mir ins Auge, als ich mit dem Fuß nach der nächsttieferen Leiste tastete.

Gerade als ich Kontakt bekam, schoss ein greller Schmerz durch meinen Kopf. Diesmal kam er nicht aus dem Nacken, sondern von oben.

»Ich hab dich, gib auf!« Nikolas packte meine Haare und versuchte, mich daran hochzuziehen.

Es tat fürchterlich weh, aber noch wollte ich nicht aufgeben. Ich löste eine Hand vom Rankgerüst, um Nikolas' Griff abzuwehren. Dabei geriet ich aus dem Gleichgewicht. Mit meinem freien Bein ruderte ich wild in der Luft herum und versuchte, irgendwo Halt zu finden. Dann krachte es unter mir. Die Leiste, auf der ich stand, gab nach. Ruckartig sackte ich ein paar Zentimeter tiefer. Nikolas war davon ebenso überrascht wie ich. Einen Moment löste er seinen Griff um meine Haare, und ich kam frei. Mein Gewicht tat den Rest. Schreiend stürzte ich in die Tiefe.

Im Fallen spannte ich meine Muskeln an. Ein normaler Reflex, wenn man sich darauf gefasst machte, gleich auf Steinboden aufzuschlagen. Doch es waren nicht die Fliesen der Hausmeisterterrasse, auf denen ich landete, sondern die Krone der Kiefer daneben. Ihre Äste waren fast genauso hart, federten aber elastisch nach. Das Holz knirschte bedenklich, doch die Kiefer trug mein Gewicht. Beim Aufprall knackte es laut in meinem rechten Bein. Vor meinen Augen wurde es schwarz, und ich verlor das Bewusstsein.

Es waren die Nadeln der Kiefer, die mich in die Realität zurückholten. Während ich bewusstlos im Baum hing wie in einem Schlingentisch beim Physiotherapeuten, hatte ich den Kopf gedreht und war mit der Wange gegen ein paar Nadeln gestoßen. Ihr Piksen schreckte mich auf. Zuerst wusste ich nicht, wo ich war. Dann federten die Äste unter meinem Gewicht, und mir fiel alles wieder ein. Nikolas, die wilde Jagd über den Flur, mein Sturz vom Balkon. Unterdessen war es kalt geworden. Der Nebel war vom Garten her bis zum Haus gezogen. Als ich mich bewegte, spürte ich einen dumpfen Schmerz im Knöchel meines rechten Beins, in dem ich davon abgesehen kaum mehr Gefühl hatte.

In meinem Mund breitete sich ein metallischer Geschmack aus. Entweder hatte ich mir bei der Landung in der Kiefer auf die Zunge gebissen, oder Blut aus der Platzwunde auf meiner Stirn war mir in den Mund gelaufen. Noch einmal bewegte ich meine Arme, ließ es aber sofort wieder bleiben. Die Äste, die mich ungefähr zwei Meter über den Fliesen der Terrasse in der Luft festhielten, gerieten gefährlich ins Wanken.

In Zeitlupe hob ich den Kopf und sah zum Agenturbalkon hoch. Kein Licht. Ob Nikolas noch dort war? Oder war er abgehauen? Ich tippte auf Letzteres. Im Gepäck hatte er vermutlich das Bargeld und die Goldbarren aus Hohlbergs Tresor. Dass unser Chef in Gold investierte, wusste fast jeder in der Agentur. Einer unserer Bankkunden hatte ihm während eines Meetings dazu geraten und war wenig später mit einem schweren Rollkoffer in der Agentur erschienen. Er und Hohlberg hatten sich daraufhin in dessen Büro eingeschlossen. Ob Britta von dem Tresor wusste? Wohl nicht, sonst hätte sie ihn bestimmt schon selbst ausgeräumt.

Als ich an Britta dachte, erschien vor meinem inneren Auge dieser blöde Erdbeer-Ohrring. Ich spürte etwas Feuchtes auf dem Gesicht und glaubte schon, ich müsste wieder heulen. Aber es war nur Nieselregen. In meiner Lage war die Nässe freilich ebenso unerfreulich. Langsam kühlte ich aus. Ich versuchte erneut, meine Lage zu ändern. Der Schmerz in meinem Bein war nun deutlich kräftiger und unangenehmer als noch vor ein paar Minuten. Zudem kam ich ins Rutschen, weil die Äste der Kiefer ebenso feucht wurden wie ich. Mir blieb nichts anderes übrig, als hier auszuharren und darauf zu hoffen, dass mich bald jemand fand.

Ab und an hörte ich ein Auto auf der Weinsteige vorbeifahren. Das half mir nicht weiter. Von der Straße aus war die Kiefer nicht zu sehen, sie lag auf der Rückseite. Der Hausmeister fiel mir ein. Wenn er daheim war, konnte er eine Leiter holen und mich aus meiner prekären Lage befreien.

»Hallo!«, rief ich mit möglichst wenig Körpereinsatz, um nicht weiter ins Rutschen zu geraten. »Hallo, hören Sie mich?« Blöderweise fiel mir der Name des Hausmeisters nicht ein. Irgendwas wie Hellinger oder Heiliger. Ja, genau! »Hallo, Herr Heiliger!«, rief ich, so laut es ging. Von meiner liegenden Position aus linste ich zur Erdgeschosswohnung. Alle Fenster blieben dunkel. Nichts regte sich.

»Hilfe, Hilfe!«, variierte ich mein Rufen. Niemand schien es zu kümmern. Es gab keine Hoffnung mehr für mich.

Doch, da! Ein Lichtstrahl. Weil die Kiefernnadeln mir im Weg waren, konnte ich den Kopf nicht weit genug drehen, um zu sehen, woher das Licht kam. »Hilfe!«, rief ich noch einmal. »Ich bin hier, in der Kiefer.« Wie blöd klingt das denn, schoss es mir durch den Kopf. Jeder, der das hörte, musste doch denken, jemand nahm ihn auf den Arm.

Kaum war ich still, fiel mir ein neues Geräusch auf. Ein tiefes Brummen. Das kam mir bekannt vor. Der Lichtstrahl wurde heller, streifte an der Hausfassade entlang und verschwand wieder.

Ich hatte keine Kraft mehr, nach Hilfe zu rufen, schloss die Augen und spürte, wie die Regentropfen auf mein Gesicht prasselten. Ob ich bis zum Morgen durchhielt? Oder würde ich vorher aus der Krone rutschen und doch auf die Terrassenfliesen stürzen?

Von links hörte ich einen dumpfen Schlag. Die Haustür?

»Hilfe«, rief ich noch einmal. Es klang ziemlich jämmerlich. »Ich bin hier hinten.«

Eine Weile war es still, dann erklangen Schritte. Sofort hielt ich den Atem an. Was sollte ich tun, falls es Nikolas war? In meiner Lage konnte ich mich nicht mehr wehren. Er brauchte einfach nur unten am Stamm zu rütteln, und ich würde mich in Fallobst verwandeln und ihm direkt vor die Füße knallen.

»Bea?«, hörte ich einen Mann sagen.

Mir wurde schlecht vor Aufregung. Wieso hatte ich auch um Hilfe gerufen? Jetzt hatte ich Nikolas auf mich aufmerksam gemacht. Ich verhielt mich mucksmäuschenstill und lauschte.

Schritte. Geraschel. »Bea?« Noch mehr Rascheln. Die Äste unter mir kamen in Bewegung.

»Stopp!«, rief ich. »Ich falle sonst runter.«

»Was machst du denn da oben?«

Blöde Frage. Das konnte eigentlich niemand anders sein als Teddy. Immer noch besser als Nikolas.

»Sei vorsichtig«, bat ich ihn. »Die Äste sind rutschig.«

»Okay, keine Angst. Ich bin gleich bei dir.«

Die Schritte entfernten sich. Dann hörte ich es aus dem Geräteschuppen des Hausmeisters scheppern. Die Schritte kehrten zurück. Teddy stellte eine Leiter an die Kiefer, kam herauf und befreite mich. Weil ich keine Kraft mehr hatte und mein Bein schrecklich wehtat, trug er mich in seinen Alfa, wickelte eine Decke um mich und fuhr zur Notaufnahme des Marienhospitals.

Unterwegs sagte ich kein Wort. Dafür war ich zu erschöpft. Außerdem hätte ich sowieso nicht gewusst, was ich sagen sollte. Außer danke, was ich bereits getan hatte.

Auch Teddy war still. Bis wir in die Zufahrt zum Marienhospital einbogen. Er hielt vor dem Haupteingang und sah mich traurig an. »Bea, ich liebe dich. Du bist die einzige Frau, die mir wirklich etwas bedeutet. Das solltest du wissen.«

Ich sagte nichts. Was hätte ich auch erwidern können?

Es brauchte all meine Überredungskünste, bis mir Schwester Maren von der orthopädischen Station ihr privates Handy lieh. In bunten Farben hatte ich ihr eine herzzerreißende Liebesgeschichte ausgemalt, in der mein Exfreund Georg und eine gefährliche Rivalin, eine schöne Venezianerin aus einem alten Gondoliere-Geschlecht, eine entscheidende Rolle spielten. Das war natürlich alles frei erfunden, hatte mir aber genauso viel Spaß gemacht wie der Krankenschwester. Dass sie auf Heftchenromane stand, wusste ich seit ihrem Nachtdienst. Einer dieser Herzschmerz-Romane hatte aus der Tasche ihres Schwesternkittels geschaut. Wie so oft im Leben war die Wahrheit viel banaler als die Phantasie. Mit ihrem Handy wollte ich Kommissar Gabriel informieren.

In einem unbeobachteten Moment stakste ich auf Krücken in die Damentoilette. Von der Auskunft ließ ich mich mit dem Dezernat für Tötungsdelikte im Polizeipräsidium auf dem Pragsattel verbinden. Es dauerte eine Weile, bis ich dem Kommissar alles erzählt hatte, was passiert war. Oder besser, bis er alles kapiert hatte. Eines verstand er allerdings sofort – mein Vater war zu

Unrecht verhaftet worden. Von meinem mysteriösen Autounfall und den in böser Absicht gelockerten beziehungsweise entfernten Radschrauben hatte er bereits von der Bereitschaftspolizei erfahren. Nur andeutungsweise erwähnte ich, dass Vater ein Alibi für die Zeit hatte, in der Anita ermordet worden war. Das sei aber sowieso nicht mehr wichtig, fügte ich hinzu. Schließlich überführten meine Aussage und Anitas Tagebuch den wahren Täter.

Kommissar Gabriels kühler Kommentar lautete: »Frau Pelzer, Sie leben gefährlich. Ich denke, Sie sollten in Zukunft die Finger von weiteren laienhaften Ermittlungsversuchen lassen. Oder Sie machen eine Ausbildung bei der Polizeihochschule in Villingen-Schwenningen und leisten uns Verstärkung.«

Ich versprach, seinen Vorschlag ernsthaft in Erwägung zu ziehen. Nach allem, was ich in den letzten Wochen erlebt hatte, konnte es bei der Mordkommission auch nicht gefährlicher zugehen als in einer Werbeagentur.

Gabriel sicherte mir zu, die Fahndung nach Nikolas einzuleiten und meinen Vater sofort auf freien Fuß zu setzen. Ich erklärte ihm, wo in der Agentur er meine Tasche mit dem Tagebuchausdruck finden würde. Der Kommissar bedankte sich für meine Hinweise und drohte an, in den nächsten Tagen bei mir aufzukreuzen.

Wegen Unterkühlung und dem komplizierten Bruch meines Knöchels blieb ich einige Tage im Marienhospital. Dort hatte ich viel Zeit zum Nachdenken. Zwischendurch kamen Besucher vorbei, die ich nicht alle willkommen hieß. Teddy hatte mich zwar aus der Kiefer gerettet, dennoch konnte auch ein Riesenstrauß roter Rosen mein Herz nicht erweichen. Unsere Liebesgeschichte war vorbei. Für dieses ewige Hin und Her fühlte ich mich schlicht und ergreifend zu alt.

Jeannette brachte mir Gerits Tasche mit Vaters Briefen vorbei, wofür ich ihr sehr dankbar war. Auch die drei selbst gekochten Schokopuddings waren eine willkommene Abwechslung zu den langweiligen Erdbeerjoghurts, die es hier zum Nachtisch gab. Zumal ich eine spontane Allergie gegen Erdbeeren entwickelte, die sich außer mir niemand erklären konnte.

Mit gemischten Gefühlen empfing ich meine Mutter. Sie

prüfte eingehend den Gips an meinem Knöchel, studierte das Krankenblatt und diskutierte mit dem Oberarzt über meine Medikation. Als ich ihr Vaters Briefe zeigte, wurde sie blass unter ihrem makellosen Make-up. Ungewöhnlich konfus versuchte sie mir zu erklären, warum sie so gehandelt hatte. Dabei überraschte sie mich mit einem Geständnis. Das Alibi für den Abend von Anitas Tod habe sie Vater absichtlich verweigert, um sich für die Vergangenheit an ihm zu rächen. Doch sie versicherte mir glaubhaft, im Nachhinein bereue sie das sehr. Nun wollte sie sich erneut mit ihm treffen, um die Fehde nach fast einem Vierteljahrhundert zu beenden.

Was sollte ich davon halten? Ich entschied, einfach abzuwarten, was dabei herauskam. Eltern waren auch nur Menschen, das hatte ich inzwischen gelernt. Zumindest theoretisch. Wie ich mit Mutter und Vater in Zukunft umgehen sollte, würde ich vielleicht bis zu meiner Entlassung wissen. Auf jeden Fall würden wir mehr miteinander sprechen müssen als bisher.

Was Vater anging, hatte ich ein gutes Gefühl. Das war besser als nichts, und die letzten Wochen hatten mich gelehrt, auf das Schicksal zu vertrauen.

Nach seiner Entlassung aus der Untersuchungshaft schaute er bei mir vorbei und brachte einen Strauß Maiglöckchen mit, die er mit Gerit im Kräherwald gepflückt hatte. Von ihm erfuhr ich, dass Nikolas an der Schweizer Grenze gestoppt und verhaftet worden war.

Vor lauter Erleichterung fiel ich meinem Vater in die Arme, woraufhin er mich gar nicht mehr loslassen wollte.

»Da sieht man mal wieder, wohin Eitelkeit führt«, bemerkte ich und löste mich aus seiner festen Umarmung. Die Nähe fühlte sich gut an, aber ich wollte nichts überstürzen und erst einmal abwarten, wie sich unser Verhältnis entwickelte.

Vater schien das zu verstehen. Er räusperte sich mehrmals und zog umständlich sein Jackett zurecht. »Stimmt. Hätte er nicht seinen auffallenden Porsche Boxster genommen, wäre ihm die Flucht womöglich geglückt.« Er schüttelte den Kopf. »Kaum zu fassen, wie sehr man sich in einem Menschen täuschen kann.«

Wir lasen zusammen einige der Briefe, die er mir vor langer

Zeit geschrieben hatte. Als ich mich entschuldigen wollte, weil ich mich so lang nicht gemeldet hatte, wehrte er ab.

»Bea, das verstehe ich doch. Woher hättest du wissen sollen, wie es um meine Gefühle für dich tatsächlich steht? So wie deine Mutter mich dargestellt hat, musste ich dir ja wie ein Unmensch vorkommen.«

»Ich glaube, es wäre das Beste, wenn wir einen neuen Anfang versuchen«, schlug ich vor und ließ den Blick über die auf meiner Bettdecke verstreuten Briefe schweifen. »Wir knüpfen da an, wo wir vor vielen Jahren aufgehört haben.«

Vater schien sich über meine Worte zu freuen. »Das wollte ich dir auch vorschlagen.«

»Sobald ich wieder fit bin«, sagte ich und klopfte auf mein Gipsbein, »können wir einen Ausflug in die Wilhelma machen.«

»Du meinst, zu den Seelöwen?«

»Genau. Und wir holen uns ein Eis und sehen zu, wie die Flamingos sich ums Essen streiten.«

»Das hat dir als Kind immer großen Spaß gemacht. Wir haben uns damals passende Namen für die Vögel ausgedacht. Zwei weiß ich noch: Großer Tölpel und Fette Primaballerina.« Vater lachte. »Ich wollte dir noch danken für deinen nächtlichen Einsatz in der Agentur. Zum Glück ist dir nicht mehr passiert. Gut, dass Teddy dich gefunden hat. Übrigens wusste ich nichts von ihm und dir.«

Das nahm ich ihm nicht wirklich ab. Laut Gerit hatte jeder in der Agentur von uns gewusst. Mein Lächeln verschwand. »Wir sind nicht mehr zusammen.«

»Aha«, kam es überrascht.

»Mir ist klar geworden, wie ähnlich er dir ist«, sagte ich und merkte sofort, wie missverständlich meine Formulierung war. »Ich meine, dem Bild, das Mutter von dir gezeichnet hat. Du weißt schon. Unzuverlässig, sprunghaft. Nicht treu. Ich habe dich in ihm gesehen und wollte ihm – also in Wirklichkeit dir – gefallen.«

»Es gab keine andere Frau, Bea.«

»Ich weiß. Das hat Gerit mir schon gesagt.« Verlegen wich ich Vaters Blick aus und strich die Bettdecke glatt.

»Und was ist mit diesem anderen Mann, den wir auf der Karlshöhe getroffen haben?«, fragte Vater mit sicherem Gespür. »Ich hatte den Eindruck, als bedeute er dir viel.«

»Georg?« Mein Puls beschleunigte sich, als ich diesen Namen sagte. »Er wollte mich heiraten, aber ich habe kalte Füße bekommen. Ich dachte immer, feste Bindungen seien nichts für mich.«

»Weil es bei Marlene und mir nicht gehalten hat?« Vater runzelte die Stirn und griff nach meiner Hand. »Aber Bea, so was geschieht nun einmal. Menschen verändern sich, leben sich auseinander. Und finden dann keinen Weg mehr zurück zueinander. Das heißt nicht, dass es bei dir auch so sein muss.«

Mir war seltsam zumute, weil Vater meine Hand das erste Mal seit unserem Wiedersehen so hielt. Als ich ein Kind war, hatte er das oft getan. »Georg ist jetzt mit der Frau zusammen, die ihn begleitet hat.«

»Wenn dieser Mann dir noch irgendetwas bedeutet, dann solltest du um ihn kämpfen«, riet er mir. »In der Liebe ist es nie zu spät.«

In der Liebe ist es nie zu spät. Dieser Satz von Vater brachte mich dazu, noch am selben Abend aus dem Krankenhaus zu verschwinden. Dafür nutzte ich die Pause, in der die Schicht wechselte. Während die Pfleger und Schwestern die Patientenübergabe im Schwesternzimmer besprachen, zog ich mich an und verließ so schnell es auf Krücken ging die Station. Vor dem Marienhospital stieg ich in ein Taxi und gab das Fahrziel an. Der Fahrer schaute leicht beunruhigt, weil ich kein Gepäck dabeihatte und die Seitennaht meiner Jeans bis zum Oberschenkel aufgeschnitten war. Anders hätte ich die Hose nicht über den Gips bekommen. Aber im Jogginganzug fühlte ich mich nicht attraktiv genug für mein heikles Vorhaben.

Vielleicht war ich doch fähig, eine feste Bindung einzugehen. Um das herauszufinden, gab es nur eine Möglichkeit. Ich musste es ausprobieren.

Hatte ich einen großen Fehler gemacht, als ich vor Georg und einer gemeinsamen Zukunft aus Venedig geflohen war? Was, wenn er mit mir endgültig abgeschlossen hatte und diese Julia tatsächlich mehr liebte als mich? Dann würde er es mir sagen. Diese Demütigung musste ich riskieren.

Als der Taxifahrer mir vor Georgs Haus beim Aussteigen half, war mein Mut plötzlich wie weggeblasen. Sollte ich besser wieder umdrehen? Zurück ins Krankenhaus fahren und meinen verrückten Plan vergessen? Das würde mich vor einer möglichen weiteren Verletzung schützen. Aber ich würde mich ständig fragen, ob es nicht doch noch eine Chance für uns gegeben hätte.

Mit bangem Blick sah ich dem Taxi hinterher, das mich allein vor dem Haus zurückließ. Die Fenster von Georgs Maisonettewohnung waren dunkel. Er war noch nicht daheim.

Ich lehnte mich an die Hauswand und wartete. Was würde ich sagen? Mir einen Text zu überlegen, kam mir albern vor, auch wenn das mein Beruf war. Nach ein paar Minuten begann mein Bein zu schmerzen. Ich setzte mich auf die Gartenmauer und lehnte die Krücken neben mir an. Nach einer Weile fuhr ein dunkler Wagen in die Straße und hielt unweit entfernt. War er das? Vielleicht hatte er mich entdeckt, aber keine Lust, mit mir zu sprechen. Mein Magen begann zu flattern.

»Georg, ich muss mit dir reden«, übte ich meine Begrüßung. Zu banal, fand ich. »Du fehlst mir.« Das war zu direkt. Außerdem ließ es mir keine Chance zum Rückzug, falls es schiefginge. Ich ließ den Wagen nicht aus den Augen. Würde er gleich aussteigen? Oder sitzen bleiben und einfach abwarten, bis ich ging?

Als der Wagen wendete und davonfuhr, ließ ich enttäuscht die Schultern sinken. Nur wenige Minuten später fuhr ein anderes Auto vor. Schon von Weitem erkannte ich Georgs Silhouette. Ich griff nach den Krücken und erhob mich von der Mauer. Langsam ging ich hinüber zum Hauseingang.

Georg parkte schräg gegenüber. Er stieg aus, schloss den Wagen ab und wandte sich dem Haus zu. Als er mich sah, blieb er stehen. Seine Augen wurden schmal, als traue er ihnen nicht.

Mein Herz raste, und mir war ziemlich übel. Würde er überhaupt mit mir sprechen wollen? Oder machte er auf dem Absatz kehrt und lief in die entgegengesetzte Richtung davon?

Als Georg näher kam, ging ich ihm einen Schritt entgegen. Wir sahen uns eine Weile schweigend an. Dann lächelte er.

Dank

Dies ist ein Roman und keine Dokumentation. Daher bitte ich um Nachsicht, falls an der einen oder anderen Stelle die Phantasie über die Fakten gesiegt haben sollte. Den Alltag in einer Werbeagentur habe ich möglichst wirklichkeitsnah dargestellt. Manche Abläufe wurden aus dramaturgischen Gründen oder aufgrund künstlerischer Freiheit gestrafft und vereinfacht. Alle Schauplätze in und um Stuttgart habe ich realistisch, aber unter dem sehr persönlichen Blickwinkel meiner Ermittlerin geschildert.

Mein Dank gilt allen Menschen in meinem Umfeld, die mich dabei unterstützt haben, diesen Roman zu schreiben. Meine Eltern haben es geschafft, mich auch in schwierigen Situationen zu motivieren. Meinem Bruder danke ich für das großzügige Asyl. Meinem Freund danke ich für seine Nachsicht und seine unendliche Geduld im Umgang mit einer Frau, die monatelang eine kriminelle Großfamilie um sich scharte – meine Romanfiguren.

Stefanie Rahnfeld danke ich für ihr großes Vertrauen und ihren unvergleichlichen Humor, mit dem sie auf alle Herausforderungen reagierte, die jeder kennt, der Romane schreibt oder mit Autoren im Abgabestress zu tun hat. (Diesen Bandwurmsatz hätte sie niemals durchgehen lassen …)

Mein besonderer Dank gilt meiner Lektorin Susann Säuberlich, die immer ein offenes Ohr für mich hatte. Mit ihrem scharfen Blick, wertvollen Anregungen und nicht zuletzt Nacht- und Wochenendarbeit (sorry) hat sie viel zum Gelingen dieses Romans beigetragen.

Martina Fiess
TOD IN DEGERLOCH
Stuttgart Krimi
Broschur, 240 Seiten
ISBN 978-3-89705-707-4

»*Eine vergnügliche Ferienlektüre.*«   Staatsanzeiger Baden-Württemberg

»*Erneut ist es Martina Fiess gelungen, die Handlung so packend
zu präsentieren, dass der Leser Stück für Stück ins kriminalistische
Geschehen hineingezogen wird und mit ermittelt.*«   Cannstatter Zeitung

www.emons-verlag.de

Martina Fiess, Silvija Hinzmann (Hrsg.)
BIS ZUM LETZTEN TROPFEN
Weinkurzkrimis
Broschur, 240 Seiten
ISBN 978-3-89705-765-4

»Für Krimifans und Weinliebhaber ist dieses Buch mit Sicherheit eine
schöne Überraschung! Aber warum sich nicht auch mal selber etwas
gönnen? Legen Sie sich ein Kissen in den Sessel und entkorken Sie
eine wohltemperierte Flasche Ihres Lieblingsweins. Tauchen Sie
langsam ein in die mörderisch guten Kurzkrimis mörderisch guter
Autoren, und lassen Sie es sich, bis zum letzten Tropfen, mit dieser
Lektüre richtig gut gehen!« WDR 4

»Die Kurzkrimis in der neuen Anthlogie rund um den Wein sind eine
Klasse für sich: witzig, spannend, mörderisch süffig – eine todsichere
Mischung hochprozentigen Lesestoffs.« Weinjournal

www.emons-verlag.de